壊れゆく世界の哲学　フィリップ・K・ディック論

ダヴィッド・ラプジャード

堀 千晶 訳

CONTENTS

凡例

「　」　原文における引用符《》を示す。また、短篇小説の題名を示す。

『　』　原文における書名・作品名を示す。

（　）　原文における丸括弧を示す。ただし、原語を示すためにも使用する。

《　》　原文において大文字ではじまる単語を示す。ただし、大文字で記すことが慣例となっているものは除く。

傍点　原文におけるイタリック強調を示す。

［　］　原著者ラプジャードによる補足を示す。

〔　〕　訳者による補足を示す。


以下に、本訳書でフィリップ・K・ディック作品の頁指示にもちいた日本語訳を記す。各文献の末尾に、原著者ラプジャードによる略号・略称を記載する。フランス語訳の書誌情報については、原著者による巻末の「書誌」を参照のこと。なお訳出に際しては英語原文も参照した。

――長篇小説

英語原書の出版年順に記す。ラプジャードのもちいるフランス語訳長篇小説集（*Romans*）全四巻は、それぞれR1, R2, R3, R4と略記され、『神学三部作（*La Trilogie divine*）』はTと略記される。

１９５５『太陽クイズ』小尾芙佐訳、早川書房、一九六八年［R1］
１９５６『ジョーンズの世界』白石朗訳、創元推理文庫、一九九〇年［R1］
１９５６『いたずらの問題』大森望訳、ハヤカワ文庫ＳＦ、二〇一八年［R1］
１９５７『宇宙の眼』中田耕治訳、ハヤカワ文庫ＳＦ、二〇一四年［R1］

１９５９『時は乱れて』山田和子訳、ハヤカワ文庫ＳＦ、二〇一四年［R1］
１９６２『高い城の男』浅倉久志訳、ハヤカワ文庫ＳＦ、二〇一一年［*Maître*］
１９６３『タイタンのゲーム・プレーヤー』大森望訳、ハヤカワ文庫ＳＦ、二〇二〇年［R2］
１９６４『アルファ系衛星の氏族たち』友枝康子訳、創元ＳＦ文庫、一九九二年［*Clans*, R3］
１９６４『火星のタイム・スリップ』小尾芙佐訳、ハヤカワ文庫ＳＦ、二〇一四年［*Glissement*, R2］
１９６４『最後から二番目の真実』佐藤龍雄訳、創元ＳＦ文庫、二〇〇七年［R3］
１９６４『シミュラクラ［新訳版］』山田和子訳、ハヤカワ文庫ＳＦ、二〇一七年［R3］
１９６５『ドクター・ブラッドマネー　博士の血の贖い』佐藤龍雄訳、創元ＳＦ文庫、二〇〇五年［R2］
１９６５『パーマー・エルドリッチの三つの聖痕』浅倉久志訳、ハヤカワ文庫ＳＦ、一九八四年［*Le Dieu venu du Centaure*］
１９６６『去年を待ちながら［新訳版］』山形浩生訳、ハヤカワ文庫ＳＦ、二〇一七年［R4］
１９６６『ライズ民間警察機構　テレポートされざる者』森下弓子訳、創元ＳＦ文庫、一九九八年［*Mensonges*］
１９６６『空間亀裂』佐藤龍雄訳、創元ＳＦ文庫、二〇一三年［R3］
１９６７『ザップ・ガン』大森望訳、ハヤカワ文庫ＳＦ、二〇一五年［R3］
１９６７『ガニメデ支配』（レイ・ネルスンとの共著）佐藤龍雄訳、創元ＳＦ文庫、二〇一四年［R4］
１９６８『アンドロイドは電気羊の夢を見るか?』浅倉久志訳、ハヤカワ文庫ＳＦ、二〇一一年［*Les androïdes rêvent-ils de moutons électriques ?*］
１９６９『銀河の壺なおし［新訳版］』大森望訳、ハヤカワ文庫ＳＦ、二〇一七年［R4］
１９６９『ユービック』浅倉久志訳、ハヤカワ文庫ＳＦ、二〇一五年［*Ubik*］
１９７０『死の迷路』山形浩生訳、ハヤカワ文庫ＳＦ、二〇一六年［*Au bout du labyrinthe*］

１９７０『フロリクス8から来た友人』大森望訳、ハヤカワ文庫ＳＦ、二〇一九年〔R4〕
１９７２『あなたをつくります』佐藤龍雄訳、創元ＳＦ文庫、二〇〇二年〔R2〕
１９７４『流れよわが涙、と警官は言った』友枝康子訳、ハヤカワ文庫ＳＦ、二〇〇九年〔*Larmes*〕
１９７７『スキャナー・ダークリー』浅倉久志訳、ハヤカワ文庫ＳＦ、二〇一六年〔*Substance Mort*〕
１９８１『ヴァリス〔新訳版〕』山形浩生訳、ハヤカワ文庫ＳＦ、二〇一四年〔T〕
１９８１『聖なる侵入〔新訳版〕』山形浩生訳、ハヤカワ文庫ＳＦ、二〇一五年〔T〕
１９８２『ティモシー・アーチャーの転生〔新訳版〕』山形浩生訳、ハヤカワ文庫ＳＦ、二〇一五年〔T〕
１９８５『アルベマス』大瀧啓裕訳、創元ＳＦ文庫、一九九五年〔RLA〕

——短篇小説

ラプジャードのもちいる仏語訳『短篇全集（*Nouvelles complètes*）』全二巻はそれぞれN1、N2と略記される。日本語訳は一重カギ括弧によって短篇の題名を、二重カギ括弧によって短篇が収められている書籍名を記す。たとえば、〔「ミスター・コンピューターが木から落ちた日」、『模造記憶』二一三頁〕のような形式である。本訳書で頁指示にもちいた日本語訳は以下のとおりである。


『地図にない町』仁賀克雄訳、ハヤカワ文庫、一九七六年。

『悪夢としてのＰ・Ｋ・ディック　人間、アンドロイド、機械』サンリオ、一九八六年。

『模造記憶』浅倉久志・他訳、新潮文庫、一九八九年。

『人間狩り』仁賀克雄訳、ちくま文庫、一九九一年。

『ディック傑作集２　時間飛行士へのささやかな贈物』浅倉久志・他訳、ハヤカワ文庫ＳＦ、一九九一年。

『ＰＫＤ博覧会　われわれは、ディックの宇宙に生きている』トーキングヘッズ叢書、アトリエサード、一九九六年。
『マイノリティ・リポート』浅倉久志・他訳、ハヤカワ文庫ＳＦ、一九九九年。
『ペイチェック』浅倉久志・他訳、ハヤカワ文庫ＳＦ、二〇〇四年。
『まだ人間じゃない』浅倉久志・他訳、ハヤカワ文庫ＳＦ、二〇〇八年。
『ゴールデン・マン』浅倉久志・他訳、ハヤカワ文庫ＳＦ、二〇〇八年。
『アジャストメント』大森望編、ハヤカワ文庫ＳＦ、二〇一一年。
『トータル・リコール』大森望編、ハヤカワ文庫ＳＦ、二〇一二年。
『変数人間』大森望編、ハヤカワ文庫ＳＦ、二〇一三年。
『小さな黒い箱』大森望編、ハヤカワ文庫ＳＦ、二〇一四年。
『人間以前』大森望編、ハヤカワ文庫ＳＦ、二〇一四年。

――その他の文献

『フィリップ・K・ディック　我が生涯の弁明』大瀧啓裕訳、アスペクト、二〇〇一年［E, I/E, II――同訳書は『釈義』からの抜粋の日本語訳であり、引用箇所が訳されている場合のみ頁数を記す］
『フィリップ・K・ディックのすべて　ノンフィクション集成』ローレンス・スーチン編、飯田隆昭訳、ジャストシステム、一九九六年［*Si ce monde*］
Hélène Collon (dir.), *Regards sur Philip K. Dick*, 2e édition, Encrage, 2006.［*Regards*］
Lawrence Sutin, *Invasions divines. Philip K. Dick, une vie*, Folio SF, 2002.［Sutin］

壊れゆく世界の哲学　フィリップ・K・ディック論

序　錯乱について

思ってもみなかった。ほんとうに。あなたが大学生みたいな話しかたをするだなんて。独我論。懐疑論。バークリー司教。おまけに最新の現実のことまでずいぶんよく喋る
フィリップ・K・ディック

ＳＦは世界によって思考する。異なる物理法則、生の条件、生命形態、政治組織をもつ新たな世界を創造すること。パラレル・ワールドを創造し、世界間の移動を生みだすこと。世界を増殖させること。これがＳＦの本質的行為だ。世界と世界の戦争、最善だったり最悪だったりする世界、世界の終焉は、繰り返しあらわれる主題だ。こうした諸世界は、遠くの銀河に位置していたり、わたしたちの世界のなかにある秘密の扉や亀裂をとおって到達するパラレル・ワールドであったり、人間世界の破滅のあとに形成される世界であったりする。条件は、こうした諸世界が別世界であることだ。あるいは、わたしたちの世界が問われているときには、わたしたちの世界だとまともに認識できないくらい、世界が別ものになっていなければならない。そうだとするとＳＦとは、世界を破壊するためにその時間を使うものだとすらいえるのかもしれない。総力戦、天変地異、地球外からの侵略、致死的なウイ

ルス、黙示録など、ＳＦの描きだす世界のあらゆる終焉はとても数えきれないほどだ。ただ、可能性は沢山あっても、どんなときであれ世界をとおして思考することが問われている点に変わりはない。

その代わりＳＦは、古典的文学が生みだしてきたような特異な作中人物を生みだすのが得意ではない。ＳＦにはアキレウスも、ランスロも、ダロウェイ夫人もいない。ＳＦの作中人物は、誰でもよい誰かのような任意の個人、個性の弱いステレオタイプやプロトタイプであることもしばしばだ。なぜなら作中人物は何より、ひとつの世界がどのように機能し、どのように調子を狂わせるかを示すために存在しているからだ。[1] 人物には見本《サンプル》としての価値しかない。人物の向きあっている世界が、どんな法則にしたがっているかを理解させてくれるなら、究極的にはどんな人物でもいいのだ。作中人物が、その人物たちの生きる世界と同じくらい重要であることは決してない。ある特定の世界の条件があたえられているとき、人物たちはどうやって適応するのか。人間の集団がいるとき、その集団はどんな異様な世界に向きあっているのか。ＳＦの物語を駆動させているのは、このふたつの基本的な問いだ。いずれにせよ作中人物たちは、世界――じぶんたちが潜り込んだり逃げ出そうとしている世界――に対してつねに二次的である。

つぎのような反論があるだろう。ＳＦを真の意味で弁別する特徴とは「科学」への準拠であって、だからこそサイエンス・フィクションといわれるのだ、と。[2] けれどもその場合も、科学――それに技術――は、わたしたちを遠くの世界へと連れだしたり、技術的に進歩した未来世界へと誘うための手段にすぎない（この手段はＳＦというジャンルに特有のものとなっている）。おそらく「科学」への準拠は、ＳＦを特異なものにしているが、ＳＦを定義してはいない。アリストテレス風にいうなら、科学と技術はSFの特性ではあっても、SFを定義するものではないはずだ。[3] 科学と技術は、SFというジャンルにとってどれほど重要であっても、別世界を創出し構成することに対して二次的なものにとどまる。

SFが、別世界を同じように構想したり想像したりする思考形態――たとえば形而上学、神話学、宗教――から着想を借りる理由もこれで説明がつくだろう。あらゆるSF作家の根底には、科学の夢よりむしろ、こうした別世界の創造をとおして表現される神話学、形而上学、宗教の夢があるのではないか。だからこそSF作家は、シラノ・ド・ベルジュラック、フォントネル、ライプニッツといったSFの先駆者たちに見られるような、新たな世界を構想するのだ。哲学ではおそらくライプニッツが、この道をもっとも遠くまで進んだ。なぜなら、かれにおいてすべては世界をとおして思考されており、現実世界は無数にある他の可能世界のひとつにすぎないからだ。[4]

技術の進歩、地球の荒廃、ユートピア的ないしディストピア的なヴィジョンをめぐって、近年SFがしきりに援用されている。そのことが示しているのもまた、世界による思考であり、情報の流れによって引き起こされている「世界エフェクト」である。いまや各々の情報の背景には、わたしたちの世界そのものの生存可能性、生き残り《サバイバル》、整備開発、破壊があるし、また、われわれの世界の内部でいうと、人間、動物、植物、鉱物の多彩な諸世界同士の関係が背景となっている。これら諸世界は、われわれの世界の一体性と多様性を織りなし、解体しているものだ。情報が世界の孤立した部分を対象とするとき、かならず世界全般の状態にも、その乗り越えがたい限界にもかかわることになる。一つひとつの出来事は、一本の糸や無数の糸で世界の運命とつながっているわけではもうない。むしろ世界の運命のほうが、個々の情報の糸にかかっているのだ。
　だからこそ情報が姿を消し、警告に変わりつつある。包括的《グローバル》に捉えられた世界の政治、経済、社会、環境の状態について、たえず広範な警告を発するシステムのなかでは、情報を提供する者は警告の発信者、伝達者となる。現在進行形での世界の破壊にかんする情報は、数字を裏付けとしながら、いっそう深刻になってゆく警告を発し、次第におそろしいものとなってゆく。こうした事態は避けがたいはずではないのか。なぜなら、この世界の――さらにはこの世界を構成し、それを成り立たせている多様な諸世界の――生存可能性は、いたるところで脅威に晒されているのだから。もはや世界の諸部分についての情報ではなく、その代わり、世界全般の状態についての警告がひっきりなしにもたらされるようになる。その効果は決定的だ。それをもちいて、破局的なものもそうでないものも含むあらゆるシナリオ、あらゆるシミュレーションや仮説がつくられるのだが、それらは世界という単位でものごとを思考し、些細なデータさえも「世界化」するよう迫ってくるのだ。こうしてフィクションの物語とは関係のないところで、現実世界とSFとの結合がなされてゆく。世界の現状についての情報はいまや、世界の未来の状態を予言する一連の物語にすぎないかのようだ。

　たしかに作家にはそれぞれ、世界を創造する独自のやりかたがあるだろう。だが、世界を創造する必要性について自覚的な作家がいるとするなら、フィリップ・K・ディックだ。「わたしの仕事は、一作ごとに小説の基礎となる様々な世界を創造することだ。二日後に崩壊することのない世界を構築しなければならない。少なくとも、わたしの編集者たちはそう願っている」。そしてすぐにこう続ける。「けれども打ち明けてしまうと、二日経つとほんとうに粉々に砕け散ってしまう世界を創造するのが好きなのだ。世界が解体されるのを眺めるのが好きだし、小説の作中人物がこうした問題にどう対処するかを見るのも好きだ。わたしは混沌を秘かに愛している。もっと多くの混沌があるべきだ」[5]。たしかにディックは、世界を創造するというSFの要請に応えてはいる。だがじつのところ、かれの世界にはすぐに崩壊するという特性がある。まるでかれの世界には、独りで立っていられるだけの十分な足場がないか、現実性が欠けているかのようだ。

　ディックの世界は不安定だ。世界を貫通し、その現実性を霧散させる出来事によって脅威に晒され、転覆されかねない。たとえば、ふだんより早く仕事に出かけたサラリーマンが、ふいにまわりの世界が崩れ、灰燼に帰すのを目撃しながら発見するのはこのことなのだ。「ビルの一角が崩れた。崩れた部分が雨のように降り注いできた。細かい粒子の瀑布。砂のようだった」[6]。現場でかれが発見するのは、同期性《シンクロニシティ》の乱れという局所的な問題が起こっているという警告を受け取った技術チームが、世界の一部分の現実を停止し、再調整を行ったということだった。あるいは短篇「展示品」では、二〇世紀の精巧な実物模型を管轄する《アーカイヴ》職員が、模造品展示室の内側に投げ込まれることで、現実世界も（舞台は二二世紀である）じつは模造されたものではないかと疑いはじめる。「あぁ博士……これが何もかも展示品にすぎないかもしれないとは思いませんか。あなたも、ほかの人たちもみんな――あなたたちは現実のものではないかもしれない。ただの展示品のひとつにすぎないんじゃないかって」（N1, 1169〔「展示品」、『人間狩り』三三七頁〕）。

　あるいは長篇『時は乱れて』の主人公は、小さな町に住む物静かな男なのだが、じぶんを取り囲む世界が奇妙な劣化をこうむるのを目撃する。ドリンクスタンドが眼のまえで細かな分子へと分解され、「ドリンクスタンド」と書かれた紙切れしかもう残っていない。同じような現象がまた起こり、かれはこの世界の実態を調査しようと決意する。舞台装置《せかい》についての何かのしるしのように見えるこの紙切れに、どんな意味をあたえるべきか。誰かがかれを騙そうとしているのではないか。かれの気が狂ったのか、それとも壮大な陰謀の企てに巻き込まれているのか。それを知るべく、かれは町を脱出しようとするが、「誰か」に妨害される。なぜか。「連中はおかしな手管を使って、わたしのまわりに偽の世界をつくりあげた。大人しくさせようってわけだ。建物、車、町全体がそう。どれも本物みたいな様子をしているけど、ぜんぶ模造品だ」（R1, 1094〔『時は乱れて』二二五―二二六頁〕）。先述の短篇「展示品」のアーカイヴ職員の仮説が立証されたのだろうか。町全体が、人間のサイズにあわせてつくられた展示用の模型なのか。

これこそまさに、ディック世界に繰り返し登場する問題である。かれの世界はどこまでが現実で、どこまでがそうでないかわからず、ディズニーランド風の遊園地と同じような張りぼてだと明らかになるもしれない。つぎのようにいう人もいるだろう――ディックは世界を構築しようとしたのではなく、「現実」世界も含むあらゆる世界は人工物であって、たとえば端的なつくりものであったり、集団幻想であったり、政治的陰謀であったり、精神病的妄想であったりすることを示そうとしたのだ、と。これはディックが、じぶんの本はすべてひとつの同じ問題、すなわち現実とは何かという問題をめぐるものだと、幾度も述べていることとも符合する。[7] いったい何が現実なのか。多くの注釈者たちがこの問いを繰り返し取りあげ、ディック作品の導きの糸とし、それに存在論的ないし形而上学的な次元をあたえてきた。けれども、それでは説明が及ばないことがある。つまり、かれの世界をあんなにも脆弱で、変質しやすいものにしているのは何か。どうしてディックの世界は、あれほどすぐ崩壊するのか。

この広範な問題の背後には、錯乱（妄想）といういっそう深い問題が横たわっている。ディックにおいて妄想することは、ひとつの世界を創造し分泌することであり、さらには、ひとつしかない現実世界こそが問題なのだという内的な確信をもつことでもある。たえず狂気におびやかされ、狂気に陥る錯乱した人物を、これほど登場させるSF作家はほかに見あたらない。かれの作品宇宙は精神病者、スキゾイド、パラノイア者、神経症者らにくわえ、メンタル・ヘルス専門家、精神科医、精神分析家、超常的な治療師《ヒーラー》でいっぱいだ。そして誰もが、どこかの瞬間で錯乱の問いに遭遇するのである——ドクター、わたしは錯乱しているのでしょうか、それとも世界の調子が狂っているのでしょうか。たとえば先述の二二世紀のアーカイヴ職員は、精神科医の診察を受けることにする。「この世界が歴史局のR階の展示品なのか、それとも、わたしが空想に逃避している中産階級のビジネスマンなのか」(N1, 1171〔「展示品」、『人間狩り』三四一頁〕)。これが当てはまるのは狂人だけではなく、麻薬や薬の摂取者、記憶を捏造された人、地球外生命体やウイルスによって脳をコントロールされている人もそうだ。核戦争によって放射能を浴びた自然も、同じく錯乱しはじめる。生き残った種の異常な変異体が示しているように、自然は身体を錯乱させるのである。たとえば『ドクター・ブラッドマネー』の「共生体《シンビオティクス》」は、「複数の人間の身体の一部がくっつき、内臓をいくつか共有」しており、ひとつの膵臓を六人で分かちあっている(R2, 874-875〔『ドクター・ブラッドマネー』一六六頁〕)。錯乱の力を免れるものなど何ひとつない。

　未来の可能性の探究というＳＦの伝統的定義を保持するにせよ、そうした可能性はかならず錯乱したものとならねばならない。「サイエンス・フィクションの作者が知覚するのはたんなる可能性ではなく、錯乱した可能性だ。作家がたんに、「もし……だったらどうなるか見てみよう」と考えることはまずない。そうではなく、「なんてことだ、万が一……だったら」と自問するのだ」[8]。この端的な描写によって、ディックは自身の作品のもっとも深い相貌のひとつを差しだす。というのも、かれにとって重要なのは想像力を発揮し、新たな物理法則や、突飛な生物環境や、政治的ユートピア機構をもつ新たな世界をつくることではないからだ。むろんこうした側面もディックにはあるが、本質的な点ではない。可能性が「錯乱し」ているのはなぜかといえば、底流を流れる狂気へと、われわれを狂気にいつでも投げ込みかねない現実的な危険へと、そうした可能性が誘うからなのだ。つまり重要なのは現実世界から離れて、新たな可能世界を想像することではなく、現実的なものの深層へと降りてゆき、どのような新しい錯乱がすでにそこで駆動しているのかを見究めることだ。古典的作家と較べるなら、ディックはシラノ・ド・ベルジュラック『月世界旅行』やジュール・ヴェルヌの小説よりも遙かに、セルバンテスとドン・キホーテの錯乱や、『オルラ』のモーパッサンに近い。想像力の生みだす可能性よりも、錯乱の力のほうが不穏な性質をまとうのは、現実の概念そのものを揺さぶるからだ。

　いうまでもなく、ＳＦ全般における世界の異様さは、作中人物をさまよわせ、非合理的な状況――理性を喪失させるためにあるかのような状況――に向きあわせようとする。ＳＦは本質的な一構成要素として、こうした非合理性を必要とする。たとえ結末ですべてが明かされ、主人公が理性を取り戻すとしても、である。だが、ディックにおける狂気はあちこちに忍び込み、世界全体を浸食してゆく。狂気を生みだすのは地球外生命体や麻薬ばかりでなく、社会秩序、夫婦関係、政治権力でもある。日常的な事物にも異常が生じ、しかるべき動作をもう行わなくなる。コーヒー・マシンが注ぐのはもはやコーヒーではなく石鹸の泡だ。扉は開くのを拒み、「栄光の道は墓場のみに通ず」と告げる。[9]コンピュータはパラノイアになるか、さもなければ精神病と見なされる。「この病的で頭のおかしいガラクタ電子機器め。われわれの処置は正しかった。幸運なことにタイミングが良かった。こいつは精神病だ。現実の元型をもとに宇宙的で分裂症的な妄想をこしらえている。あきれたことに、じぶんが神の道具だと思ってるんだ！」[10]。ディックを存在論的で形而上学的な探究（「現実とは何か」）を行う作家に祭りあげている人たちは、かれを褒めているつもりらしい。けれども、ディックにとっての問いはまず臨床的なものである。存在論的で形而上学的な次元は、想像力のたんなる遊戯ではない。それは、精神の健康や狂気の危険にまつわる問いへと誘うのである。

古典的な「リアリズム」小説（そうした小説においても錯乱した人物たちが出会う）も書いていたディックが、SF作家になったという経緯も納得できよう。ともすれば古典的小説のリアリズムこそが、錯乱からその力を奪ってきたのかもしれない。いわゆる「現実」世界だけが存在するという想定を受け容れるなら、錯乱は二次的で、相対的で、病理的な現実として、一言でいうなら「主観的」な現実として扱われざるをえない。けれども逆に、様々な可能世界の探究というSFの古典的定義によるなら、「現実」世界に何ら優位をあたえる必然性はない。じっさいにはほとんどのSF作家が、じぶんの世界に特有のリアリズムを温存しているにしても、である。ディックにとってSFの長所とは、現実世界は他の諸世界のうちのひとつにすぎず、どんなときもいちばん「現実的」な世界であるわけではない、という点にある。

錯乱〔妄想〕の力はどこにあるのか。たしかに妄想する者は、共通の現実から切断され、「じぶんの」世界に閉じこもり、幻覚を見聞きし、誤った判断を下し、途方もないことを信じている者と見なされうる。基準となるのは妄想ぶくみの観念そのものではなく——観念が妄想的でないことなどあろうか——、観念と幻覚への確信の強さにある。どんな証拠があろうとも、どれほど反論しようとも、どれほど論証があろうとも、この確信を揺るがすことはできない。このように理解される妄想はたしかに世界の創造として定義されようが、しかしその世界は私的で、「主観的」で、独我論的である。妄想のほうへと「合図をよこす」要素を除くなら、「現実」世界と対応するものは何もない。妄想する主体は、じぶんが主権者然として中心を占める、私的な世界の真ん中に陣取るのである。

心理学者ルイス・A・サスはこうして、つぎのパラドクスに驚くことになる。妄想する主体は、じぶんの妄想と矛盾する外部世界のいくつかの側面の現実性を、どうして認知できるのか。「大変な混乱状態にある分裂症者でさえも、精神病の急性期にあっても、じぶんの置かれた客観的なじっさいの状況——常識の観点によるなら——について、きわめて精確な感覚を保っていることがある。(……)並行しながらもたがいに切り離されているふたつの世界にまたがって生きているように見えるのだ。すなわち共有の現実と、じぶんだけの幻覚と妄想の空間である」[11]。分裂症者はこれらふたつの世界を、どうやって共存させているのか。それは妄想の別の特徴にかかってくる。つまり妄想する主体は、「客観的」な現実世界、共有される世界を、偽りのものと見なすのである。妄想は非現実的で常軌を逸した世界で進化するとか、外部の現実すべてから切り離されているとしきりに主張されるが、しかし逆の側面は等閑視される。つまり妄想する主体は、外部世界と接触する際に、じぶんは偽の世界、つくりものの欺く世界をまえにしていると考えるのであり、しかもときには世界で最高の善意でもってそうするのである。すると、先ほどのパラドクスは解決されるだろう。妄想する人が「現実」世界との相互作用を認めるのはまさに、現実世界の現実性を信じていないからだ。妄想する人は現実世界の現実性に同意しているわけではなく、ゲームに参加しているだけなのである。

　そこに見いだすべきはパラドクスよりむしろ、闘争であり、闘争の恒久化ではないだろうか。すなわち狂人と精神医学者とのあいだで、かねて行われてきた闘争である。妄想者に対して、精神医学者はずっとこう繰り返してきた。あなたは現実のなかにはいない、あなたの妄想はかんぜんに幻だ、と。妄想者はそのとき精神医学者にこう切り返す。あなたは真実のなかにはいない、あなたの現実はぜんぶ偽物だ、と。精神医学者は現実にもとづいて、妄想する人は真実にもとづいて、それぞれ問題を立てている。[12] 精神医学者の議論とは、あなたの世界には現実と見なしうるものは何ひとつない、というものだ。狂人の議論とは、あなたの世界にはつくりもの以外は何ひとつない、というものだ。精神医学者は、独自の制約にもとづいて現実原則の権威を強調するのに対して、狂人は自身の妄想のなかで偽物の力能を駆動させるのである。

　ある意味で、これはフーコーが『精神医学の権力』をめぐる講義で描きだした闘争に近いものとなる。精神医学者が望むのはまず、精神病院で使用可能なあらゆる手段をもちいて、狂人に対してあるひとつの現実の形態を強要することである。「精神病院の規律、それは、現実の形態であると同時に現実の力なのです」[13]。だが狂人はみずから、じぶん自身の狂気の振りをするという手段をもちいて、精神医学者をたえず真理の問いへと連れ戻す。すなわち、「真の症状が偽ることであるようなやりかた、偽の症状を示すことが真に病んでいることであるようなやりかた」[14]をもちいることによって。さらに狂人は、現実世界にあたえられる「真実性」を斥けるという手段も駆使する。意志に対抗する意志。精神医学者のゆるぎない確実性に対抗する、妄想者の根絶しえない確信。

たしかにディックは狂人ではなかったが、狂気におびやかされていると個人的に感じており、じぶん自身の収容を依頼したことも幾度かあった。抑うつ期にくわえて、かれは激しい精神病の症状を何度か経験しており、熱に浮かされたような『釈義』の執筆が示しているとおり、妄想をともなう時期もあった。一九七〇年代からのディックはまさに、宗教的な妄想と幻覚体験を生きていた。じぶんが作中人物に行わせた経験と、あらゆる面でそっくりな経験を、みずから続けざまに味わっていたのである。じぶんの世界の現実性が霧散し、別の世界が立ちあらわれてくる……。一九七四年のカリフォルニアではなく、「キリストがあらわれたあと、まだ《魚の徴》を見せあっていた時代のローマに暮らしているのだという絶対的な確信を抱いていた（……）。秘密の洗礼といったものがあった時代だ」（E, I, 83-84〔『我が生涯の弁明』六八頁〕）。もはやカリフォルニアにまったく現実性などなく、ローマ帝国の張りぼて、もしかしたらそのホログラムにさえなったのかもしれない。グノーシス派が考えていたように、われわれはほんとうの現実を覆い隠す、偽りの見せかけに支配された現実を妄想しているにすぎないのではないか。もしかしたらわれわれのもつ偽の記憶は、古代の原始キリスト教徒の時代が復活するやいなや、消えてなくなるのではないか。今日の米国とは、過日のローマ帝国の反復であり永続化ではないか。ともすればニクソンの失脚は、《精霊》の顕現がもたらしたものではないか。[15] たえず深化を続け次第に妄想的になる想起《アナムネーシス》から出発して、過ぎ去りし古代を現在に回帰させる異邦の終末論——ときに哲学が、ギリシャ人とともに提案しえたような終末論。復活の思想から解放されるのは容易いことではない。

ディックは、超越的権力——地球外の権力や神の権力——と争っていると考えていた。そうした権力は現実に細工をし、外観を偽りの姿へと歪め、脳に直接はたらきかける力を具えている。ちょうどデカルト（Descartes）の悪霊がSFの作中人物になったようなもので、良識的な人間が幻影をあやつる主人と闘うのである。長篇『アンドロイドは電気羊の夢を見るか？』の主人公の名が、まさにリック・デッカード（Rick Deckard）であり、動物＝機械の棲息する世界に暮らしていると知っても驚くことではあるまい。

ディックが宗教と向きあわねばならなかったのはおそらく、宗教が別世界を創造し、地上世界の外にいる被造物（天使、熾天使、悪魔）をそこに棲まわせ、かつてない時間様式や、身体的な変形（処女懐胎、実体変化）を発明した最初のひとつだからであろう。かれが旧約と新約を再編纂することになったのは、そもそもあるSF編集者が旧約と新約に新しい題名をつけるよう提案してきたからだ。旧約聖書には『混沌の主人』、新約聖書には『三つの魂を具えしもの』という題がつけられることになる。[16] 問題は、ディックにおいてどちらのタイプのフィクションが最終的に優勢になるのかである。つまりSFは宗教的妄想に奉仕するのか、それともディックは宗教的妄想をSFに組み込めるようになるのか。

状況はつぎのようなものだ。一方には妄想体験の数々があって、それが精神病への崩壊からかれを守っているが、しかし「現実という領域」を混乱に陥れている。他方には現実があるのだが、この現実はそれを貫く経済的、政治的、官僚的等々のあらゆる妄想によって「歪められて」いる。ディックの語る物語は、じぶん自身の狂気との闘いを記録した連作のタブローのようだ。この点はとりわけ、一九七四年二－三月に経験した一連の宗教体験のあとで顕著になる。かれは『アルベマス』と『ヴァリス』で、ふたりの別々の人物に託してじぶん自身を作品に登場させるのだ。一方の人物は、宗教的な妄想体験というかたちで精神病期を経験したばかりである。他方の人物はSF作家であり、もうひとりの心の健康を心配している。そこでは狂人と医者が向きあうかたちになるのだが、どちらがどの役回りを演じているのか、つねにはっきりしているわけではない。錯乱した可能性と支配的現実とのあいだで交わされる同様の闘いは、ディックにおいてあちこちに見られる。

闘いは世界と世界の戦争であり、また心と心の戦争でもある。心の整合性は、別の心が侵入してくるとかならず掻き乱される。世界の現実は、別の世界からの干渉によってかならず変様する。なぜならディックにおける複数の諸世界は、「巨大なクローゼットにかけられたスーツのように[17]」整然と並んだパラレル・ワールドになることなく、たえずたがいに干渉しあい、浸食しあうからであり、どの世界であれ他の諸世界の現実に異議を唱えるからだ。世界間戦争は同時に、狂気に対する闘争でもある。世界が複数あるとき、避けがたく浮上してくる問いとは、どの世界が現実なのか、というものだ。ここでもまた、「現実とは何か」という問いは抽象的な疑問などではなく、底流を流れる狂気の現前を示すものとなる。狂気の現前こそが、この世界間戦争を貫いている。狂気の現前は、人物に亀裂を入れ、対象を一変させ、機械の調子を狂わせ、諸世界を破壊する。

　このことが意味するのは、ディックは狂気に肩入れし、あらゆる形態の支配的現実に対抗する錯乱の力のために闘うということなのか。「錯乱した可能性」の機能とは、支配的現実の妥当性に異議を唱え、その欺瞞、恣意性、捏造を告発することにあるにちがいない。ディックの小説にはまさに、偽りの世界が沢山あらわれる。それともディックは医者に肩入れし、支配的現実もまた、多様な妄想――官僚的、経済的、政治的な妄想――のなかに閉じ込められていることを示そうとしているのだろうか。これらの妄想はどれも、われこそが唯一の現実であると自称し、代替案《オルタナティヴ》をすべて排除するものだ（TINA（「オルタナティヴは存在しない（There Is No Alternative）」の頭文字をとったもの））。たしかに重要なのはもはや精神病院の医者ではないが、精神の健康に気を配ることが問われ続けている――『アルファ系衛星の氏族たち』にあるように、地球全体が精神病院になっていないとすればの話だが。

第1章　諸世界

ドン・キホーテの妄想を見てみよう。フーコーが記述したのは、ドン・キホーテの妄想が「現実を記号へと変換してゆく」しかたであって、現実世界にひしめく可視的な存在たちが、いかにして騎士道小説の読解可能な記号によって変換され、想像の秩序に組み込まれてゆくのかということであった。[1]変換に失敗すると、ドン・キホーテはいつも魔術師を非難し、その巧妙な魔法を告発することで、サンチョに対してじぶんの妄想の真実性を守り抜き正当化しようとする。この原理によると、平原を前進してくる大軍が、サンチョにすれば羊の群れにすぎないのは、魔術師たちがサンチョをたぶらかしているから、ということになる。見えている外観が妄想と食いちがうとき、妄想はこの溝を埋めてゆくことで、じぶんの世界の整合性を守ろうとする。こうしてサンチョの果たす役割が理解される。語り手による支援を受けながら、可視的な世界の秩序と整合性とを保証するのがサンチョなのだ。かれは現実世界にしっかり根を下ろす常識人である。かれが現実感覚を失うのは、ドン・キホーテがかれに向かって妄想まみれの演説をぶつときだけだ。そんなとき、サンチョはぜんぶ信じてしまいそうになる――まず手始めに、ある島の裕福な領主になれるという話に乗っかるだろう。配役は明白で、ドン・キホーテは言葉の人、サンチョは事物の人である。

小説の後篇において状況は入り組んだものになる。ふたりの出会う人びとは、前篇でのかれらの冒険譚を読んでいるのだ。そのことを活かして、人びとは現実を操作し、騎士の妄想をいっそう強固にし、付き人の野望を満足させることができる。いまや現実はあたえられるものではなく、演出されるものとなる。世界は芝居《ルプレゾンタシオン》が行われる舞台となる。少しずつ芝居が、小説空間全体を覆ってゆく。演出上の手管、偽りの見せかけ、人目を欺く操作が、《芝居》の世界の新たな劇場性を展開する。世界という劇場。小説内の小説、演劇内の演劇、真偽が鏡のなかで交錯する戯れ。神々と超自然的な存在がいまだに世界の流れに介入していた時代だったにもかかわらず、いまや魔法と伝説の力に対して、こうしたつくりものの力が決定的に取って替わる。サンチョも以前はじぶんの主人の妄想と闘うことができていたが、この新世界の偽りの見せかけに対してはまったくなす術がない。いまや語り手だけが現実と幻想との区別を保証し、それを全面的に取り仕切るのである（読者がたっぷりと愉しめるように）。語り手はだまし絵をもちいて戯れ、喜劇的なものと皮肉を操作し、人間の虚栄と情念を嘲笑し、作中人物たちをうわべと偽りの見せかけの迷宮のなかで惑わせる。いまや語り手は自然や超自然の力と交流する案内人ではなく、《芝居》とその劇場を司る主人となる。

いずれの場合も、錯乱の力は芝居の世界（表象の世界）の限界内にとどまったまま、鏡や入れ子式の舞台といった戯れをとおしてあちこちに配備されている。では芝居の世界じたいが崩壊するのは、どんな瞬間なのか。この世界の法則でも、偽りの見せかけの戯れでも合理化できない現象、「客観的」に説明できない現象を、語り手が再発見するときである。それは死者が生へと回帰する世界であり、亡霊たちが徘徊し、自動機械が生命を宿す世界であり、ゴチック・ロマンや幻想譚のように怪奇的なもの、怪物的なもの、異常なものが合法的に認められる世界である。狂っているのは作中人物だけではない。世界そのものが錯乱し、説明しえない現象によって「客観的」に一変するのだ。あたかもこの世の果てでは、自然法則の通用しない秩序が支配しているかのように。

どうして語り手自身も、こうした崩壊へと誘われないことがあろうか。「客観的」に一変するのは世界ばかりではない。語り手も精神的な混乱におかされ、みずから錯乱しはじめるのだ。ちょうど『オルラ』〔モーパッサン〕や『ねじの回転』〔ヘンリー・ジェイムズ〕のように。世界同士の境界があやふやなものとなるとき、語り手が錯乱しているのか否かは、「客観的」に判別しえなくなる。この世界にはほんとうに幽霊がいるのか、それとも語り手が幻覚に見舞われているのか。語りの「客観性」を誰も保証できないとするなら、どうしてそれを判別できようか。語り手は芝居の舞台を去って、自然の深層へと降りてゆき、そこで新たな物理法則と心理法則に出会う。ふたつの側のいずれにも、主観的な側面と客観的な側面のどちら側にも、たしかなことはもう何もない。

これこそ、〔主観と客観という〕ふたつの側面でディックに見られる事態である。一方では、突飛な世界を創造するSFの可能性にもとづく、「客観的」に錯乱した諸世界がある。そうした世界ではたとえば、ある朝、地球外生命体の幼虫たちが木々にぶらさがっていたり、昔からの友人がじつは遠くの惑星で起こっている戦争の主導者であると知らされたり、ある人が目覚めるとじぶんの存在しないパラレル・ワールドにいたり、といった調子だ。だが他方では、多くの物語がパラノイア者、精神病者、アンドロイド、麻薬中毒者、地球外生命体の視点から語られるために、「客観」世界と「主観」

世界との区別はもはや維持しえなくなる。[2] 超自然的な出来事が新たな世界の法則によるものなのか、それとも作中人物の狂気によるものなのか、もう判別できない瞬間がたえずやって来るのだ。

しばしば起こるのは、主観的ヴィジョンが「客観的」現実に変わるといった類いの臨界への移行である。たとえば『シミュラクラ』における分裂症のピアニストは、じぶんの触れたものすべてを吸収してしまうという考えに怯えており、花瓶をほんとうにじぶんの胸のなかに消してしまう。「ピアニストはじっと集中して机を見つめ、口許に力をこめた。すると、机のうえの淡いバラを生けた花瓶はふわりと浮きあがり、かれのほうに向かって空中を移動した。ほかのふたりが見つめるなか、花瓶はかれの胸のなかに入って消えた」(R3, 399〔『シミュラクラ』三二五頁〕)。逆に、「客観」世界が結局、ひとつないし複数の心の投影にすぎないこともときにはあるだろう。たとえば、『死の迷路』で一団が探索する奇妙な惑星とはじつのところ、宇宙船を一度も離れなかった乗組員一行の「集団知能の投影」なのだ。別の言葉でいうなら、主観／客観の区別は存在理由をかんぜんに失うのである。

こうした事態が起こるのは、ディックの小説が「作中人物たちの頭の中身」に同化するような焦点を、連続してもちいることによる。語り〔の焦点〕は、一人目の人物から二人目、三人目へと移ってゆき、最初の人物に戻ってくるというように進む。ノーマン・スピンラッドのいうように、ディックの語りは「視点人物の経験する現実」をいくつも組みあわせたモザイクであって、まえもって存在する現実などなく、「多様な主観的現実の接続」があるだけだ。[3] 焦点を増殖させることは、ひとつの同じ世界に対する視点を多様化させることではなく、むしろ各々の視点に対応する世界を増殖させてゆく。ディックの小説世界は、ウィリアム・ジェイムズの用語をもちいるなら「多元的宇宙」であって、複数の諸世界から構成されるひとつの宇宙なのだ。[4] 必要とあらば、世界を「複数化」するための麻薬すら存在している。[5]

ただしディックの語りの方法は、一人ひとりの作中人物が特異な世界の見方をもっていることだったり、各人には独自の世界があることだったりを示すのを目的としているわけではない。ディックには相対主義はいっさい存在しない。かれの方法の目的は、じっさいにはひとつしかない。心と心の戦争として理解される世界と世界の戦争を上演すること、これが問題なのだ。一つひとつの心はじぶんの世界の「現実」を押しつけるべく——あるいは保持するべく——、たがいに闘争する。またもスピンラッドが指摘するように、もはや相互作用の場となる共通世界があるかどうかすら定かではなく、様々な狭間の世界しかない。つまり個々の世界とは、諸世界の交錯そのものなのである——だからこそ必然的に、語りが多焦点的な性格を帯びてくる。ひとりの作中人物が、もはや「じぶんの」世界のなかにいないことに気がつくのは、何らかの異常なことが起こるからである。それは他人の心がじぶんの世界のなかに侵入し、その組織を一変させたしるしになるのだ。こうした条件下で、ひとつの世界が長期間維持されることなどあるだろうか。とりわけディックが自身の作品群のライトモチーフとする問い（「現実とは何か」）は、心と心が何より「精神的」な武器をたずさえて衝突する戦場にもとづいている。精神的な武器とはたとえばテレパシー、麻薬、脳の操作、超能力、偽の記憶の埋め込み、政治的、メディア的、神学的、精神医学的な操作などだ。ディックにおける闘いはすべて精神的なものである。たとえ未来の武器で何発か撃ちあうことがあっても、心と心が行う戦闘に比肩しうるものではぜんぜんない。

これこそ、大きな喜劇的な力でもって『宇宙の眼』が示していることだ。同作では、各々の作中人物の道徳的な価値観、政治的な信条、宗教的な信仰におうじて、世界が次々に変化を遂げる。[6] 精神の衝突が何より重要であるという証しは、小説冒頭から人物たちがみな昏睡状態にあるという点にあらわれている。研究所を見学していた人物たちは、陽子加速器の爆発事故に巻き込まれる。かれらを襲った放射は予期せぬ効果をもたらす。人びとはみな、そのなかの誰かひとりの精神世界に次々に囚われてしまうのであり、その人物の世界はおのれの現実をほかの人たちに押しつける。人びとは教条的共産主義者の生きる世界から、宗教的狂信者の世界へと移行するのだが、狂信者の世界では故障した車は祈りさえすれば直り、瀆聖がただちに虫垂炎の発作をもたらし――それは聖水によってでしか治療できない――、説法の時間になるとテレビのスイッチがひとりでに入る。「ぼくの見たところ、ここは絶対に狂った宇宙だ」。「どうやって生きていけばいいんだ。何が起こるかわからないのに。――秩序も論理もない（……）。神の気まぐれにもてあそばれてるだけだ。ぼくたちが人間らしく生きるのを邪魔しているんだ。――まるで餌を待っている動物じゃないか。ご褒美をもらうか、罰を受けるか、どっちかなんだ」[7]。

だが作中人物たちが、パラノイア的な家庭の母の世界、清教徒的《ピューリタン》な審美家の世界に移行しても、状況が好転するわけではない。この女性は昇華の名のもと、悪や退廃と見なしたあらゆる性生活をじぶんの世界から抹消すると決める。さらにかのじょはこの機会に乗じて蠅、クラクション、肉、ロシア、無調音楽、猫、品行の悪い若い娘を消し去ってゆく。「この世の悪を清めるにあたって、イーディス・プリチェットはたんに個別のものだけでなく、カテゴリーをまるごと消していった」（R1, 852〔『宇宙の眼』一九九頁〕）。ほかの人物たちは世界の様々な現実を、嫌悪感を抱かせるようなしかたでかのじょに示してゆくことにする。すると、かのじょはそれらをすべてひとつずつ消してゆき、最終的には「かのじょの」世界全体がまるごと消滅する。

こうした個々の世界を構成する条件は、各人物の信仰、価値観、信条によって決まる。それにおうじて現実が変貌を遂げるのである。たとえば黒人は、人種主義的な最悪のクリシェによって文盲の怠け者となる。女性も「蜂と同じくらい無性的」になったり、貪欲な怪物と化したりする。家の地下室は消化装置となる、等々。精神世界が、共通の現実のもつ諸側面をまるごと消し去ったり、それら諸側面を変形し歪めて戯画に変えたりするしかたには、おそるべきものがある。いうまでもなくディックの示す世界の見方はどれも、一九五〇年代の米国という文脈と緊密に結びついている。宗教的狂信者、清教徒的な審美家、偏執狂《パラノイド》、急進的な教条主義者はいずれも、陽子加速器の爆発のまえから、主人公が現実世界で悩まされていたものを集めたものなのである。[8]

逆にいうなら、共有の現実があるとすれば、それはこうした個々人のおそるべきヴィジョンの総体から成り立っているということだ。そうしたヴィジョンとは、ひとつの世界に含まれる様々な世界であり、社会野のなかでいつでも遭遇しうるのである。思考や言説の宇宙だけが、社会野を諸観念の衝突の場、多彩な外交的やり取りの場に変えるわけではない。経験は遙かに暴力的なものだ。ある地点までは共有されている慣れ親しんだ世界、ある時点までは真の現実性をもつ世界のなかを、人びとが行き来しているとする。だが、あるとき新たな世界に投げ込まれると、その世界はわれわれから現実すべてを奪ってしまう。このとき人はもはや戯画としか、二次的な付属品としか、無意味で有害であやふやな存在としか見なされなかったり、あるいはいっさい知覚されることなく見えない存在にされてしまう。われわれにいかなる権利もない世界だ。それほどまでに条件は変化してしまう。たとえば『流れよわが涙、と警官は言った』の主人公は、じぶん自身が存在せず、一度も存在したことのない世界へとふいに転げ落ちる。しかもそれは悪夢ではなく、特殊な存在条件をもつ世界の一部分や一断面の現実そのものなのだ。閉鎖的な世界は宗教的狂気、パラノイア的な憎悪、道徳的なピュリタニズムにくわえて、そのほかにもごまんとある。われわれは「やつらの」世界のなかにいる。『宇宙の眼』末尾で、主人公が生活を変える決心をする理由もわかるだろう。世界を変えるためだ。それまでかれが生きてきた共有の世界は、かれが通りぬけてきたおそるべき四つの世界の交わる中心以外の何ものでもない——大衆のコンセンサス、すなわちマッカーシズムの只中の米国である。

　われわれは、世界という劇場の大舞台からかんぜんに降りたのだ。もはや世界は、おのれを芝居として差しだすスペクタクル——そこで各人は俳優のようにじぶんの役を演ずる——ではない。世界は精神病院となった。すなわち、世界という収容所。俳優たちの長ぜりふに、心の妄想が取って替わる。偽りの見せかけと錯覚の抑制された戯れに、不確実でゆらぐ現実によって生まれる不安が取って替わる。個人はみなじぶんの領域から追いだされ、世界と上手く嚙みあわず適応できない。地球外生命体と遭遇するのに、いくつも銀河を探検する必要はない。人間は——字義どおりの意味で——異星人なのだ。「人びとの考えかたを学ぶほどに、一人ひとりがじぶんのうちに別の世界をもっていて、あるがままの世界にほんとうに帰属している人なんてひとりもいないというのが、普遍的な真理だと思えてくる。別の言葉でいおう。われわれはみなエイリアンなのだ。われわれのうちの誰ひとりとしてこの世界に属していないし、世界のほうもわれわれのものではない。解決法があるとすれば、この世界を通じて、一人ひとりがもっている別々の世界を満足させることだ」[9]。

　このことは『宇宙の眼』の各世界にも該当するが、もっとぴったり当てはまるのは、『アルファ系衛星の氏族たち』であろう。アルファ系衛星とは、地球による支配《コントロール》から離れて様々な氏族が暮らす月である。氏族たちが知らないのは、じぶんたちの月がかつて「病院地域、精神医療センター」だったことであり、そこには「他星系の植民地化という異常で過剰な重圧に耐えられなくなった地球からの移住者たち」が収容されていた（R3, 861〔『アルファ系衛星の氏族たち』三八頁〕）。氏族たちはじぶんたちが収容されていたことを知らなかったために、強制収容所だと考えられていた病院を爆破した。それからほどなくして、カースト制度にもとづく持続可能な社会を形成するのだが、それはかれらによれば精神的健康のしるしなのだ。そこにいるのはペア族（頑迷なパラノイア者の一族）、マンズ族（躁病者、発明家、戦士の一族）、スキッツ族（分裂症者、幻視者、神秘家の一族で、ヒーブ族――破瓜症者、恍惚的な手工業者――と暮らしている）、ポリー族（多形的分裂症者の一族）、オブ・コム族（隙のない官僚を生みだす強迫神経症者の一族）、デップ族（抑うつ症者の一族で、ほかのすべての氏族から鼻つまみ者にされている）である。

　地球ではＣＩＡが、政治と軍事の領域におけるパラノイア者の発明能力を憂慮しており、中央権力は月の支配権を取り戻すことを決める。「率直にいって、精神異常者が支配し、価値基準を決め、通信手段を管理している社会ほど、潜在的に危険をはらんでいる社会はないように思います。あなたがたがよく取りあげたがる問題はほとんどそういう社会から生まれるのです――狂信者たちの集う新興宗教カルト、パラノイア的な国粋主義国家の構想、躁病的な野蛮な破壊行為――これらの可能性があるというだけでも、われわれにとってはアルファⅢＭ２を調査する十分な理由になります」（R3, 872〔『アルファ系衛星の氏族たち』五四—五五頁〕）。その一方で、パラノイア者たちによって統治されている氏族たちの組織は、地球人の侵略をおそれている。「わたしたちをまた入院患者に戻すつもりだ」（R3, 981〔『アルファ系衛星の氏族たち』二一八頁〕）。

ディックがどこに向かいたいかは一目瞭然だろう。この月が地球の分身であり、その似姿にすぎないのは明らかだ。「この社会は、地球上のわれわれの社会とどうちがうのですか」と、作中人物のひとりは訊ねる（R3, 920〔『アルファ系衛星の氏族たち』一二七頁〕）。地球人は少なくとも敵と同程度にパラノイア的であり、分裂症者と抑うつ症者でいっぱいの病院基地に暮らしている点も同じである。地球人もパラノイア者によって統治されており、強迫神経症者によって行政が執行されている。世界という収容所。『宇宙の眼』にあるように、地球の現実とは多様な精神病理とその妄想の交叉にほかならない。ディックにおける諸世界がどれも調子を狂わせているのは、その諸世界を手中におさめている病理的な心を浮彫りにするためなのである。

第2章　因果

発散する複数の諸世界へと現実が解体され、それら諸世界が相互にたえず干渉しあうとなると、「現実」を組織している古典的カテゴリーすべてが粉々に吹き飛ぶのがわかるはずだ。この世界のなかで、別の世界の法則にしたがう現象が起こるなら、因果の普遍的体制などどうしてありえるだろう。作中人物は、じぶんの心が他人の心の影響下にあるなら、どうしてじぶんのアイデンティティに確信をもつことができるだろうか。どうして空間と時間もまた歪まずにいられるだろうか。「歳月を経て、本や小説を書くごとに、たとえば自己、時間、空間、因果、世界といった錯覚がなくなっていった」(E, I, 628-629〔『我が生涯の弁明』二六九頁〕)。ディックの物語が諸世界の崩壊を証言するのはなぜかといえば、諸世界の現実性を秩序づける諸々のカテゴリーが、原理としての価値を喪失するからである。『宇宙の眼』にあらわれる様々な観点はすでに、社会規範の集合として理解される現実への批判としてあらわれていた。一つひとつの私的世界は、そのなかで行われる知覚や信仰や行動を、こうした規範の集合にしたがわせる。つまり大衆のコンセンサスとしての現実である。「じぶんの」世界をつくりだすために、身勝手な生存条件を押しつけてくるもの、すなわち政治権力、経済権力、産業複合体、軍事機関、宗教機関によって、世界が「私物化」されるとき、共有の世界などどうしてありえようか。

現実がその歴史性を起点として、すなわち現実に起こったことについての物語を起点として把握される際にも、同様のことが起こるだろう。歴史は書き換えられ歪曲されうるのである。『最後から二番目の真実』にあるように、偽の記録資料《アーカイヴ》を捏造することだってできるだろう。こうして政治権力は、第二次世界大戦の複数のヴァージョンを編みだす。

しばしばSFは歴史的現実という重荷を下ろす。というのも多くの物語は、地球上の人類史が終焉を迎えたところからはじまるからだ——アシモフの「ファウンデーション・シリーズ」における有名な心理歴史学《サイコ・ヒストリー》のように。これこそが歴史以後〔後史〕の可能性をSFに開く、多くのカタストロフィの存在理由である。その一方で、SFは歴史以前〔先史〕や原史時代なしには成立しないと主張する向きもあろう。SF小説と先史小説を交互に書いたロニー兄の先駆的作品が示しているように。歴史の彼岸としての未来を想像することは、歴史の此岸としての過去を想像するのと同じようなものだ。じっさい多くのSF作家が、歴史以前や以後において古代の層を活性化させる。ディック作品もこの規則の例外ではなく、たとえば火星の先住民（『火星のタイム・スリップ』におけるブリークマン）や、ネアンデルタール人（『シミュラクラ』）とすれちがう。歴史以前、歴史以後だけでなく、さらにはオルタナティヴな歴史もあるだろう。たとえばディックが『高い城の男』において、第二次世界大戦に勝利したナチス・ドイツと日本を想像してみせるように。

いずれの場合も問われているのは、歴史的現実の決定論、つまり可能性の余地のない因果連鎖を解体することである。もちろん多くの作家は、じぶんのつくりだす世界のなかで因果連鎖を維持している——たとえ、その因果連鎖が私たちの世界とは無縁のものだとしても。[1] だが、ディックはそうではない。現在と過去の現実性を解体することは、ディックにとって、それを下支えする因果律そのものを突き崩すことと切り離せない。「わたしの世界の見方（わたしの頭）のなかでは、普通の意味で理解される因果は、まったく評価されないし考慮されることもない――一九歳の頃、他の人たちとはちがって、因果というものがほんとうにわからないと発見したときのジレンマを思いだす」(E, I, 397)。

デビュー当時、ディックはゲーム理論の確率論から着想を得ていた。たとえば『太陽クイズ』では、運まかせの原子による籤引きによって、政治権力がランダムに任意の市民に賦与されるのだが、それはまさに確率論が、政治権力における因果的決定論を妨げる可能性の広がりをもたらすからであり、あらゆる瞬間に世界を変形することを可能にするからである。「安定し固定しているように思えるものは何ひとつなく、宇宙は絶え間なき流れになった。あとに何がやって来るのか、誰にも予測できなかった……。因果の概念は消滅した。人類はじぶんの環境をコントロールする自信を失い、確率論的な配列だけが残された。ランダムな偶然にゆだねられた宇宙で幸運に賭けるだけだ」(R1, 52〔『太陽クイズ』二四頁〕)。

だが因果的決定論の連鎖をゆるめ、必然的なものの代わりに確率論的なものを据えるだけでは十分ではない。執筆を続けるにつれ、かれの世界はどんな物理世界の法則でもなく、心を司る――変わりやすい――諸原理にしたがうようになるのだ。この意味で、ディック作品は根本的に観念論的である。説明しえない一連の出来事が起こるとき、問われるのは「その原因は何か」ではなく、むしろ「そうしたすべての背後に誰がいるか」である。ディックの観念論とは、パラノイアの別名である。究極的には、ディックにおいて世界がしたがう法則を知るために、その世界を構成する現象同士の恒常的な関係を確立しようとする必要はなく、むしろ世界の見えかたをコントロールしている心の深層を探るべきなのだ。つまり惑星間のミッションでまず必要とされるのは物理学者ではなく、精神分析家なのである。

両者が力をあわせて、たがいの領域の交点で概念を提起し、物質法則と精神法則とを結合させるならなおよしである。これこそおそらく、「同期性《シンクロニシティ》」概念——物理学者パウリが創造し、精神分析家ユングが取りあげた——がディックを魅きつけた点だろう。かれは一九六〇年代初頭に、『易経』英語版に付されたユングの序文にこの概念を発見した。[2] それは、まさしく『易経』を参照しながら執筆された『高い城の男』の筋立てのなかで、中心的な装置となっている。『易経』は、ある瞬間における世界の状態を織りなしている出来事すべては相互に結びつき、たったひとつの星座状布置をなすのであり、その意味はこの書を紐解く者たちに明かされるであろう、という前提に立っている。「同期性《シンクロニシティ》」とはまさに、物理的かつ心的な出来事すべての全体がつくりだす、ある瞬間の星座状布置のことを指す。もはや偶然はなく、「意義深い」一致だけがあり、『易経』の宣託を解釈できればそれを解読できる。いまや重要なのは、普遍的な因果体制の連鎖のなかに割って入ることではなく、目下進行中の世界の変化のなかでじぶんが占めている位置と、じぶんが担うべき役割を理解することである。

『高い城の男』でディックは『易経』に準拠しながら、因果を同期性へとすっかり差し替える。周知のようにこの小説が描きだすのは、ドイツと日本が第二次世界大戦に勝利し、米国を分けあうオルタナティヴな世界である。米国の東側はナチス・ドイツによって、西側は日本によって統治される。東洋文化の影響下では、『易経』を紐解き、同期性によって世界の知覚を秩序づけることが常態化している。だが、こうした類いの関係〈同期性〉は何に似ているのだろうか。それはいかなる点で因果関係と異なるのか。同期性が観察されるのは、ふたりの人物のあいだに因果的連関がいっさい存在しないにもかかわらず、たがいに影響を及ぼしあうときである。たとえば、ある日本の高官はひどく混乱しながら——というのもかれは、コルト44の模造銃でナチス将校二名を殺害したばかりなのだ——、あるユダヤ人を移送する書類にサインするのを拒む。かれはこのユダヤ人について何も知らないが、読者はまさにこのユダヤ人こそ当の模造銃の製造者であると知っている。ふたりの男は知りあいではなく、今後出会うこともないが、この世界の特異な星座状布置にともに参加していることで、ふたりの行動は「意義深い」ものとなる——ふたりはそうと知ることなく、たがいの生命を救うのだ[3]。『易経』によれば、これは偶然の一致や、ブルトン風の「客観的な偶然」以上のものである。ちょうどその日、ふたりは『易経』を紐解き、同じ卦を得ていたのだ。つまり『易経』がかれらを結びつけたのであって、たんなる状況の合致ではない。『易経』こそ世界における様々な出来事の星座状布置を、同期状態を割りふるのだ。換言するなら、『易経』こそが心の代替物となる。「われわれは五千年前の書物にたよって暮らしています。この本が生きているかのように、それに訊ねるのです。この本は生きているのです。キリスト教の聖書と同じように。多くの書物はほんとうに生きています。比喩ではありません。言霊が本に息吹を吹き込むのです。おわかりになりますか[4]」。書物仕掛けの神。『易経』はまさしく《変化の書》であり、様々な出来事を割りふり、その同期性を明らかにする機械である。この本のおかげで、因果的に独立している世界の諸部分が相互作用しあうようになるのであり、また、人びとは広大な星座状布置の全体のなかでじぶんの果たす役割を理解するのである。

だが、もっと先まで進まねばならない。なぜなら同期性は、同じ世界の分散した諸部分のあいだだけでなく、異なる諸世界のあいだでも作用するからだ。だからこそディックは、『高い城の男』でオルタナティヴな世界史を書くばかりでなく、連合国側が戦争に勝利することを作家が想像するSF小説――『イナゴ身重く横たわる』――を地下で出回らせるのである。『高い城の男』は読者に対しては、読者自身の世界と異なるオルタナティヴな世界を描く一方で、小説のなかの人物からすると、われわれの世界のほうがオルタナティヴなのである。まるで鏡のように、それぞれの世界は他方の世界の反転したイメージとなる。だが、これらふたつの世界はたがいに切り離されてもいる。鏡のなかの仮想的《ヴァーチャル》なイメージが、それが映しだす現実世界から切り離されているように。ふたつの世界を「同期性によって」交流させるのは、またも『易経』だ。

そのことを示すのが日本の高官の体験である。かれは宝飾品を見つめていると催眠術にかかってしまう（この宝飾品もあのユダヤ人職人がつくったものだ）。束の間、かれは連合国軍が第二次世界大戦に勝利した世界のなかに投げ込まれる。日本の高官の内的独白――「なるほどと感心するのは、聖パウロの犀利な言葉の選択だ……。鏡をもて見るごとく見るところ朧《おぼろ》なり」（*Maitre*, 306-307〔『高い城の男』三七九―三八〇頁〕）。諸世界を交錯させる拡張された同期性によって、ふたつの世界は交流をはじめる。こうしてそれぞれの世界が、こうでもありえたオルタナティヴな世界の影響を感じ、おのれの胎内にそのポテンシャリティをいまだにもち続けているのが明らかとなる。ナチズムは歴史上の現実によって潰えた死せる可能性ではなく、一九五〇年代米国の現在時の辺縁を取り巻き続けている。ナチズムと訣別したつもりでいる現実において、ナチズムのいったい何が生き残っているのか。

　したがって『高い城の男』の提起する問いは、ナチスが戦争に勝利していたら世界はどうなっていたか、というだけにとどまらない。さらにくわえて、ナチスはおのれが敗北した世界において、その敗北にもかかわらず、いかなる点で勝利したのかを問うのである。各世界には他の世界から借り受けるものがあり、あらゆる出来事の相互連鎖という原理にもとづいて他の世界に感染するといってもよいだろう。典型的なアメリカの家族風に、テレビのまえに集うふつうのナチスの家族を撮影した『LIFE』誌のルポルタージュ写真が示しているように（というのも、この世界ではテレビを発明したのはナチスなのだ）。ナチスはそうと知ることなく、アメリカの雑誌のキッチュな美学を借り受けているのか。それともアメリカの雑誌のほうが、ナチスのプロパガンダと、そこでのアーリア人家族の理想化を借用しているのか。あるいは、ふたつの世界のあいだには困惑するような共通領域があって、そこで両者の同期性が「……鏡をもて見るごとく朧《おぼろ》に」浮かびあがるのだろうか。

　因果律では、こうした問いに答えられない。可能性でしかない実存が、あらゆる因果の外で、どのように所与の事態に作用しうるのかを、因果律では説明できないのである。『易経』の実践をとおしてディックが探るのはまさに、発散する諸世界やオルタナティヴな諸世界を交流させるシステムであって、たったひとつの世界の実存——現象が恒常的で画一的な因果秩序にしたがっている——を強要することではない。別の言葉でいうなら、かれの追い求める説明体系は、もはや普遍的メカニズムの場合のように現に存在している実存のあいだでの因果作用にもとづくものではなく、心の場合のように仮想的な現実やありうるかもしれない現実の影響にもとづくものである。[5] それゆえディックの観点によれば、『易経』は書物以上のものとなる。それは同時に神であり、生ける書物であり、心であり、巨大コンピュータであり、テクスト＝機械である。それを紐解く者は、（半ばランダムな籤引きを数回繰り返すことで）そこにデータを入力し、書物は宣託によってそれに答えるのだ[6]。

ときに指摘されてきたように、観念論は世界を一冊の書物として提示してきた。その文字は、神の文法を理解するために解読されねばならない。バークリー司教のような観念論者とは、じぶんが世界について形成する諸観念を、神の言語の表現と見なし、それとおして世界を読み解く者である。だがディックが執筆しているのは、スクリーンが書物に取って替わった時代だ。つまり、観念論者はもう読解をぴたりとやめている。むしろ観念論者が、テレビやコンピュータのスクリーンのまえにいる姿を想像しなければならない。観念論者は言語を解読するのではなく、情報を処理する。バークリーとはちがって神はもはや観念や、文字としての事物を介して、世界から直接語りかけてくることはない。神はむしろスクリーンとしての脳に情報を伝達する。そうすることで、いまや現実は操作されうるものとなり、人目を欺くホログラムというかたちで投影されるようになる。これこそ『釈義』の（無数にある）仮説のうちのひとつである。「だからわれわれの小さな心理世界のシステムは、入力される情報によって絶え間なく爆撃されているのだ。われわれはこの情報を処理し、適切な形態に変え、タイミングを見計らって適切な中継先に送信している——だがこうしたすべてはわれわれを通じて行われる。われわれ自身はまるで何も思考しないトランジスタ、ダイオード、コンデンサ、抵抗器のようだ」（E, I, 621）。

この観点からすると情報理論は、旧来の観念論に取って替わった一方で、『易経』と同じ役割を演じている。情報理論は原因と結果の関係に代えて、発信者／受信者という関係の型を設定する。この関係は、心と心の関係と類縁的である。自然は、心の——あるいは神の——類比物となるのであり、そのメッセージとコードを解読しなければならない。ちょうど生物学がＤＮＡを解読するように。神はもはや因果を司る偉大な主人ではない。神は職工、時計職人、文法学者であることをやめ、プログラマーとなった。ともすればそのことをもって、こう結論する人もいるかもしれない。あらゆる問題はコミュニケーションの問題となり、それを解決するには対話の新たな形式を推進し、専門の会議体や外交的な審級を創設すればよい、と。だがディックはちがう。なぜなら、心と心のあいだには絶え間なき戦争があるからだ。『釈義』[7]においても、幾つかの小説においても、複数の神のあいだに闘争がある。ウィーナーと同様に、神々の闘争の争点はすべて情報にあるだろう。モーセ五書、キリスト、ディオニュソス、ブラフマンの真の情報が、偽の神々や帝国（ローマ帝国とアメリカ帝国）による偽の情報、歪曲に対抗する。神々はバークリーとはちがって精神に語りかけるのではなく、麻薬と同じように脳に直接到達する。ディックの小説で麻薬密売人が神々と同じくらい強い影響力をもつのは、神々が現実を提供するように、売人はパラレル・ワールドを提供するからだ。

様々な世界が交錯する宇宙において、「ありそうもない」出来事が因果律から原理としての価値を取り去る宇宙において、作中人物はどうしておのれのアイデンティティの確証を得ることができるだろうか。自同律（わたし＝わたし）のほうも、おびやかされないことがあるだろうか。じぶんの世界のなかに別の世界が闖入してくることによって、作中人物が根底から触発されないことなどあろうか。現実原則と因果律が崩れるとき、その崩落の只中で、アイデンティティの原理（自同律）を道連れにしないことなどあろうか。あらゆる概念が原理としての価値を喪失するとき、もはや人びとはじぶんの身に何が起こっているかを理解できず、じぶんが現実世界に生きているのか、幻の世界に生きているのかもわからず、じぶんのアイデンティティ（わたしは誰か）や、じぶんの本性（わたしは何者か）について疑念を抱きはじめる。

デカルトは省察をとおして、「われ思う」の活動から、思考する事物としての「自我」の実体性を結論づけた。ディックにおいてこの「《わたし》」が麻薬や、超能力や、無意識の深層に由来する欲動の影響下にないことを、保証してくれるものは何もない。「《わたし》」がほんとうにわたしであることを、わたしに保証してくれるものはまったくない。「《わたし》」がいわば侵入者のようなものになることさえある。「まるで他人か、別の精神があなたのなかで考えているみたいだ。考えかたもふだんとちがう。あなたの知らない外国語がまじることもある」[1]。わたしの思考が、わたしの脳をコントロールする存在物からやって来たものではないと、いったい何が保証してくれるというのか。

デカルトは、あらゆる世界と無縁のところで自我を発見した。かれは自我をそれ固有の実体性において現出させるために、世界の実存を宙吊りにしなければならなかった。だがディックにとって問題はまったく別のしかたで、ほとんど真逆の用語で提起される。世界が消滅するなら、自我もあらゆる実体性を喪失するのであり、自我は溶解することで、自我と世界との緊密な相関関係を示すのである。「人とはじぶんの生きている世界そのものだ。世界が消滅すると、その人も存在しなくなる」[2]。だがそれは、デカルトにおける事態とはちがって、世界の実存の宙吊りが、一時的なものではすまなかったからだ。世界はほんとうに消滅するのであり、それによってまったく別種の現実が出現する。「人間たちが見える。部屋も見える。だがここは知らない場所だし、いるのは知らない人間たちだ。――そしてかれは、慣れ親しんだ世界とのあいだに生じた亀裂が大きすぎて、その亀裂がじぶんを呑み込んでしまったのではないか、じぶんの肉体的なアイデンティティも、日常的な自我も根こそぎ消滅させられ、新たな物質の寄せ集めのようなものになってしまったのではないかと思った」[3]。

世界の劣化や消滅は、心の深甚な混乱の兆しであり、しばしばユング派精神分析――フロイト派精神分析よりもディックに着想をあたえている――の用語で解釈される。心に張りめぐらされた集合的無意識の底から浮かびあがってくるのは、原初のイメージであり、抑圧された古代の元型であって、それが世界のありようを決め、世界に幻覚的な形態をまとわせる[4]。この集合的記憶は抑圧されているにもかかわらず、すべての個人史を条件づけている。ディックにおける妄想と幻覚はいつも、個人史よりも遠いところからやって来る。「かれはすべてを心の奥底に抑圧したが、ぜんぶそのまま残っていて、マットを食いちぎろうとする犬のようにかれに嚙みつこうとしているのだ」[5]。

ディックの眼からするとユングのテーゼの優位とはまさに、無意識には直接的に集合的で社会的な次元にくわえ、さらには宇宙的な次元もあるという点である。だからこそ心の混乱は、よりいっそう古い基層に起因するものでなくとも、ただちに社会政治的な性格を帯びる。心の混乱とは個人的な外傷《トラウマ》ではない。そうではなく現代社会こそが神経症者、倒錯者、抑うつ者、分裂症者、パラノイア者を——とりわけパラノイア者を——生みだしているのであり、心の深層を覆う集合的な欲動の基層によって、誰もがおびやかされていると感じているのだ。「分裂症は、遅かれ早かれほとんどすべての家庭にかかわるよくある病だった。分裂症になるのはたんに、社会によって植えつけられる要請に適合できない人だ。分裂症者が逃避した現実——というか、はじめから決して馴染めなかった現実——とは、個人間の生活という現実であり、お仕着せの価値をもつお仕着せの文化のなかでの生活である」[6]。だからこそ、ディックには精神分析家と精神医学者が、繰り返し——しばしば喜劇的なしかたで——登場するのだ。たとえば、三〇分で千ドルを要求する仄めかしばかりの日本人精神分析家もいれば、じぶんの患者がアンドロイドであることに気がつかない精神分析家もいる。さらには問題を解決するために火星で暮らすよう患者全員に薦める精神分析家もいれば、「人びとをいまある世界に同調させる」[7]機能を担わせるべく、官憲が用意する精神分析ロボットもいる。いずれもディックの錯乱する宇宙に属しているのだ[8]。

脳を横切って左右両半球を切り離す亀裂のことを考えるなら、問題は精神的なものというより、脳的なものである。一方の左脳は、たとえば計算や言語能力のような「デジタル」的ないし数的な関係総体に対応している。他方の右脳は「アナログ」的な関係、つまりパラ言語や身振りのシステムにかかわる関係を担っている。[9] 前者は論理＝分析的なアルゴリズムから出発し、離散的単位にかかわる。それに対して後者は直観や「共感」によって、連続体としての全体、ゲシュタルトを把握する。ディックの作中人物はみな、この亀裂にまたがって生きている。そして、この亀裂が広がってついには分裂すること、つまり高次の媒介活動によっても両者を統合することができなくなるというリスクを、つねに横目にしている。

もっとも際立つ事例は『スキャナー・ダークリー』の作中人物フレッドである。麻薬課の覆面捜査官であるかれは、麻薬密売人ボブ・アークターという偽名をもちいて、危険な麻薬を闇市場に流す巨大密売組織を追っている。[10] ときどきこの麻薬を摂取しているフレッドは、それが「右脳と左脳を切断し、意識の統合を失わせる」ことを知っている。フレッドの二重身分を知らないかれの上司――なぜなら麻薬課の捜査官はみなじぶんの姿を「ぼかす」スクランブル・スーツを着ている――は、ボブ・アークターを監視することにしたとかれに告げる。つまりフレッドのミッションは、じぶん自身のスパイになることだ。「同じ通りの上手の家では、おれはボブ・アークター。ひそかに監視されてる麻薬密売人だ。二日おきに、何か口実をつくってこっそり通りをくだり、あのアパートメントに入る。そこでのおれはフレッドで、記録テープを何キロも何キロも再生してじぶんの行動を追わなきゃならない。まったくうんざりだ[11]」。次第に麻薬の効果におかされてゆくかれの人格は分裂し、じぶん自身を調査していることもわからなくなる。「おれの脳はひび割れてしまった……」。[12] 人格分裂のせいで心の統合はかんぜんに失われ、ついにかれは誰でもなくなる。じっと一点を見つめ、生命の兆しはない。

　ディックは右脳と左脳の分裂へとしばしば立ち戻るのだが、まるで左右両極からなる脳の構造が、あらゆる分断、あらゆる人格分裂の源泉であるかのようだ。これこそ『スキャナー・ダークリー』初稿執筆の直後、一九七〇年代のかれ自身に起こったことではないか。このときディックの世界の現実は壊れ、初期キリスト教時代のローマ帝国の世界へと崩落した。かれは世界史にぽっかりあいた亀裂を垣間見て、その心は二重に分裂した。もはやかれはカリフォルニア在住で、アメリカ市民のSF作家フィリップ・ディックではなく、西暦七〇年のキリスト教徒なのだ。「わたしは西暦七〇年からやって来た時間旅行者なのだという考えは、トマス［使徒］のことをかんぺきに説明してくれた。PKDの人格は記憶なき仮面にほかならず、トマスこそが時間旅行者の真の人格なのである。つまりトマスこそがほんとうのわたし自身なのであり、カッコウの卵のようにここに送りこまれた真のわたしなのだ。わたしはPKDではなくトマスだ。神憑きではなく、たんなる想起《アナムネーシス》である。LSDがまわると、ラテン語の読み書きができるようになるのも不思議ではない」(E, I, 484-485)。個人史が掻き消えると、集合的無意識の太古の記憶がそのまま浮上してくる。かれ自身が述べているように、どれほど妄想じみたものであろうと、われを忘れるかのごとく毎年『釈義』に書きつけられていった無数の仮説が、その散逸じたいをとおしてかれの人格を編みなおし、結集させることを可能にしたのだ。妄想の機能とはおそらく、この亀裂の縁同士をたがいに接近させ、心を破滅させる裂き傷をつくろうことであるにちがいない。妄想とはつねに「治癒や再構成の試み」なのだ。[13]

この時期に執筆された小説群は、しばしば自伝的物語として紹介される。ディックの生きた経験にかんする多くの描写にくわえて、『釈義』からの抜粋もいくつかそのまま見いだされるからだ。だがむしろ逆ではないだろうか。かれはみずからの体験をフィクションにもち込んだのではなく、むしろこの体験のほうが、かれをフィクションへと急き立てたのである。ディックはかれの小説の作中人物のひとりとなった。いまや小説家は、おのれの小説のなかへと想像的にじぶんを投影する人（「ボヴァリー夫人とはわたしだ」）ではなく、その作中人物のひとりにじっさいになっていることにふいに気がつく人なのだ（「わたしはPKDの本の主人公だ[14]」）。

そしてこれこそまさに、「神学三部作[15]」の小説二篇で起こっていることである。「フィリップ・K・ディック」はまさしく小説の作中人物となっており、ふたりの人物にすらなっている。換言するならつまり、おのれを二重化するという条件のもとではじめて、かれは作中人物になりえたのである。『アルベマス』でのかれは、『釈義』で報告された宗教的な妄想体験と同じことを経験するニコラス・ブレイディでありながら、同時に、SF作家フィリップ・K・ディックでもあって、じぶんの友人の話にきわめて懐疑的である。ディックは地球外に知能が存在するという考えをまったく信用しないばかりでなく、ニコラスの精神状態《メンタル・ヘルス》に不安を抱く。「わたしにとっては、そうしたすべてが自然に反するおそるべきこと、何がなんでも立ち向かわなければならないことのように思えた。得体の知れないものに、人格が奪われてしまうだなんて[16]」。『スキャナー・ダークリー』の覆面捜査官と同じように、かれの友人は脳の両半球の分裂によって被害をこうむっているとさえ考えるのである[17]。『ヴァリス』にも、ふたりの別々の作中人物が登場するという類似の手法が見られる。すなわちホースラヴァー・ファットという荒唐無稽なしかたでディックと同名の人物[18]と、一人称で語りを進行させるフィリップ・ディックである。ファットは半ば狂人であって、「次々に押し寄せて次第にじぶんの頭を浸食してゆく情報の波が、神聖なる起源」をもつことを示すべく釈義を執筆している[19]。その一方でディックは、こうしたがらくためいた仮説の山を、心の不均衡のしるしとだけ見なし、かれをそこから解放しなければならないと考える。ファットによれば、あらゆる宗教の源はドゴン族の宇宙開闢論にあって、というのもそこには、アクエンアテンのように面長で三つ眼の侵略者たちがいるからである。この説明を聞いたディックは、友人が現実との接触をかんぜんに失ってしまったと考える。ここに見られるのは狂人と医者の二者関係であり、この奇妙なコギトはときにその役割を反転させる。

　ふたりの作中人物の区別があやふやになると、この二者関係はゆらぐものとなる。語り手自身も、両者をつねにきっぱり切りわけられるわけではない[20]。二重化が中断するのは、神のような能力をもつ子どもをまえにしたディックが、ファットはかれ自身の投影物にすぎないと自覚するときである[21]。けれどもファットはあとで再登場する。まるで決定的な再統合はありえないかのように。「ファットの狂気が戻ってきた[22]」。つまりディックは二重化し、じぶん自身であると同時にファットでもあるという条件のもとではじめて、じぶん自身であることができる。「ホースラヴァー・ファットとはわたしだ。こうしたことすべてを三人称で書いているのは、しかるべき客観性を得るためだ」。つくりだされているのは非自同律（わたし≠わたし）であって、ちょうど同期性《シンクロニシティ》が先ほど非因果律を導入していたようなものだ。基礎となるべき確実性だったもの（わたし＝わたし）が、解決しえない問題（わたし≠わたし?）や、修復しえない亀裂（わたし＝他者）となり、さらには複数的なアイデンティティ（わたし

＝かれ）に姿を変えるのである。作中人物たちが発症していないときも、ディックの全作中人物をおびやかしているのは分裂症だ。自我のうちにはたえず他者がいる。それが地球外生命体や超常現象の憑依という形態を取ったり、わたしの心的統合をおびやかす無意識の欲動という形態を取ったりするのである。[23]

たしかにデカルトは人格の同一性という問いを立てない。この問題はむしろロックのものであり、かれは人格の同一性を記憶の連続性によって基礎づける。いわく、記憶の連続性が存在するかぎり、わたしはじぶんがじぶんであることを知っている。記憶の連続性は、意識内容をじぶんのこととして引き受ける営みをたえず更新することで保証される。それによって「これこそまさにわたしだ」と、わたしにいわしめるのである。[24] だが、ディックにおける自我には、連続性も実体性もない。というのも一方では、多くの作中人物が一時的な記憶喪失に見舞われるからだ。こうした記憶の穴が、語りの連続のなかに深い亀裂を入れる。ディックの物語は決して連続的なものではなく、まるで穿孔されているかのように、いくつも穴が散りばめられている。作中人物がいつものように家を出ると、唐突にスペースシップに乗船させられたり、病室にいたり、遠くの惑星にいたりするのだが、その間に何が起こったのかはわからない。眠り込んでいたのか。麻薬を摂取したのか。幻覚に見舞われているのか。狂気に陥ったのか。

個々人の脳に偽の記憶を植えつけることができるようになると、問題はさらに紛糾する。たとえば「トータル・リコール」では、作中人物はもはや、真の記憶と偽の記憶を識別できない。「かれは尋ねた。「なあ、おれは火星に行ったのか。きみなら知ってるだろう」。――「行ってるはずないじゃない。あなたのほうこそよくわかってるでしょう。火星に行きたいっていつも泣き言をいってるんだから」。かれは答えた。「それが、じつは行ったような気がするんだ」。一呼吸して、つけたした。「やっぱり行ってないような気がする」」（N2, 890〔「トータル・リコール」、『トータル・リコール』三三頁〕）。もはや真の記憶と改竄された記憶を識別する手段がない以上、〈記憶の〉連続性は、たとえ絶ち切られていなくともあやふやなものとなる。個人の水準で起こることは、歴史的な現実という集合的な水準でも同じく起こる。歴史的な現実も様々な操作、改竄、隠蔽の対象なのだ。ディックにとっての歴史は何よりまず、偽りのもの《フェイク》である可能性によって特徴づけられる。ちょうど『最後から二番目の真実』にあるように、政治権力は偽の記録資料を大量に駆使するのであり、なかでも第二次世界大戦の複数のヴァージョンを必要とあらばもちだしてくるのである。[25]

ディックのあらゆる作中人物のなかで、『スキャナー・ダークリー』の覆面捜査官ほど、心の統合が解体されている者はおそらくいない。だが同様にほかの多くの人物たちも分裂状態を生きており、そのせいで感情をまったくもたない。左脳によって支配されるかれらは、純粋に理性的な存在となり、感情移入を欠き、純粋に抽象的な論理によって導かれている。いまや問題は作中人物のアイデンティティではなく、人物たちの本性、つまりその人間性にかかわるものとなる。作中人物たちはまるでじぶん自身の一部分から切断され、人間ならざる被造物に変わってしまったかのようだ。問題はもはや「わたしは誰か」ではなく、「わたしは何か」なのである。デカルトは「われ思う」を「思考する事物」に関連づけた。その点はよしとしよう。けれども、この事物はいかなる本性のものか。人間なのか、それとも機械か。しばしばディックはつぎのように言明していた。「現実とは何か」という問いと並行して、「人間的なものとは何か」という別の問いに取りつかれている、と。かれの不安は、機械が人間に置き換わるということではなく、むしろ人間じたいが機械と化すことにある。危険なのは身体の機械化でも、思考の自動化でもなく、心の脱人間化なのだ。

　このことを示すのが短篇「にせもの」だ。じぶんの家から出たところで逮捕される男の話なのだが、逮捕の理由は、地球を破壊するために地球外生命体によって製造されたロボットではないかと疑われたことだ。かれのなかには爆弾が埋め込まれていて、合言葉をかれが口にすると爆発する仕掛けになっているらしい。男は、ぼくはぼくだと抗弁する。だが、それをどうやって証明できるだろうか。「それが今回の事件の原因ですよ。ぼくがぼくだということを示す方法がなかったんだ」(N1, 895［「にせもの」、『アジャストメント』一二二頁］)。男は保安局員の手を逃れるが、逃走のさなかに、血まみれのじぶんの遺体を発見する。このとき、かれは起爆装置を発動させる合言葉を口にする――「でも、そうだとしたら……ぼくはきっと……」。つまり「思考する事物」は機械だったのである。[26]

「思考する事物」であることは、人間であることをいっさい保証しない。ロボットでも申し分ないからだ。もっというなら左脳が支配する人間、言語的コミュニケーション、計算、コード化された離散量の操作を行う人間、右脳のもつ直観的で「共感的」な関係の感覚が衰退した人間は、非人間的になり、アンドロイドになる。そして抽象的な諸関係の世界に閉じこもるのである。現代のスキゾイドであり、感情を欠く「訓練しすぎた脳」である。「有能で気真面目そうな若い男は、かんぜんに無感情なスキゾイド・タイプの若い男性だった」[27]（R3, 272〔『シミュラクラ』一〇八頁〕）。

因果律と同じように、自同律（わたし＝わたし）もまた、脳を構成する亀裂のせいで、みずからを維持できなくなっているかのようだ。亀裂はたえず深まり、いたるところに拡散し、様々な世界にひびを入れ、人びとを分断し、人間性を失わせ、精神病に到らせるかもしれない。この亀裂から生まれるのが、ディックにおけるあらゆる妄想である。妄想とは粘り強い治癒の努力であり、「自己」を編みなおすべく何度でも再開される試みである。それは作中人物たちに、創造されるやいなや崩壊する諸世界を遍歴させる。狂気と麻薬に蝕まれながらも、こうした散逸じたいの只中で、ふたたびすべてを結集させようという希望を抱く人物たちにとって、妄想こそが伴侶となるのである。

第4章　幻想的なもの

しばしばディックは覚醒／睡眠の区別に立ち戻る。その出発点となるのは、ヘラクレイトスによる共通世界（コイノス・コスモス）と私的世界（イディオス・コスモス）との区別であり、かれはそれを正常／病理の区別の等価物としてもちいる。[1] ある作中人物の妄想世界のなかにいると思い込んでいると、その世界はほかの人びとと共通のものであることに気づいたり、あるいは、現実世界のなかにいると思い込んでいると、その世界が妄想の産物であることを発見したりするのである――問いが決せられぬままの物語については、ひとまず脇におくとしよう。私的世界に生きるのは分裂症者、麻薬摂取者、パラノイア者であるが、かれらは別の現実にアクセスできるのかもしれないし、また逆に正常な人とは、共通世界のなかでたがいに一致しているという幻覚を見ているだけの、覚醒したまま眠り込む人なのかもしれない。

ディックが斥けるのは、諸世界のあいだのこうした整然たる区別である。ＳＦは世界によって思考し、様々な世界をつくりだすが、ディックにとって本質的なのは世界と世界のあいだで生ずる相互干渉のほうだ。それゆえ多くの面で、かれはＳＦよりも幻想小説に近い。もちろん地球外生命体、スペースシップ、遠くの銀河はあるのだが、ディックの本質ではない。双方のあいだに区別を設けねばならないとするなら、SFはひとつの世界（ないし複数の世界）を構想するのに対して、幻想小説はつねにふたつの世界（あるいはもっと多くの世界）のあいだでの衝突の経験をつくりだす、といってもよいだろう。SFが世界の構想にかんして理性的でありうる一方で、幻想小説のほうは、現実と非現実のあいだの区別を掻き乱す諸世界間の衝突ゆえに、たえず非合理的なものに突きあたる。幻想性は、このゆらぎそのもののうちに宿る。

この観点からすると、トドロフが幻想的なものに対して、確定した文学ジャンルではなく、むしろジャンルから独立した特異な経験類型を割りあてているのは正当なことだ。こうした経験が訪れると、作中人物にはじぶんが証人となる超自然的な出来事が、感官の錯覚や空想の産物なのか――この場合、世界の法則は変わらぬままだ――、それともその出来事は現実の内容の一部であり、つまり未知の世界の法則にしたがっているのか、判然としなくなるのである。[2] たとえ結末ですべてが明かされるとしても、ディックにしきりに登場するのはこうした事態だ。いままさに起こっている出来事が、どの世界に属しているものなのかわからなくなるという状況はごまんとある。これは、フロイトがまさしくふたつの世界の衝突として理解していた「不気味なもの」の経験に近い。つまり不気味な世界が慣れ親しんだ世界のうちに忍び込み、その秩序を攪乱するおそれがあるというのである。[3] 突如世界が変わると、その瞬間に驚愕に襲われる。まったく想像力もはたらかないなかで、とにかく別世界からやって来た何か＝x、解き明かしえない何か、しかしリアルな何かが知覚されるのである。[4] ディックの比類なき成功はこうした性質のものだ。おそろしいのは、この世界に亀裂が走ることなのである。「すみません、ビュレロさん。あなたのデスクの下に奇妙な生き物がいます、とロニ・フューゲイトは小声でいった」[5]。

この観点からすると、夢と現実のあいだのヘラクレイトス的区別がまだ有効かどうか疑わしい。永きにわたって哲学は夢をめぐる問いを立ててきたが、それを心底信じてきたわけではない。現実とは巧みにつなげられた夢の連続ではないかと、哲学は問うのだが、このとき強く疑われるのは、この問いは修辞的なものにすぎず、夢と現実とを区別できることを誰も真剣に疑っていないのではないか、ということだ。〔夢と現実を区別できるという〕この観点を採用するなら、現象学者たちが、夢の「種子」は覚醒時の知覚の整合性を決してもたない、と述べるのは正しいことになる[6]。ふたつの世界の区別に憂慮すべき点はない。だが、ほんとうの狙いは別のところにあったのではないか。永きにわたって哲学が夢見るふりをしてきたのは、現実を疑うためではなく、何よりまず判断力の権威を確立し、ほかのあらゆる思考形態に対する判断力の優位を確立するためだった。たとえソクラテスにダイモーンが、プラトンに幻影が、デカルトに夢があらわれようとも、夢と幻影はいつなんどきも、思考者の精神のなかへの侵入者にすぎない。判断することだけが正当な唯一の思考行為であり、夢と妄想からわれわれを守る唯一可能な思考の定義だというわけだ[7]。

ところで判断力の第一の作用とは、まさに諸世界をたがいに区別することであり、第二は、どの世界が真の世界であるかを決定することであり、最後は、これらの世界のうちに存在者を振りわけることである。眠っている人は目覚め、破天荒な夢から解放されると、現実世界に戻ってきたことに気づく。それは何より判断能力を取り戻し、「つまりあれは夢だったのだ」となるからだ。目覚めた人は、現実のものとそうでないもの、本物と偽物、確実なことと蓋然的なことなどを、あらためて区別できるようになる。じぶんの知覚していること、信じていること、語ることは、「現実」世界にかかわるものだと、あらためて保証されるのである。逆にいうなら、夢見る人はこの世界に属していないともいえるだろう。サルトルは、夢見る人はまさに「閉じた想像界」に引きこもり、世界内存在を失っていると記述する。夢のイメージは世界を形成するのではなく、むしろ「世界の雰囲気」をつくりだすというのである[8]。判断力はここで、諸世界のあいだでの裁定を充全に行うのだ。世界の現実性は贈与の問題ではなく、裁定の問題である。さもなければ、どうして現実がただの所与にとどまらず、原則の地位——名高き「現実原則[9]」——にまで昇りつめる必要があるのか、理解できなくなってしまうだろう。

世界の現実性はあらゆる判断に先立つ明証性であり、どんな特定の判断にも先行する本源的な信、「知覚的信念」によるものだ、という反論があるかもしれない。その場合、判断力は「世界を信ずる」というこの普遍的な土台」に立脚することになるだろう。この土台は、「生活上の実践であるか、理論的な認識実践であるかを問わず、あらゆる実践の前提である。世界の存在は全体として自明のことであり、決して疑われるものでもなければ、判断の活動に由来するものでもなく、あらゆる判断の前提をなすものである[10]」。だが、このような信が、すでにおこわれている世界同士の区別を前提していることに、どうして気づかずにいられるだろうか。すなわち自明の疑いえない現実世界と、空想的、虚構的、非現実的……と見なされる他の諸世界との区別である。

こうした「本源的な信」はむしろ、夢見る人の側に属するものではないだろうか。現象学は夢見る人の経験、夢の現象学そのものに十分な重要性をあたえておらず、覚醒状態からそれを理解しているにすぎない。夢見る人の特徴とはまさに、「知覚的信念」よりもさらに本源的なしかたで、深く信じることではないだろうか。なぜならそれは、あらかじめ存在する世界という土台に立脚するものではないからだ。夢見る人は世界内存在をもたないからこそ、起こることすべてを信じ、何にも決して驚かずにいられるのではないか。もはや非現実的なこと、偽物、不可能なことは何もない。なぜなら覚醒した自我、判断する自我は消え失せ、眠り込むからだ。

　このとき夢見る人の自我は活性化し、散乱し、散りぢりになって、「破片からなるモザイク」となる。統合というよりつぎはぎによってつくられるこの自我の統一性は脱中心化され、その力を波及させてゆく。[11]「夢の主体、あるいは夢の一人称は、夢それ自身、夢全体なのである。夢のなかでは、物であれ獣であれ、空虚な空間であれ、幻想を満たす遠く奇妙な事物であれ、すべてが「わたし」で語るのである」[12]。おそらく一箇の「《わたし》」を保存しておく必要すらもうない。なぜならそれはいたるところにあって、匿名で多焦点的だからだ。ただし、夢が非現実のなかに沈み込んだり、超現実に到達できたりするわけではない。むしろ夢においてはすべてが現実的なのである。というのもまさに、いまや判断力があらゆる機能を放棄するからだ。夢見る人が現実的なものとそうでないもの、真と偽、真実らしいものとそうでないものとを決定する必要はもうない。このうえなく妄想じみた挿話も含め、すべてが現実的であり、すべてが信じられるのである。

　逆にいうと、判断力が生き永らえるためには、区別、分離、排除が必要である。判断力は、諸世界や諸領域を分割する活動を絶え間なく行う。それが提起する唯一の問いは、分割線をどこに引くか、というものだ。境界線をどこに引くか。これは、『宇宙の眼』の諸世界を特徴づけるものではないだろうか。作中人物はそれぞれ、まったく情け容赦のない判断、このうえなく恣意的な規範と価値観にもとづいて、妄想に満ちた権威主義的な世界をつくりあげる。各自がそれぞれ独自の因果法則を設定し、既存の世界に対して、現実のある側面全体を取り除いたり追加したりする。世界の成り立ち《コスモロジー》を変容させ、天動説を復活させ、性や通貨システムを除去し、天使や怪物を招き入れる……。判断力は価値観、規範、信条にもとづいて、何が世界の一部をなし、何が世界から排除されるのかを決定する。

権利上、判断する個人は決して眠らない。生来の不眠症者なのである。判断することは、不寝番をすること、見張ること、境界の警備員になることである。境界は夜警も含む警備員をたえず必要とする。そしてベルクソンもいうように、不寝番をすると疲れるのは、一日中ずっと判断し、良識を示し続けなければならないからだ。「きみがたえず行っているそうした選択と、たえず更新されているそうした適応が、良識と呼ばれるものの本質的な条件なのだ。けれども適応と選択は、きみに絶え間ない緊張状態を強いている。大気圧を感じないように、そのことにはすぐには気がつかない。だが、そのうち疲れてくる。良識をもつことはとても疲れることなのだ[13]」。夜がやって来ると、みな眠りへと帰ってゆく。ただし不眠症者は別だ。不眠症者は、判断する人のたえざる見張りによって、一晩中ずっと目覚め覚醒した状態に置かれる。眠る人とは、判断する活動に疲れた人間である。休息をもたらすのは眠りだが、夢は眠りには属さない。夢とは、覚醒と睡眠のあいだの第三の状態なのだ。夢とは覚醒状態の他者であり、そこで人は判断の疲れを癒すというより、判断から解放されるのだ[14]。

こうした第三の状態——かならずしも夢だけではない——は、ディックの多くの物語に見られる。

この状態は麻薬、精神障害、催眠術、心理操作《マインド・コントロール》といった様々な手段によって獲得される。[15] それは幻想的なもの（ないしは不気味なもの）の経験を特徴づけるものだ。SFというジャンルの合言葉となっている荒涼たる惑星や遠くの銀河といった様々な舞台設定、スペースシップや技術的ガジェット一式、地球外生命体の背後には、こうした幻想的なものの経験がひそんでおり、ディックはたえずそこに合流しようとする。この領域では、諸世界はたがいに折り重なり、崩壊し、分岐するのであり、作中人物たちは「感じとれないほど微かな実質」と交流しはじめる。それは、映画がときにわたしたちをひたす受容性の状態に近い。映画を幻想的なものへと到達する特権的な道と見なしていた、アルトーの描写を思い起こすこともできよう。「感じとれないほど微かなある実質の全体が具体化し、光に到達しようと模索している。映画はわれわれをこの実質に接近させる（……）。映画は次第に幻想的なものへと接近してゆくだろう。さもなければ映画は生き残れないだろう。じっさいのところ、この幻想的なものこそ現実的なもののすべてなのだと、人びとはますます気づいてきているのだ」[16]」。

　アルトーのこうした宣言が、黒澤、ブニュエル、コクトーのような夢を描く偉大な映画作家よりむしろ、リンチの映画を思い起こさせるのはいったいなぜだろうか。それは黒澤、ブニュエル、コクトーにおける夢がまさに、現実世界に干渉することのない別世界と考えられているか、さもなければ象徴的で綺想的な照応の戯れによって理解されているからだ。そこで展開されているのはひとつの詩学であり、綺想的《ファンタスマティック》なものであって、非現実や超現実のうちに夢を封じ込めるほど豊饒なものとなる。こうすることで夢は、幻想的《ファンタスティック》なもののもつ不気味な力を失う。幻想的なものによって、夢は現実のなかに忍び込み、その輪郭をあやふやなものにしてしまえるというのに。夢に固有のつぎのような二者択一がある。すなわち夢とは現実的なものを超えて、それに魔法をかけ、象徴化し、超現実化する想像世界なのか、それとも逆に、物理的世界や心的世界の亀裂を浮かびあがらせる不気味で執拗なリアリティをもつのか、という二者択一である。前者の場合、わたしたちはじぶんが非現実的な世界のなかにいるのを知っている（綺想的なもの《ファンタスマティク》）。後者の場合、わたしたちは最初の世界とまったく同じくらいリアルな別の世界に転がり込んだのではないかと自問する（幻想的なもの《ファンタスティク》）。前者が空想の力と関係するなら、後者は狂気の危険と関係する。

この意味で、多くのSF映画の弱点とは、別世界を存在させたり、この世界の境界を感じさせたりするのに労力を費やすことである。たしかにSF映画は世界間の戦争や、諸世界の破壊や、現実世界に取って替わろうとする仮想世界を作品化するかもしれない。だが、まえもって存在している世界、すなわちキャメラが置かれている世界――キャメラはその世界の現実性を保証している――を起点として、すべてが知覚されることに変わりはない。リンチ映画の偉大な力のひとつはまさに、この世界のエッジへと、異世界と交流しあうゆらぐ領域《ゾーン》へと、キャメラが移動するという点にある。キャメラがうす暗い廊下を前進し、森の木々のあいだに分け入り、ファサードを迂回してゆくとき、それが映すのはまだこの世界のものなのか、別世界のものなのかわからない。別のいいかたをするなら、いまやキャメラはひとつの世界の現実性を保証するものではなく、様々な世界のあいだを行き来しながら、諸世界が干渉しあう場所、諸世界のあいだで共有される境界へと繰り返し立ち戻るのである。幻想的なものの領域そのものと一体化するこの境界を撮影することが、まるで狙いであるかのように[17]。

ところで判断力の諸範疇が宙吊りになるのは、この領域だけだ。そこでは因果、同一性、現実性が、原理としての価値を喪失する。これこそ、ディックにおいて生起している事態である。リンチと同様に、幻想的なものは夢や夢幻性よりも遙かに、狂気とその危険のほうへと向かう。ディックの問題とは夢ではなく、まさしく妄想であり、その底流を流れる精神病である。夢が妄想と同じくらいおそるべきもの、危険なものであった試しはない。一九世紀の精神医学のように、夢見る人を精神病者と取り違えることはないだろうし、ましてや精神病者を夢見る人と取り違えることもないだろう。一方の場合には、現実は一時的に宙吊りにされる（だが最終的にはいつも取り戻される）のであり、他方の場合には、現実は崩壊する（そしてかんぜんに元通りになることはもうない）[18]。

　われわれが身を置くディックのフィクション世界では、判断力はその権限を行使しないか、あるいは、それをまったく恣意的に発動させる。諸世界は一変し、解体され、非合理的なしかたで相互に交流する。判断力と同時に、それを下支えしていた「知覚的信念」や世界への信頼も同じく消滅する。かくなる先験的信頼の崩壊とともに、現実すべてが灰燼に帰す。ディックが幾度か着想を得ていた、ビンスワンガーの描く精神病者の症例にあるように。もはやいかなる根拠も存在しないがゆえに、読者はじぶんの対峙しているのが、厳密な意味で心的な宇宙なのかそうでないのか、提示されている現実が「主観」なのか「客観」なのかもうわからない。

　たとえば短篇「逃避シンドローム」において、速度違反で刑事に逮捕される運転手は病人であることを告げる。「何もかも現実じゃないみたいなんです……。車を飛ばせば行けるんじゃないかと思ったんですがね……、たしかな手応えのあるところに」。それでも刑事の疑いは晴れない。運転手はほんとうだと示すために、じぶんの腕を車の計盤器に突っ込んでみせる。「わかったでしょう？　わたしの身のまわりのものは実体がなくて、まるで影みたいなんだ。たとえば、あなたたちもそうだ。わたしが注意を逸らせば、あなたたちを消すことだってできる」〔N2, 783（「逃避シンドローム」、『模造記憶』二三二頁）〕。かれは刑事を納得させようと、じぶんの妻を殺したはずだと打ち明けるが、かれの精神科医は電話で、妻は地球のロサンゼルスで元気にしていると伝える。けれども、かれには殺人の記憶がある。しかし、偽の記憶かもしれない。幻覚だろうか。かれによれば、じぶんは地球上におらずガニメデ星に幽閉されていて、妻はほんとうに死んでいる。かれの精神科医は正反対のことが事実だと保証する。「もしかすると、妄想の世界を維持するための手段なのかもしれない。かれはフロへダドリンを少量、おそらく食事にまぜて投与されているのだ。しかしそれこそパラノイア的な考え――つまり精神病的な考えではないか」〔N2, 796（「逃避シンドローム」、『模造記憶』二五七頁）〕。精神科医は譲歩し、かれがガニメデ星にいることにするが、妻は生きているという。そのせいでかれは、ふたたび妻を殺害しなければならなくなる。かれが車に乗り込んで走りだすと、刑事は……。

ライプニッツが、ひとつの世界が存在するための条件として定めたのは、その世界で起こるすべての出来事がたがいに両立可能である、ということだ。ふたつの事象があるなら、そのうちのどちらかひとつだけというわけだ。つまりシーザーがルビコン河を渡ったなら、かれが渡らなかったというのは不可能である。ルビコン河を渡らなかったシーザーがいるとすれば、かれはこの世界ではなく、別の可能世界に属している。ディックの作中人物の問題とは、ひとつの同じ世界のなかに、和解しえない複数の出来事が到来する状況に突きあたるということである。「いったいランシターは死んでるの、死んでいないの？　わたしたちは死んでるの、死んでいないの？　あなたって、最初こういったかと思うと、つぎは逆のことをいったり。もっと筋道のとおった話ができないの？」（*Ubik*, 209〔『ユービック』二五〇頁〕）。男はじぶんが妻を殺害した世界に生きているのか、それともまだ殺していない世界にいるのかもうわからない。わたしは妻を殺害したのかどうか。火星に行ったのかどうか。生きているのか死んでいるのか。いつも同じ答えが返ってくる――両方だ。ディックが、ＳＦと幻想小説をきっぱり区別しない理由がわかるだろう。かれの物語の大半は、まさしく幻想的な挿話で頂点に達するのであり、そこでは諸世界のゆらぎが何より優位に立つのだ。[19]

　シモンドンとドゥルーズが示したのはまさに、ライプニッツの合理的な排除原理が機能するのは、あらかじめ形成された構成済みの個体の水準においてのみだということである。たしかにこの水準では、妻を殺害しかつ殺害しなかったこと、同時に有罪かつ無罪であること、死にながら生きていることは不可能である。「そう、わたしは死んだのだ。それなのにまだ生きている」[20]。だが、世界の「現実」がいまだ構成されていない、前個体的な現実の水準へと降りてゆくときすべてが変わる。さらには、精神的混乱や麻薬や高次の力の作用によって、世界の「現実」が砕け散るときも同様だ。いまわれわれが向きあっているのはまえもって形成された世界ではなく、不定形な世界である。そこでは個体性が解体され、和解しあえない現実たちが幻想的なしかたで交錯し、交流しあう。この前個体的な世界は、流動性、未決定性の世界であって、つまりたがいに同じくらい現実的な複数の諸世界を含むひとつの世界なのである。

　これこそ、ディックの語る「混沌への秘かな愛」だろうか。ある作中人物はこう定式化する。「この世界が歴史局のＲ階の展示品なのか、それとも、わたしが空想に逃避している中産階級のビジネスマンなのか。いまのところ、どちらかわかりません」。だが、まもなくかれはこう続ける。「問題の立てかたがまずかったのです。どちらの世界が現実か決めようだなんて、馬鹿げたことでした。どちらも現実なのです、当然[21]」。これこそドゥルーズにおける「包含的な離接」や、シモンドンにおける「準安定性」といった概念の意味であり、心の揺れうごきは、われわれが「複数の世界のあいだにとらえられている[22]」ことを示す。ディック自身は、ユングにおいてこうした着想に出会っていたはずだ。というのもユングの集合的無意識の深層では、対立する様々な性質、正反対の対の双極化は、いまだに確立されていないからだ[23]。ディックの世界があれほど迅速に崩壊するのは、堅固な大地も、フッサール流の「信ずるという普遍的な土台」も、いっさい存在しないからである。諸世界は、それを漂流させ崩壊させる領域《ゾーン》に建てられている。ディックの作中人物は複数の世界にまたがっており、どの世界にも一時的に棲みつくだけで、ひとつの世界にいるときにはすでに別の世界にとらえられているのだ。

第5章　エントロピーと退行

まあ悪くない、埃まみれのこのささやかな喜劇も
ベケット

よくSFは技術と科学の「進歩」への想像力によって定義される。それが正しいなら、退行と、エネルギーの消滅と、破壊だけが問題となる『ユービック』はSFに属さないのかもしれない。『ユービック』とは、この観点によればSFに反抗する小説《アンチ・ロマン》の典型だ。異様で逆説的な時間性のせいで、あらゆる「進歩」は無化される。一方で、作中人物たちは急激な時間の加速に晒されており、そのせいで素早く老いてゆく。極端な倦怠感に包まれるのを感じ、まもなく老人のように身体をひきずりだす。やがて死ぬと、遅くとも二四時間以内には塵埃となってくずおれる。他方で、時間の逆流が日常的な事物、まさしく技術的「進歩」から生まれたものに作用する。[1]「オーブンが退行していた。天然ガス用の旧式コンロに戻ってしまって、バーナーは詰まっているし、かすのこびりついた扉はぴったり閉まらない。あっけにとられた様子で、かれは使い古されたコンロを見つめた――そしてほかの調理器具も似たような変化をこうむっているのに気がついた」〔『ユービック』二一一頁〕。

あらゆる技術的な事物が、理由のわからぬまま退行をはじめる。スペースシップはまずジェット機になり、さらには「木製の大きなプロペラのついた旧式の複葉機」へと退行するし、超近代的な高速カーは初期の自動車に戻ってしまう。『ユービック』は、技術科学的な「進歩」がもたらす事物で世界を満たすという、SFの深層的傾向に逆らって進む。繰り返しておくなら『ユービック』は、スタンダードなSF小説に対するアンチ・モデルであり、アンチ定型である。そこではすべてが退行するのであり、前進とは衰退と死への前進にほかならない。「現実は後退した。それはみずからを支えている土台を失い、以前の形態へと逆戻りした」（*Ubik*, 205〔『ユービック』二四五頁〕）。すでに指摘したように、もはや究極的な根拠など存在しない。加速する退行と急速な老化が、世界の中核そのものを破壊する。世界はまたも調子を狂わせ、ついには崩壊するのである。

幻想的なものの領域を、シモンドンとドゥルーズの描いた前個体的領野へと接近させることができるのは、この領野がたえざる発生と変形の発火点となるからだ。この領野を駆け巡る情報（「情報（information）」には「形態をあたえること」の意味がある）は、ベイトソンの定式によるなら「ちがいをつくる差異」として理解されるものだ。情報は伝播し、増幅され、進展することで、諸世界をつくりあげ、鉱物、植物、動物といった個体を形成してゆく。逆にいうと退行が起こるのは、差異がもはやいかなるちがいも生みださず、未分化状態に戻るときである。未分化状態では、すべてが等しくなり、あやふやになり、解体される。変形、変身は不可能になり、時間の諸次元はどれも、「ガブル、ガブル、ガブル」と『火星のタイム・スリップ』の子どもが小声でつぶやくように同じ内容を繰り返す。これはディックに多大な影響をあたえたビンスワンガーが、『症例エレン・ウェスト』で描いた「墓穴世界」である。宇宙を解体するのと同じエントロピーによって、心は蝕まれ暗い穴に落下するのである。[2]

じぶん自身がじっさいに落下してゆく深淵によって、ある種の精神病者は、宇宙のなかでうごめく未分化状態への傾向にじかに接触する。緊張症はエントロピーと接続される。いまや世界の現実を変様させるのは、作中人物たちの精神病的な基底ではない。世界それじたいが精神病的な基底を有しているのであり、ある種の「特別な」人物たちはまさしくこの基底に到達するのである。現実の見せかけの秩序の背後に、同じくらい現実的な別の世界、混沌と未分化に近い世界が控えており、その世界が触れるものはすべて解体の危機に晒される。いわば一種のアンチ世界だ。[3] 退行とはたんなるあと戻りや、過去への固着ではなく、心と宇宙の組織すべての全面解体に立脚した未来へのヴィジョンでもある。以後の時が以前の時へと戻るのは、フロイトにおける死の本能のごとき、無機質なものへの回帰のようなものだ。われわれは、技術と科学の「進歩」のヴィジョンというSFのイメージから遠く離れたところにいる。

こうしたことは作中人物が、外部世界との連絡を遮断しようとする力に出くわすときに起こる。「これは内部世界と外部世界というふたつの世界の真の分離であり、両者はたがいに決して干渉しない。どちらも存続し続けるが、ばらばらに分かれている」[4]。『火星のタイム・スリップ』の分裂症の少年マンフレッドは、世界間の分離というより、あらゆる世界の消滅、ある種の渦巻きのなかへの世界の吸収を体験する。かれはじぶんを石化させる時空間のなかに閉じ込められている。マンフレッドは時間知覚があまりに加速されているので、世界が破壊と死に蝕まれてゆく姿、かれが「侵蝕」と呼ぶものを知覚する。人間は死体に、世界は瓦礫に見える。かれの描くヴィジョンに映る未来は、荒涼たる風景、廃墟、あばら家だ。この老人＝子どもは「墓穴世界」を生きる人たちの一員であり、宇宙のエントロピーにじかに接続されている。「これは逃避ではない。生命を抑えこんで、じめじめして冷たく腐敗した墓穴に閉じ込めることだ。何ものも去来しない場所に。かんぜんな死の場所に」（R2, 669-670〔『火星のタイム・スリップ』二一四頁〕）。

　老人＝子どもからは膨大な心的エネルギーが放出されることで、かれの現前は真の誘引子《アトラクタ》として作用する。かれはじぶんのほうに作中人物たちを引き寄せ、人びとのうちなる精神病的傾向を覚醒させ、じぶんと似た状態へと誘導する。人びとはまるでブラック・ホールの降着円盤にとらえられたかのようだ。「かれの思考がぼくらを浸食し、ぼくらのものの見方を変えてしまう。そしていつも見なれているお馴染みの出来事も起こらなくなってしまう」（R2, 685〔『火星のタイム・スリップ』二四〇頁〕）。『ユービック』の人物たちに起こるのもまさにこうしたことだ。人びとの生命エネルギーをブラック・ホールのように吸い取る少年の心によって、みなの世界の現実は様変わりしてしまうのである。

　マンフレッド少年にはもう廃墟の世界しか見えない。なぜならエントロピーに、万物の解体に抵抗しうるものは何もないからだ。究極の退行とは未来の終焉であり、可能性をすっかり抜き取られた未来である。すべてはすでに起こってしまった。未来は終わっているのだ。老人＝子どもにとって、もはや時間の諸次元のあいだにちがいはいっさいない。どちらを向こうと、もう何も起こらない未分化の色褪せた現在しかない。もはや差異はいかなるちがいも生みださない。「精神病とは何かようやくわかった。外部世界の事物の知覚がかんぜんに異常をきたすことだ。重要なもの、つまり思いやりのある人たちが特に歪んで見えてしまうんだ。そのあとに何が来るのか。おそろしい不安だ。——自己が絶え間なく満ち引きを繰り返すことへの不安（……）。それは時間の中断なのだ。あらゆる経験、あらゆる新しいものの終熄。いちど精神病になった人には、もう決して何も起こりえない」（R2, 692〔『火星のタイム・スリップ』二五一頁〕）。

スタニスワフ・レムが強調するように、ディックにおける退行は不十分な想像力——それによるなら遠い未来は、人類を封建的段階や先史的段階に退行させるだろう——によるものではない。[5] もちろんディックにおいて、先史の窪み《ポケット》に出くわすこともときにはあるだろう。たとえば『火星のタイム・スリップ』における火星の先住民であったり、長期にわたる放射能汚染のせいで見捨てられた地域でネアンデルタール人とすれちがう『シミュラクラ』の撮影クルーがそうである。「ぼくならこんなところにじぶんの人生を放りだすまえに、ずっと考えてしまうだろうな。でも、いつかほんとうにそうできたとしても……生きていくうえでいちばん不愉快なことを受け容れることになる。——というと？——過去による支配さ[6]」。未来を奪われた世界のこうした部分は、並行して交わらない時代に属するものではなく、どこか他処にある「進歩」的な領域と同時代のものだ。未来を奪われた部分とは、退行が現実のどんな水準をも脅威にさらす徴候となるのである。

人物たちの考案する用語が、「トロピー」、「侵蝕」、「安酒」に変わったとしても、これらの用語が指し示すのはどれも、エントロピー＝精神病という同一化を後押しする同じ過程であり、それが通奏低音となる。心理世界と物理世界の最深部において、この力はあらわになる。フロイトが死の本能を指し示すのにもちいた言葉を借りるなら、この過程が受動的ニヒリズムの形態をとりうるのは、「無機質な物質へと回帰」するべく退行が意志され、欲望されるときである。『ガニメデ支配』の少女に起こるのがそうしたことであり、感覚を遮断する処置を受けることで神経症から解放され、未分化の静穏に立ち戻る。「わたしはこの広い宇宙そのものであり、じっと見つめる小さな一箇の眼である」(R4, 571-572〔『ガニメデ支配』二〇五頁〕)。わたしはふたたび物質となり、争いごとのない未分化の流動体となった。おぉ、涅槃《ニルヴァーナ》よ。

ある種のパラノイア者においてこうしたニヒリズムは、活発でいっそうハードなものとなり、おそるべき政治的ヴィジョンに変貌しうる。未来を見て予言できる精神である「予知能力者《プレコグ》」のように、パラノイア者は未来を見るだけにとどまらない。予知をいっそう遠くまで推し進めると、時間の終焉、万物の終焉まで見通すのだ。だが、ヴィジョンというより、それは欲望である。つまり、至高の勝利としての世界の終焉への欲望だ。[7] 死とは未来からやって来る確信であって、心配されることも期待されることもなしに、欲望される。それは究極的な真理として、絶対的な正しさをもたらす真理として、至高の権威の形象として熱狂的に欲望されるのである。「死はそれほどの権威をもつのだ」(R2, 597〔『火星のタイム・スリップ』九九頁〕)。それゆえこうしたパラノイアの人物たちが、「権威主義的な人格」の元型を体現するのは、自己犠牲(さらには万人の犠牲)が、死という理想を確実に守り抜くための唯一の戦略となるときである。救済は絶滅と同一視される。[8] そう、かれらは死ぬだろう、だがそれが何だというのか。そのことが証明するのは、かれらは正しかったということ、勝者の側に属しているということにすぎない。真理のほうが、命よりも大事ではないか。おぞましい叫び声があがる——「死よ、万歳」。なぜなら死とは、最終勝利のための同盟者であり、いずれにせよ、この勝利とは死そのものの勝利にほかならないからだ。正しさよりも重要なことがあろうか。未来に向かって、ひたすら破壊と死のスペクタクルだけを欲望すること。これこそ、ディックにおけるニヒリズムの巨大な形態のひとつである。かくして予知は死を愛好することが明らかになり、ファシズムの悪夢という衣裳をまとう。「予知能力は自由ではなく、不吉な宿命論に辿りつく」[9]。

　このことが、短篇「非O」のごときおそるべきヴィジョンをもたらす。この作品が語るのは、「共感能力をかんぜんに欠いたパラノイア」である高い知能指数をもつ少年の物語である。かれは現実との接触を失うどころか、むしろ逆に、現実とじかに接続されていると考える。なぜなら、人間の思考を邪魔している倫理的＝文化的な制約いっさいから解放されているからだ[10]。こうして独自の理論が生ずる。世界は事物（object）からなっているのではなく、個体的な現実はいっさい存在しない。すなわち、「非O」。存在するのは「生命と非生命、存在と非存在との区別のないゲシュタルト、統一体」だ。「物質的な事物《オブジェクト》という純粋に人工的な見せかけの下に、現実の世界が広がっている。純粋なエネルギーの広大な未分化領域だ」（N1, 1143〔「非O」、『トータル・リコール』二八九頁〕）。かれの欲望はまさに「非O」を取り戻すことであり、そのために、どんどん凄まじいものになってゆく爆弾をいくつも爆発させ、世界の全面的破滅に辿りつこうとする。「陸と海のあいだの区別もすべて」消え失せ、地表はもはや「濁った灰色と白の単調な広がり」にすぎない（N1, 1146〔「非O」、『トータル・リコール』二九四頁〕）。未分化状態こそ究極の真理だ。あらゆる退行の奥底には、ディックの幾人かの作中人物をおびやかす、おそるべきニヒリズムがひそんでいる。たとえば、生のあらゆる形態にけりをつけようとする嗜好であったり、万物の終焉だけを壮麗なフィナーレとして未来のなかに見いだすことである。

先に見たように判断力の世界にまつわる危険、すなわちひとつの世界のなかだけでしか生きようとせず、世界間のどんな交流も妨げるという危険があった。ディックにとって、あらゆる多元的宇宙の否定に当たるものだ。ところでこの危険は、別の危険と切り離せない。すなわち、ひとつの世界のなかだけでしか生きていない者は、じぶん自身の世界も含めあらゆる世界の破滅を望む。おそらくこれこそ、「オルタナティヴは存在しない」(TINA)というスローガンの究極的な意味である。問われているのは、たったひとつの世界のために諸世界すべてを破滅させることだ。否定は、純粋かつ端的な破壊となる。なぜなら、たったひとつの世界しか残っていないなら、その世界もまた消滅すること、おのれ自身を内側から喰い尽くすことを余儀なくされるからだ。その世界は、ほかの諸世界を破壊することでしか生き永らえられない。典型例が『宇宙の眼』の審美家であり、かのじょはひとつの世界を構成するものをすべて破壊し、ついにはじぶん自身をも破壊する。

あちこちにエントロピーが見られる別のSF作家といえば、バラードだろう。だが状況は根底から別のものに差し替えられている。バラードにはまさに、心的なものと物理的なものとがあわさって、唯一の同じ現実を構成しているという考えがある。[11] 内面世界と外部世界は識別しえなくなるのだが、ただしディックとはまったく機序が異なる。バラードにとって、綺想に満ちた内面世界はいまや全面的に外部で展開され、広告、けばけばしい照明、巨大都市となり、ポルノグラフィと窃視の全面化へとつながる。つまりニヒリズムはもはや深層的である必要はなく、古代の祖先という土台から来るものではもうない。ニヒリズムはむしろ、われわれの眼のまえやわれわれの周囲に堂々と広げられ、いたるところで目につくものとなる。

ディックにおいて絶え間なき闘いの対象であるものは、バラードにあっては既得のもの、ほとんど条件のようなものとなっている。かれの世界は「進歩」とはいっさい無縁であり、退行、沈滞、破壊が主に支配する。この点は物質＝時間の関係をとおして、すでに初期作品にも見られる。『燃える世界』がすでにそうであり、素晴らしい『結晶世界』も——たとえ否認されるにせよ——そうである。『燃える世界』では大地の旱魃、その粉塵が、人びとの共同体を、生活の困難な古代へと転落させる。これは『アンドロイドは電気羊の夢を見るか？』の白痴が示唆していた「塵埃の遍在性」の別ヴァージョンでもある。『結晶世界』は植物、動物、人間といったすべてが結晶化する世界の領域に足を踏み入れてゆくが、まるで巨大な氷河に封じ込められたかのようだ。ただし結晶は空間の次元というより、時間の次元に沿って成長していく。「プリズムを通る光の屈折によって、一箇の同じ事物が、たがいに同一でありながらずれている映像となって次々に生じているようなのです。もっとも、時間の粒子が光の粒子の代用を果たしているようですがね[12]」。鏡のなかのイメージのように、時間は同時にふたつの次元のなかで、過去と未来に向かって成長しはじめるのだが、現在を永遠の死の結晶のなかに封じ込めてもいる。

ＳＦは、人間がこうして物質へと石化するのをよく描いてきた。『結晶世界』で起こっているのもまさにそれだが、『燃える世界』でも人間は塵埃とほとんど区別がつかない。塵埃は人間をすっぽりと覆い、その顔に乾いた仮面を彫り込む[13]。ＳＦの物語は、人間的時間の全体を超え出るような時間性と頻繁にかかわりあう。したがってＳＦは、人間的時間の先史と後史を同時に考察せねばならず、そのとき人類史の時間の流れはいわば例外やオルタナティヴの一種となる。こうした側面はＳＦの黎明期から存在していたもので、たとえば、先史時代と後史時代の小説家であるロニー兄のパイオニア的作品のもつふたつの顔が、そのことを示している。同様に、バラードにおける森の意味もここにある。「この光り輝く森は、いわばわれわれの生活の以前の時期を反映しているのだ。もしかしたらそれは時間と空間の統一が、一つひとつの葉や花にしるしとして刻み込まれているような、そんな古代の楽園の記憶で、そういうういにしえの記憶をわれわれは生まれながらにもっているのかもしれない」[14]。こうした人間以前の時代は理想化される一方で、人間以後の時代は理想化されることはなく、むしろいっさいの理想を霧散させる物質性に属している。

このことが意味するのは、人類は宇宙との連続性を喪失したということである。人間を取り巻くのは全面的な原子化であり、巨大な風によって引き起こされる散逸である。強風は地表を吹き払い、やがて地上には人間が住めなくなるだろう。地球が人間に無関心な敵対的な要素になると同時に、人間のほうもあらゆることに無関心になり、おのれ自身の運命にさえ関心を払わなくなる。『クラッシュ』にあるように、ニヒリズムの風は破壊と虚無だけをエロス化する。人間は連続性を断たれた病める断片であり、それを治癒しうるのは、物質世界の静穏な連続性のなかに人間を引き戻す死だけだ。生と物質は連続性を獲得しうるが、人間はそうではない。スミッソンがいうように、「放出された非歴史的な過去のどこかで、未来は迷子になっているのだと思う」[15]。使われなくなった高速道路の連結路《ランプ》、都市の空地、荒地、無人の建物、車輛の残骸。打ち捨てられた世界。人類が地球上での生活を終えたあとのような光景。

未来とは、もうそこにはいない人類のことだ。ちょうど見捨てられたこれらの荒涼たる地域《ゾーン》が証言しているように。そこでは世界の終焉はもうはじまっている。こうしたイメージは、産業とポスト産業の成長がもたらすキラキラしたイメージ、繁栄や贅沢の幻想と厳密に同時代のものである。これらのイメージや幻想は、荒涼たる地域に一時的に蓋をして、周縁に追いやる。そもそも贅沢――死臭が漂う――には、きらめきによって目をくらませ、貧困を隠蔽するという機能しかない。だから繁栄、富裕、贅沢はなおさら虚しく見える。エントロピーが勝利するのは、人類がすでに死んでおり、感情的に廃人と化しているからだ。バラードの作中人物にはだからこそ、死の危険を冒すことへの異様な偏愛が生まれる。つまりエントロピーといっても、ディックと同じ様相を呈するわけではまったくない。ディックにおけるエントロピーは、ときに悪魔や不吉な神となって登場するが、それは人間がエントロピーと活発に闘うからである。それに対してバラードでは、エントロピーの悲惨な勝利を、人間は諦念をもって受け容れるのである。

第6章　世界を掌握する者たち

——かれらがわたしの世界に影響を及ぼすことはありえない
——あなたには世界なんてない。デスクがあるだけだ
フィリップ・K・ディック

すべての世界はひとつの心に属しているというディックの定理があるとしよう。そのヴァリアントはつぎのようなものだ——すべての世界は複数の心に属しており、それらの心は「複数の頭脳」による集合的なひとつの世界をなしている。たとえば『死の迷路』で、新たな惑星の探査をしているはずが、じっさいには集合的な精神の投影にすぎない調査チームの世界であったり、あるいは『パーマー・エルドリッチの三つの聖痕』で、バービー人形の周囲で共通の人工世界を再創造している麻薬中毒者たちのコミュニティの世界である。つまり、あらゆる世界は精神的なものであるということを、別のしかたで述べていることになる。くわえて先の定理から帰結する系は、ひとつの世界は、その外観をつくりだし、コントロールする人のものであるというものだ。外観が、ある人物によって設定された条件や、その人物の習慣や、自然法則にかんする知識にしたがうとき、当の人物はそれが「じぶ

んの」世界だということができる。その人物は、その世界のなかで可能なことと不可能なこと、起こりそうなことと起こりそうにないことなどについて、たとえ曖昧であれ考えをもっている。ましてや、その人物がみずからすすんで世界の外観に手をくわえ、世界にはたらきかけるなら、つまりその世界のなかでじぶんの意志を自由に行使するならなおさらだ。この人物はおのれが知悉し、変形し、統御する世界に生きているのである。

これこそ短篇「世界のすべては彼女のために」が独自のしかたで示していることだ。意志の強い気まぐれな若い女が、知りあったばかりの男に、あなたは「わたしの」世界に足を踏み入れていると告げる。男は驚愕する。「だからね、ラリー、世界は沢山あるの……あらゆる種類のものがね。誰もがじぶん自身の世界をそれぞれもってるわけ、ラリー、じぶんだけの世界をね。じぶんのために、じぶんだけの幸福のために存在する世界。で、ここはわたしの世界ってわけ」。そのうえでかのじょは、相手の同意などおかまいなしに、まもなくふたりは結婚すると告げる。「なぜって、あなたは色んな可能世界のなかで最善の世界にいるんだから。ただし、わたしにとっての最善だけどね（……）。あなたもじぶんの世界をどこかにもってるでしょうけど、ここでのあなたはわたしの人生の一部にすぎないのよ。それに、あなたはかんぜんな現実じゃない。この世界のなかでどこをとっても現実的な人間はわたしだけ。ほかの人はわたしのために存在しているにすぎないの。そこそこ現実的なだけの存在としてね」（N1, 710〔「世界のすべては彼女のために」、『ＰＫＤ博覧会』三二一—三三頁〕）。世界全体はかのじょの意志ひとつにかかっており、かのじょは何が現実で何がそうでないかを決定する力をもつ。かのじょの興味を惹かないもの、退屈させるもの、遠い過去に属するものは存在しないか、ほとんど存在しない。[1]そう、世界はわたしの表象なのだ——男が「かれの」世界から、かのじょを消去できると気づくまでは。

それぞれの人物は、権利上、じぶんの世界の外観をコントロールしているため、何が「現実」か、何が非現実で錯覚かなどを決定できる。先ほどの短篇の若い女のように、ディックの多くの作中人物は全能性への幻想を抱いており、じぶん自身の世界のなかだけで生きることを夢見る。その世界では、神のようにすべてじぶんで決定し、外観へのかんぜんで全面的な主権を行使できる。こうした世界が複数の心の協働によって生みだされていても、事態は変わらない。企業、国家装置、宗教組織といった事例がそれだ。集団で世界をつくりだし、じぶんたちでその境界を定め、外観をコントロールするのである。

ただしディックにおいて、状況はすぐさま紛糾しはじめる。世界の調子が狂うとき、外観がコントロールの手を逃れはじめるとき、たとえば麻薬を摂取したときのように説明しがたいことが起こるとき、どうしてじぶんの管理下にある世界に生きていると主張できるだろうか。ディックにとってこうした事態は、誰かがあなたの世界をコントロールしつつあることの明白な証しなのだ。麻薬の効果は一時的なものにすぎないと、主張することならいつでもできるだろう。だが、その麻薬に依存しているとはつまり、売人があなたの世界を間接的にコントロールしているということだ。ケタミン、アンフェタミン、ドーパミンといった手段の効き目はどれも絶好調だ。いまのあなたに欠けている外観と「現実」を提供してくれるのは売人なのだから、あなたの世界は売人のものだ。先ほどの系がふたたび見いだされる。あらゆる世界は、その外観をつくりだし、コントロールする人のものである——世界は、何が現実で、何が重要で、何が本質的だとされるべきかを、あなたの代わりに決定する人の手のなかにある。

麻薬は現実的なものをいっさい生みださない、という反論もあるかもしれない。だが、どうしてわかるのだろうか。逆ではないと、つまりわれわれが誕生以来ずっと操作されているわけではないと、いったい何が保証してくれるのか。麻薬はむしろそうした事態をはっきり自覚させるのではないか。たとえば短篇「父祖の信仰」の地球外生命体は、地球を征服し、現実に仮面をかぶせる幻覚誘引水を人間にもたらす。このヴェールを取り去り、真実をあばくことを可能にするのは麻薬だけだ。[2] 狂気についても同じことがいえる。分裂症者が至高の真理に到達していないと、どうして確証できるだろうか。「わたしの著作は幻覚に満ちた世界、妄想を引き起こす強烈な麻薬、精神病を登場させる。だがわたしの著作は解毒剤となる。中毒にするどころか、中毒を治癒するのだ[3]」。このことが示しているのは、世界はその外観をコントロールする者のものだということだ。それは（地上や地球外の）政治権力であってもよいし、産業や神や売人や超能者の力であってもよい。

遂行されているのは臨界への移行であって、ディックにおいてそれはSFの臨界への移行と一体化する。たしかに禁断症状におかされた脳は売人のものであり、喫煙者の脳、肺、動脈は煙草産業のものであり、労働力はそれを買う経済権力のものであるということもできよう。ただし、こうした事態は世界のいくつかの部分にかかわっているにすぎず、もっと広い既成の現実がある。臨界への移行が実行されるのは、たんに世界のいくつかの部分だけでなく、世界そのものが全面的に剝奪されるときである。このとき問題は存在＝神学的なものとなる。世界の現実そのものが他人の心に依存するというのはつまり、世界とは神の創造物であると宗教が考えるようなものだ。世界は、高次の心によってプログラムされた投影、投射となる。それゆえディックでは、神々と売人とは緊密な相関関係で結ばれる。売人が神々と共有しているのは、新たな世界を隅々まで創造する力だからだ。

つまり、ディックにおける外観は所与のものではなく、つねに心や何らかの存在物によって投射されたものなのである。世界内存在などないのは、われわれがつねにすでに他者の世界にいるからだ。所与などなく、存在しているのは発信され、拡散され、投影されたものだけだ。ディックの観念論はこの点で、コミュニケーション理論の観念論に合流する。コミュニケーション理論は、世界との相互作用を、たがいにメッセージをやり取りしあう心や疑似的な心のあいだの関係として理解する。世界にはもはや独立した固有の現実はない。「外部世界」と呼ばれるものは、多彩なコミュニケーション・システムが相互に共有する境界、すなわちインターフェイスにすぎない。関係項はもはや主体／世界の二項関係ではなく、発信者／受信者の二項関係によって考えられるのであり、世界とはいまやそれらのインターフェイスにほかならない。

別の言葉でいうなら、人間と世界との関係とは、ふたつの心のあいだの関係である。世界じたいが心であり、準‐心なのであって、つまりは高次の心によって発信される情報の総体なのである。すべてを心と心の戦争と見なすディックに、情報理論が適合しないはずがない。ディックが世界を、神や地球外の力によって投影された投射物、ホログラム、模造品と見なしえた理由がわかるだろう。こうした心同士の交流は、ディックが熟読したノーバート・ウィーナー『サイバネティクスと社会』にも見られるように、サイバネティクスと宗教との同盟関係を後押しする。繰り返しておくがもはや神は、自然という壮大な書物——その文字を人間は解読せねばならない——の《作者》ではない。神は、巨大なテレビ放送の《放送局》と《製作者》と化したのである。「それ（つまり世界）がほんとうの現実だと考えることは、テレビの映像や番組、そこで放送されるドラマの内容を現実と見なすのと同じようなものだ」(E, I, 463)。

《キリストの受難》も、テレビ番組でないとしたらいったい何だというのか。「キリスト教はテレビ・ドラマのようなものだ。この六年半のあいだ、わたしが理解しようとしてきたのは、このドラマの主題ではなく、それを放送するテレビ受像機がどのように機能しているかである」(E, II, 279)。しかもいくつかの物語で、キリストはテレビのなかの人物となり、磔刑の様子は「共感ボックス《エンパシー》」を通じて放送される。そのおかげでテレビ視聴者は新たな世界のなかに入り込み、このまがいもののキリストに一時的にじぶんを重ねあわせ、仮想的な《受難》体験を共有するのである。[4]『アンドロイドは電気羊の夢を見るか？』では、テレビのなかのキリストには、非常に人気のある愉快な司会者というライバルがいる。「ふたりは競いあっている。でも、何の競争だろう？　ぼくらの脳《マインド》だ、とかれは思った。ぼくらの心を支配《コントロール》する競争をしてるんだ」[5]。たえず背景にあるのは、心と心の戦争である。

繰り返しておくが、観念論者を取り巻く状況は一変した。いまや観念論者は本のまえではなく、スクリーンのまえにいる。「世界」と呼ばれるものは、情報、映像、音、記号、情報単位の伝達となる。情報単位のうち、あるものは非連続的であり（ビット）、別のものは連続的である（ゲシュタルト）。テレビを補強したのがコンピュータであり、それによって相互作用とコミュニケーションはいっそう強化された。世界全体が機械を通過し、スクリーン上を経由し、デジタル化される。「巨大な指令室では［われわれの世界の］情報の入力と出力が制御されており、情報が絶え間なく行き交っている」[6]。『釈義』の主要な仕事のひとつはまさに、情報理論と神学の結合である。

バークリーは観念論を推し進め、非物質主義にまで到らせたが、新たな情報学的観念論は脱物質化に誓いを立てる。それは、脱物質化された実存の巨大な推進者なのだ。あらゆる実存形式は全面的にデジタル化された情報の束《パケット》へと還元され、膨大な数のプログラムのなかに投げ込まれる。それは脱物質主義とでも呼ぶべき新たな教義となる。物質主義の否定ではなく、むしろその否認であり、その恒久的なデジタル抽象化である。脱物質主義の綱領《プログラム》とは何か。全面化される世界の脱物質化と情報化である。物質はその厚みと不透明性を喪失し、透明なものとなった。なぜなら物質が伝達するのはおのれのデータであり、そのメッセージは解読しうるものなのだから。理念的にいうなら、これはあらゆる物質、生まの物質に当てはまるばかりでなく、感性の素材、感情の素材、頭脳の素材にも該当する。あらゆる物質は透明なもの、コミュニケーションに供されるものになる。「二一世紀に暮らすのは地獄だった。情報伝達はすでに光速に達している」[7]。

それゆえ、ディックには多くのテレパシー能力者があらわれる。脳が透明なものとなったことで、隣人の思考は解読できるものとなる。個々人は多くの情報を提供し受信しているがゆえに、もはや超能力にたよる必要すらない。情報化が、全面的な透明性を可能にするのだ。「かれはIDカードを挿入口に挿し込んだ。IDが認証されると、管理要員《モナド》はメモリー・バンクを検索し、過去にかれが閲覧した情報を時系列で一覧表示した。それはかれが得た公的知識のパターンすべてを含んでいた。公文書館《アーカイヴ》の見地からすれば、かれについての情報が漏れなく網羅されており、それを使えば変化し続ける有機的なかれの精神生活をグラフ化し、将来の動きを予測することができた」（R3, 489-490〔『最後から二番目の真実』一一七頁〕）。

各人が情報の束に還元されようになると、「本人以上に、本人について長期的に」知ることが可能になる。あらゆる私生活、あらゆる匿名性の終焉である。[8] 生活の全方面に及ぶコントロール・システムによって、どんなに些細な動きでも逐一検知される。ディックは個々人の生活のたえざるコントロールにきわめて自覚的であり、それがいやましに成長してゆくのを予感している。「というのも、まったく未知の文脈において、われわれはほかの警告音を何回鳴らすことになるのか。われわれの子どもはどうか。（……）すべてを詮索する社会に生まれた現代の若者は、こうした装置《デヴァイス》が駆動しているのをかんぜんに自覚しているし、当たりまえだと思っている」[9]。社会は巨大な管理《コントロール》社会となったのであり、個人という「生体はデータに変えられ、一インチいくらで売りに出されている」[10]。

こうしたデジタル化や脱物質化と相関しながら、世界とその住人の人工物化がいっそう進展してゆく。情報理論と類似する大きな原則があって、つまり物質、生、思考、機械は、おのれが送受信する情報の観点から理解されるのである。むろん知能機械はただの道具にすぎず、生きて思考する形態とは類比的な関係しかもたない。機械の「知能」とは、フィードバックをともなう自動制御プロセスを実装化したものにすぎない。当然ながら機械には、人工的な生命と知能しかない。だが、この人工性そのものを起点とするとき、情報発信にかんして、機械を生命の形態や思考の形態から区別するものは、もはや権利上何も存在しない。[11]「生きた有機体のなかのシナプスは、機械のなかのスイッチ装置に相当する」[12]。もちろん、カフェのギャルソンをカフェ・マシンと間違えるわけではない。だが、エントロピーという形而上学的な敵に直面するとき、あらゆる差異は霧散してゆく。共通の敵に対抗するために団結しよう、というわけだ。情報、生、人間、機械といった用語による思考は、たがいの本性の差異を越えて、ひとつの同じ平面のうえに乗せられる。類比はつぎのふたつの方向へと進む。すなわち機械は生体の似姿であり、生体は新たな機械の似姿であるという二方向である。情報理論によって、あらゆる実存形態を人工物化しうるようになる。すべてはコミュニケーションである！ すべては人工物である！ 人間機械と機械＝人間。

こうしてサイバネティクスと情報理論は、人工世界の――そのための――形而上学として立ちあわれる。形而上学が問われるのは、背後で《秩序》と《無秩序》との巨人の闘《ギガントマキアー》いが起こるからだ。だがこの形而上学の機能は、世界の人工物化を正当化するだけにとどまらない。その目的は、社会野における新たなコントロール技術の発展を正当化することでもある。知能機械がもつ計算し、予見し、コントロールする能力にくわえて、そうした課題やプログラムを成し遂げる際の信頼度を考えあわせると、知能機械を充全たるアクターとして、社会野のなかに何としてでも組み込まねばならないし、人間＝機械という新たな複合体を生みださねばならない。知能機械は、エントロピーに対する人類の宇宙規模の闘いにとって必須の武器であるというわけだ。

こうしてわれわれの生活へのサイバネティクス機械の侵入は、形而上学的な合法性を獲得する。サイバネティクス機械は、エントロピーの無秩序に対抗する日々の闘いに際してわれわれの味方となり、それによって、「進歩」[13]の生みだす社会環境へとわれわれが適応するのを支援する。エントロピーさえあれば、新たなコントロール技術がすべて正当化される。情報とは、適応の強制を指し示す別名なのだ[14]。換言するならつまり、人間のアンドロイド化は、形而上学的な必然性にしたがっている。「専制的な機械は、あざとく進歩的なふうを装って、われわれの生活に導入されるだろう……いわば勝手口を通って。「危険」という札など貼ってあるはずはない。むしろ「あなたの暮らしを楽しく」と書いてあるはずだ（……）。けれども、幸せいっぱいの所有者にやがて請求書が送られてくるだろう。なぜなら、われわれの社会では、奴隷になるために金を支払わなければならないからだ。まったくひどい話だ[15]」。資本主義の人工世界はまさに遊園地のようなもので、入場料がかかるのだ。

ディックの観察はどれも同じ方向に向かう。新たな技術の目的は、既存の世界を変えることではなく、それを人工世界によって置き換えることである。つまり、いまやその外観がコントロールされた「偽の」世界に、われわれを生きさせようとしているのである。われわれはきみの世界を手中におさめ、脱物質化し、人工物化することで、コントロール下に置くことにする。われわれはきみの世界の見た目を変えるし、われわれのほうで決めた使用条件にしたがってもらうが、それはきみが参加できるようにするためだ、など。広告、メディア、コンピュータは「外部」世界を乗っ取り、広告パネル、光るスクリーン、書き割りでできた都市の背後で、外部世界を消滅させる。それだけにとどまらず、広告、メディア、コンピュータは、心の「内部」世界をも乗っ取ろうとする。麻薬のように脳をコントロールすること――これこそ人工世界の目的である。情報発信をコントロールすれば、きみは「現実」と呼ばれるものをコントロールすることになる。世界はきみのものだ。

ディックにはソフト・ドラッグは存在しない。バロウズと同様に、登場するのはいつもハード・ドラッグであり、脳を直撃しコントロールする。宗教が民衆の阿片であったように、麻薬が宗教に、宗教体験になるのはそのためだ[16]。麻薬／宗教の並走関係がとりわけ顕著なのは、『パーマー・エルドリッチの三つの聖痕』である。同作では、ふたりの売人によって取引される二種類の麻薬が出回っており、これらの麻薬はライバル関係にある神として描かれる。第一の麻薬は聖体拝領を司るものであり、人びとは火星コロニーでの苛酷な生活から逃避させてくれるバービー型人形との融合を果たす。「大部分の入植者は、ドラッグそのもののなかにじぶんにぴったりの宗教体験を見いだしている[17]」。麻薬は作中人物たちの摂取する聖体であり、人びとは売人によってコントロールされた紋切型の世界へと落ちてゆく。バービー人形の世界は、ジャンキーたちにとって揺りかごの一種になる。

　第二の麻薬は、人形でできたまがいものの世界よりも「現実的」な世界へとわれわれを誘うが、その時空間は売人による独占的なコントロール下にある。スローガンはこうだ――「神は永遠の生命を約束するだけ。われわれはそれをご提供できます[18]」。代償は、そこから逃げられないということだ。悪意ある神の一種である売人が、その世界にこうむらせる変様にずっと振り回される羽目になる。第一の麻薬とはちがって、現実世界と変様した世界との区別はもう存在せず、現実世界にほんとうに戻れるという確証はいっさいない。神と売人に共通しているのは、別様な現実をもたらす者だという点だ。売人に神的権力があるのは、じぶんたちが市場に出回らせる新たな現実によって、心をコントロールし虜にできるからである。信心深い人たちと同じく、麻薬中毒者たちはじぶんのためにつくられた世界に浸っているのだが、その世界はつねに他者の手中にあるのだ。

ディックの多様な世界が示しているのは、世界を掌握する様式が変化したということである。一般的にいうと、世界を統治することは、組織化形態としての秩序を樹立したり、維持したりすることであった。一息に世界は創造され、その素材〔質料〕は一定の形態〔形相〕によって組織化された。この質料形相図式によるなら、組織化形態は権利上、それが秩序づける素材に先立って存在することになる。「現実」とされる世界とは、その住人が、まえもって存在するこの組織化形態にしたがう世界だけである。すると組織化形態にしたがわないあらゆる現象は、非合法な権利要求と見なされて、排除され降格させることが可能になる。このとき統治することが意味するのは、排他的な現実形態のもつ権威を強要することである。逆に現実は、こうした組織化形態の発する命令の総体と見分けがつかなくなるだろう。「学校や工場や監獄や軍隊などに、心理学者が登場するのが見受けられます。つまり心理学者たちが介入してくるのはまさに、これら制度の各々が現実を権力として機能させなければならないときであり、それら制度の内部で行使される権力こそが現実なのだと押し通さなければならないときなのです[19]」。

問題がもはや形態ではなく、情報になるとき、世界が発信者と受信者のあいだのインターフェイスへと還元されるとき、いったい何が起こるだろうか。まえもって存在する世界の現実が肯定されるのではなく、いまや逆に、現実を連続的に産出し続けなければならない。まえもって存在する秩序立った形態を強要するのではなく、いまや、変化し続ける世界の情報フローがそれに置き換わるのだ。あらゆる根拠を失った世界は不安定で、一時的なものとなる。だがこの不安定性、流動性こそが、発信から受信に到る隅々までコントロールが行き渡ることを要請し、「正当化」する。この目的のために、諸権力はひとつの形態を強要するのではなく、たえざる変化を要求する。[20] いまや現実はまえもって存在するのではなく、人工世界の増殖をとおして生産される。そしてこれら人工世界は、心へのコントロールを保証することを使命とする。心と心の戦争は、情報のコントロールのための戦争へと変貌した。そしてSFが描かなければならないのは、まさしくこうした事態である。「将来の世界では、国家専制がたえず強化されてゆくだろう——サイエンス・フィクションという場にいるわれわれはこう予測している。われわれの主要な関心は、「反ユートピア」社会と呼ぶべきものだ。個人のプライヴァシーへの国家干渉がいやましに増加してゆく。個人について国家が知りすぎている。そして——国家にとって不都合な何かを検知するなら、あるいは検知したと考えるなら——国家の権力と権勢が個人を押し潰してゆく。われわれの理解が正しいとすれば、こうした非道な過程はテクノロジーを手段とする」[21]。たしかに、こうした権力を行使するのはもう国家だけではない。だが、生のコントロールのためにテクノロジーが駆使されるという本質的な点に変わりはない。

第7章　人工世界

人生には困難があると思われているようだが、困難にも限界があるはずだ
フィリップ・K・ディック

ディックによって創造された世界のなかで、もっとも多いのは「偽」の世界や人工世界だ。かれの世界があれほど容易に崩壊するのは、おそらくそのためだろう。偽物《フェイク》はあちこちに忍び込む。たとえば偽の世界、偽の人類、偽の記憶、[1] 幻覚、妄想、アンドロイドの精神分析家、電気羊。そこに見てとれるのは、ディックのパラノイアがもたらした結果ばかりでなく、一九五〇年代のアメリカ社会の状況である。テレビが登場し、広告のイメージが浸透し、巨大な商業施設や、ディズニーランドのような遊園地ができるなど、一連の人工世界が社会野を覆いつくし、他の諸世界を浸食してゆく。かれにとって米国――とりわけディックがほぼ生涯を過ごしたカリフォルニア――は、「まがいもの」の現実、「おとなになったガキどもの遊園地」[2] と見分けがつかない。

「おわかりでしょう、レムさん、ここカリフォルニアには文化などありません。まがいものだけです。ここで成長し、ここで暮らし執筆しているわれわれにとって、作品に書くことはほかにない。『オ

ン・ザ・ロード』をお読みになればわかるはずです。ほんとうなのです。西海岸には伝統も、誇りも、倫理もありません……。リチャード・ニクソンという怪物が育った土地なのです。こんな現実をもとにしながら、まがいものを含まない小説などどうして書けるでしょう。別の策としては、おそるべき幻想にひたって、ありえたかもしれない現実を描くことです。まがいものを混ぜ込んで、まがいものをそれ自身と対決させる必要がある。ちょうどあなたが論文のなかで的確に指摘してくださったように……。たとえば『ユービック』のようなわたしの何冊かの本の構成要素は、こうして生まれたものです。この地に神が顕現するとしたら、テレビ広告に出てくるスプレー缶のような姿になるでしょう」[3]。

「まがいものをそれ自身と対決させること」は、おそらくディック作品の最良の描写のひとつだ。このことが意味するのはとりわけ、広告の手法を物語に導入すること、遊園地と同じくらい人工的な世界、ラスヴェガスのカジノと同じくらいけばけばしい模造品をつくりだすことである。それによってディックは、ポップ・アートと親和的な作家となる。バラードをミニマリズムとスミッソンに関連づけうるとするなら、ディックは明らかにポップの側にいる[4]。ただしそれは、低俗《パルプ》もののSFが、リキテンスタインのコミックスやオルデンバーグのハンバーガーと同じ資格で、ポップ・カルチャーに属しているという意味ではない。そうではなく偽物、「まがいもの」、「キッチュ」を推進しているという共通性であって、広告看板にもちいられるようなオブジェやイメージを増殖させ、アメリカ社会で流通する消費財の字義どおりの複製をつくりだすのである。こうした側面は『ユービック』に見られるもので、同作はディックの小説のなかで間違いなくもっとも「ポップ」な作品であり、各章のまえに広告が掲載され、章の内部でもウォーホルやリキテンスタインのと同じような贋金が出回っている[5]。

現実は全面的に模造品と化した。あるいはポップのアイロニーに相応しいいいかたをするならむしろ、模造品こそが新たな現実と化したのであり、それをできるだけ字義どおりに複製することが問われている。[6]

この意味で、ポップ・アートはミニマリズムの対極に位置する。ミニマリズムはヨーロッパ的「イリュージョニズム」に対して公然と闘い、字義性を希求する。字義性は同語反復とすれすれのところで、究極的な真理の代わりとなる。フランク・ステラの有名な定式によれば、「あなたが見ているものはあなたが見ているものだ」。絵画とはペイントされた表層にほかならない。そして、あらゆる「イリュージョン」を剥ぎ取った、このフラットな字義どおりの真実こそ展示すべきである。《ポップ》にも同じく字義性が見いだされるが、ただし剝きだしの真実の提示ではなく、たえず二重化され増殖してゆく偽物性、全般化した人工性の促進としての字義性なのだ。いまや問われているのはミニマリズムのように、潔癖な何もない空間を、孤高の純粋なフォルム——それは空虚に量感と、さらには新たな演劇性をあたえる——で埋めることではない（こうしたフォルムはともすれば、エントロピーやエレン・ウェストの「墓穴世界」の危険を開きかねないのではないか）[7]。ポップの空間は逆に、イメージで飽和する。それは社会野のありふれたイメージ、大衆文化のあらゆる「キッチュ」で一面覆われ、充満した空間である。ウォーホル初期のある展覧会で、来場者はBrilloの箱、Kellog's の包装、フルーツ缶詰の積みあげられた狭い廊下に沿って進むことになり、まるで「まがいもの」[8]のスーパーマーケットに迷い込んだみたいだった。ウォーホルの本質的な側面のひとつは、自己増殖してゆく反復であり、空間全体を占めるイメージと肖像画の増殖である。あるいはオルデンバーグの巨大オブジェや、リキテンスタインのコミックスのサイズの変化を挙げてもよい。いわばミニマリストが本質だけを取りだし、その真理をより巧みに浮かびあがらせようとしたのに対して、ポップは見せかけを増殖させることで、その空虚感や模造品としての性格を浮彫りにしようとしたかのようだ[9]。

ディックの小説を《ポップ》に接近させる第一の側面は、広告があちこちにあることだ。かれの宇宙には、地球外生命体よりむしろ広告があちこちにある。たとえば『シミュラクラ』では、蝿くらいの大きさの生きた広告が、車のなかへと侵入し運転手に商品のメッセージを伝えようとする。「広告代理店はこぞって大群の広告マシンを撒き散らしている」[10]。だが、侵入と侵略を同時に行う広告権力を、もっとも見事に描きだしたのは短篇「CM地獄」だろう。同作は、ガニメデ星での仕事から帰って来る男の物語なのだが、数百万キロに及ぶ日々の移動のさなか、かれは聴覚的にも、視覚的にも、精神的にも、たえずあらゆる種類の広告に見舞われる[11]。さて、かれがじぶんの家に着くと、まもなく多機能ロボットが訪ねてきて、喜劇的な実演をいくつも意気揚々とはじめる。そのロボットの姿はまるで、じぶん自身を売り込もうとする実演販売人のようだ。「メーカーがずっとつくりたかったもの。じぶんでじぶんを売り込む製品だなんて」。ロボットは家具を破壊し、床にトンネルを掘って攻撃を受けた際にどのように逃げるか実演し、壁にパンチをお見舞いして穴をあけ侵入者と泥棒をどのように撃退するかを示し、さらには台所の床に大量の食べ物をひっくり返す。そのあとで、こうしたぐちゃぐちゃの状態を元通りに戻し、ついでに家のなかの電化製品すべてを現代化し、壁を塗りなおし、全部屋に有害な細菌を防ぐ気体を噴射する。うんざりした男は、ロボットにすぐ出ていくよう求める。ロボットの返事はこうだ。「わたしに命令することはできません。あなたが正規価格でご購入されないかぎり(……)。わたしに全責任をあずければ、ずっと気分がよくなりますよ」(N1, 1194-1195〔「CM地獄」、『変数人間』八一、八三頁〕)。このロボットがその身ひとつで体現しているのは、ディックにおける広告の浸透力であり、広告の傲慢な自負である。広告は、消費者以上に消費者がほんとうに欲望しているものを知っていると自負する。なぜなら、すべて消費者のために考えられているから、というわけだ。科学的に綿密に研究された規格にもとづいて、消費者の快適さ、その趣味嗜好、その喜びのために。新たな世界の約束といってもよい。

ディックを《ポップ》に接近させる第二の側面は、複製がいたるところにあることだ。複製は、所与の現実がもつ偽物や「まがいもの」としての性格を浮彫りにする。ひとつの同じ世界のなかで、あるいはある世界から別の世界へと、どんなものでも複製可能である。『高い城の男』に登場する架空《オルタナティヴ》の『LIFE』誌のルポルタージュ写真は、「居間のテレビのまえにいる」平凡なナチスの家族を撮ったものだが、それはわれわれの世界の同種のイメージの分身である。ポップな地球外生命体すら存在しており、その唯一の機能は『死の迷路』にあるように、製造された品物をコピーすることだ。地球外生命体は「何かもっていくと複製するんだ。小さなもの、たとえば腕時計とか、コップとか、電気かみそりとか」(『死の迷路』一二三頁)。あるいは『去年を待ちながら』で擬態によって複製を行う火星のアメーバは、ミンクのコートに変身する。同様に「くずれてしまえ」の地球外生命体の一族ビルトングは、老いゆくなかにあってもなお事物をせっせと複製しており、ついには使用不可能なまでに劣化した類似品を生産するようになる。

瓜二つ、二重化。どんなものでも複製可能。人間すら複製され模造されうる——究極の《ポップ》。

こうしてディックがまさしく「シミュラクラ」と呼び、のちにはアンドロイドと呼ぶ人物たちが生まれる。『あなたをつくります』の工場では、リンカーンとかれの陸軍長官スタントンを、本物そっくりの人間として模造した。『アンドロイドは電気羊の夢を見るか?』では電気仕掛けのカエルや羊と同じ資格で、人造人間が存在している。あるいは、独裁者モリナーリ〔『去年を待ちながら』〕は、パラレル・ワールドからやって来たじぶん自身の複製を、クローンや影武者のように利用する。バロウズと同様に、「まがいもの」はウイルスのような伝染力をもつ。ウイルスと同じく、まがいものは病の運び屋となる。それは模造現実という病であって、感染が広まると、模造現実だけが唯一の現実と化すことになる。

　これらのイメージが次第に増殖し、一定の力に達すると、それじたいが本物の世界になる。少なくともＳＦ作家が関心を抱くのはこの点である。すなわち、これらのつくりものすべてによって、全面的な模造世界の創造に誘われるという事実だ。繰り返しておくが、ディックは《ポップ》の同時代人であるばかりでなく、ロサンジェルスの狂った都市化、書き割りのようなラスヴェガスの再建、ディズニーランドのような遊園地の創設の同時代人でもある。「きわめて洗練された人びとが、きわめて洗練された電子メカニズムをもちいて製作する疑似現実によって、われわれは間断なく爆撃されている。信用ならないのはそうした人びとの動機ではなく、その権力のほうだ。かれらは絶大な権力を握っている。様々な宇宙を、精神の宇宙をまるごと創造する驚嘆すべき権力だ。それを知るのはわたしの務めである。わたしも同じことをしているのだから[12]」。

　たしかに、ディックは様々な模造世界の創造をどんどん行っていった。初期の物語ではとりわけミニチュア世界や、突如現実化する都市模型である。たとえば「展示品」では、アーカイヴ職員が二〇世紀の都市模型のなかへとかんぜんに姿を消すし、あるいは「小さな町」では、じぶんの暮らす街の模型をつくっている男が、自身の妻とその愛人をその模型のなかで罠にはめる。[13] また治療にもちいられる模造世界もあって、たとえば『いたずらの問題』の精神科医はじぶんの患者ひとりを模造世界に送りこむ。「かれは隅々までつくりこまれた幻想世界ではなく、メンタル・ヘルス・リゾートの管理する恒久的な避難場所にいた[14]」。

これらの世界は同時に、郷愁ただよう模造品のこともある。フレドリック・ジェイムソンはディックにおいて、通俗アメリカ文化のオブジェを収集するコレクターの重要性を強調していた。たとえば映画のポスター、ジッポーライター、ミッキーの腕時計、旧式のコルトが求められるのは、稀少性のためばかりでなく、過ぎ去った世界を復元できるからだ。『去年を待ちながら』のノスタルジックな独裁者は、じぶんの幼少期のワシントンを火星に復元しようとする。同様に『時は乱れて』の主人公は、そうと知ることなく、一九五〇年代の小さな町を人工的に復元した場所に暮らしている（物語じたいは一九九八年に設定されている）[15]。どんなものも望めばすぐ手に入るのは、ちょうど幼稚な全能性を漂わせる退行的な夢のようだ。「すべてこちらの望み通りになるのが、詐欺の特徴だ（……）。きみの世界はきみの願いを叶えてくれるんだろう。それがきみの世界の正体さ[16]」。

ただし、ジェイムソンの考えるように、ディックが一九五〇‐六〇年代当時の現在に対して、「死後の現代性[17]」を復元してやり、その当時の時代にふたたび強度をあたえようとしているかどうかは疑わしい。探求されているのはむしろ逆の効果であり、ディックと同時代の現在が帯びるまがいもの的でつくりもの的な側面を浮かびあがらせることである。そうでなければ、なぜ作中人物たちが、当時のもっとも平凡な事物を収集しているのかわからなくなってしまう。将来的に一九五〇－六〇年代当時の現在は、歴史的現実となり、懐古趣味によってフェティッシュ化され、同一的なものとして復元――ないし捏造――されうるだろう。なぜなら当時の現在は、その時点ですでにつくりものだったからであり、ミッキーの腕時計と同様に人工的であり、そもそもおのれ自身のパロディ、おのれ自身の模造品のようなものだったからだ[18]。

偽物、模造品は、「真の」世界や「正統な」世界をたんに劣化させ変質させるだけでなく、偽物じたいを新たな現実に仕立てあげるだけの自律性を獲得するのであり、その現実が他の現実すべてと競いあい、その浸透力によって他の現実に取って替わる。偽物は現実世界から切り離されるのではなく、それに置き換わるのだ。侵入《インヴェージョン》が意味するのはつぎのことである――われらこそ古い現実に代わる新たな現実であり、今後あなたたちはこの世界で暮らすことになります、ご覧いただいている外観はみなさんのために特別に考えられたもので、それ以外のものが知覚されることは決してないでしょう。この新たな世界が放つたえざる宣伝《プロパガンダ》は、欲望と信仰を捕獲し、形成し、標準化すること、すなわちこの世界を望ましいものに変えることを可能にする。そこでは外観も、言語も、社会的機能も、顔も、すべてが偽物である。だがそれが何だというのか。たったひとつしかない唯一の現実として吹き込まれるのは、それだけなのだから。とりわけ麻薬は、参加権を得るのに金を支払わねばならない。信仰と欲望は、じぶんのもっているものを投資するほど強くなるだろう。「……なぜなら、われわれの社会では、奴隷になるために金を支払わなければならないからだ。まったくひどい話だ[19]」。

ある世界が自律化した瞬間から、その世界の生みだす外観は、別の現実だったり、当の外観とは異なる別の真実だったりと突きあわせる必要がなくなる。こうして、これらの外観はひとつの世界となり、おのれ自身にのみ準拠する自己言及の戯れを絶え間なく行うようになる。開かれたシステムではあっても、閉鎖回路のなかで機能していて、ちょうどジオデシック・ドームのなかに封じ込められている世界のようなものだ[20]。そこでの情報がかならず冗長なものとなるのは、この世界はおのれ自身の似姿《イメージ》だけを反響させ、たえず自己宣伝を行うからだ[21]。われわれはまさに、全面化した自己宣伝の領域に足を踏み入れた。「カリフォルニア州アナハイムでの生活は、エンドレスで再生されるそれじたいの広告だ。何の変わり映えもない。にじんだネオンサインみたいにどんどん広がっていくだけ[22]」。この新たなる人工世界が、視覚イメージと音響イメージを心のなかに吹き込んでくる以上、こうした侵入を免れうる別個の「内面」世界はもう存在しない。心はクリシェを、標準規格化されたイメージをつなぎあわせてゆき、そうすることで、みずからも人造人間と化す。世界はみずから人工物化し、同時にそこに住む人たちの存在をも人工物化し、「模造し」てゆく。

ディックにおいて疑似餌、偽りの外観はとても数えきれない。たとえば「ファースト・レディ」は随分まえに亡くなっているのだが、その理想化されたイメージを永続化させているのは、いかにもありがちな政治指導者として利用されるアンドロイド女優であり、さらには歪められた記録資料から嘘まみれの時事ニュースまで動員される。こうして『最後から二番目の真実』において世界の指導者たちは、地下シェルターですし詰めになっている地球人全員にこう信じ込ませる。惑星は終わりなき戦争によって荒廃し、大気中の放射線量のせいで地上に暮らすことはできない、と。人びとは地下シェルターから、巨大スクリーンに映しだされる戦争の展開を追う。「それは人びとにとって、地上世界を覗き見るための唯一の窓だった。人びとは巨大な画面に映しだされるものに、真剣に見入っていた[23]」(R3, 434〔『最後から二番目の真実』二八頁〕)。だがじっさいには、戦争は遙かまえに終わっており、指導者層が幻想を維持していたのは、じぶんたちだけで地上の富と生存圏を独占するためだった。かれらは「地球全体をその本来の持ち主」から盗み取っていたのだ(R3, 476〔『最後から二番目の真実』九五頁〕)。これは『1984』の権力がすでにもちいていた策謀であった。つまり戦争が継続中であると信じ込ませることで自己正当化し、人びとを服従させるのである。ディックにおいてはすべてが偽りである。映像ばかりでなく、公式の真実を伝えるコンピュータが書いた演説も、テレビでその演説を読みあげるアンドロイド大統領も、戦争が続いていると信じさせるために放送されているトリック撮影の映画もそうだ。誰もが、政治家も、エンジニアも、技術者も、知識人も、この人工世界の構築に加担している。「問題は現実のものであって、たんなる知的遊戯ではない。なぜなら今日われわれが生きている社会では、まがいものの現実がメディア、政府、大企業、宗教団体、政党によって捏造されているからだ……[24]」。

この場合、当の「偽」の世界の創造によって追求されている目標は明らかだ。偽の世界は、人びとの信仰と欲望を引きつける疑似餌として作用し、現実世界から目を逸らせるのである。どんなときであれ、各人はそれぞれ「じぶんの」世界を有するといえるにしても、ディックはまさに、こうした素朴な主観主義の形式と闘い続ける。というのも、世界の「現実」とは理論的な問題ではなく、具体的な政治闘争の対象だからだ。いかにして心を欺くか、いかにして心から世界を盗み取り、世界との関係を盗み取るか。どんなイメージ、どんな言説、どんな心理操作《マインド・コントロール》が関与するのか。そして麻薬の使用が必要だとするなら、どんな麻薬か。

どんな手段であれ、住民を地上から引き離し、何でもよいから別のもの——宗教史、人工世界、テレビ番組、広告のイメージ——へと再領土化させるなら、よい手段である。ただし、人びとの目を現実世界から逸らせるくらい強い誘因力がまさに不可欠だ。世界を盗み取ること、土地を盗み取ることは、あらゆる植民地化が行う行為ですらあるのではないか。ディックの小説のなかで世界を盗み取り、世界の「現実」を覆い隠し、先住民から剝奪するのにもちいられる数々の技術的手段は、米国というまがいものの宇宙を樹立する基礎となった土地をめぐる端緒の激震、つまり先住民からの大陸全体の強奪を、絶え間なく複製し続けるもののようであり、メイフラワー号は地球外からの侵略船の役割を演じるかのようだ。ディックにおいて大半の侵略者が行っているように、侵略者は惑星をわがものにしたうえで、じぶんたちの強盗行為を、スクリーン世界の助けを借りて隠蔽する。ただしそれは、人類がみずからの惑星に対して行っていることでもある。地球で生きる代わりに、人類は地球を植民地化した——だからこそ、かれの小説の多くで地球は居住不可能なものとなっており、人類は別の惑星への移住を余儀なくされ、そこを植民地化するのである。

植民者とは、土地とその先住民をわがものにするばかりでなく、先住民に新たな現実を強要する者でもある。ちょうど宣教師たちがおのれの神を、不信心な異教の人びとに強要するように。ただしディックでは、技術的手段や薬学的手段がもちいられる点がちがう。このように〔現実を強制的に〕挿げ替える行為は、つぎのどちらかの道を辿る。すなわち、全領域で成し遂げられる「進歩」を重視し、

「高度」で新たな現実のために旧秩序を破壊するか。それとも、旧来の現実の外観を保ちながら、その陰で旧来の現実を破壊するか――たとえば民主制の外観を保ちながら、民主制を破壊し続けるように。第一の場合は、先住民たちを植民地化することになり、第二の場合はむしろ、植民者たち自身を植民地化することになる。これらふたつの植民地化様式は、北米の植民地化のふたつの時期に対応している。まずは「インディアン」に対して新世界を強要すること、つぎにアメリカ人に対してアメリカン・ウェイ・オブ・ライフというまがいものの世界を強要すること。

この点は特に『火星のタイム・スリップ』に顕著であり、先住民ブリークマンは、植民者の人類とは別の時間性に生きている。ブリークマンは植民者以前、近代人以前の時間に属している。ちょうど米国にたえず取りついて離れることのない《インディアン》のようなものだ。《インディアン》は米国を、その起源からして「根拠のない間違った」国にしている。米国は根本的な嘘のうえに樹立されている。本源的蓄積という嘘――つねに意識外に追いやられる――のうえに樹立されている。じっさいには領土を剝奪され続けている人びとが米国には暮らしているというのに。まがいもののアメリカン・ウェイ・オブ・ライフ。火星先住民の力を生みだしているのは、資本主義の破壊的で不可逆的な時間に沿って暮らしていないことだ。先住民の時間性は、あるときはあまりに迅速で、回転する万華鏡が錯綜するイメージを生みだすかのようであり、あるときはあまりにゆっくりで、怠惰で、修復不可能だ。この特殊な時間性のなかにただひとり入ってゆけるのが、分裂症の少年マンフレッドである。

トリックで歪められた外観が有する機能とは、保護された世界のなかに一人ひとりを閉じ込めておくことである。その世界はおのれ自身の似姿《イメージ》だけを養分とする。人工世界の創造が生みだすのは、深い亀裂であり、分断であって、それはおそるべき二者択一に辿りつく。すなわち資本主義の遊園地となって、「地球全体をその本来の持ち主」から強奪するか。それとも、周縁につくられる排除された者たちの収容所、不可視の収容所や地下収容所か。収容所――ないしは「特別保護区《リザーヴ》」――の存在が示しているのは、世界は、世界中のすべての人のものではないということだ。排除された人たちにはもう世界などない。だが排除された人たちは現実だ。排除された人たちとは、人工世界が見たくない現実である。だからこそ、無権利状態がはびこる収容所や底辺《ゾーン》に追いやられるのである。たとえば『ライズ民間警察機構』では、ファシズム型の巨大企業が、一方通行式のテレポーテーション・マシンで、植民者を遠くの星へと誘い込むのだが、その星は巨大な労働収容所であることが明らかになる。[25]

　あなたはひとつの世界のなかにいるのか。いるとするなら、どの世界か。生存可能などの世界にもいないなら、あらゆる世界の外にある収容所にいるのだ。そこでの暮らしは、生存可能なものではなくなっている。『流れよわが涙、と警官は言った』は、この点で範例的である。主人公はこうした人工世界の純然たる産物であり、成功したテレビ司会者で歌手であるというきわめて有名な公的人物である。かれの生きる世界では、政治的な敵は労働収容所に送られており、黒人が優生主義の政治の犠牲者となっている。また学生たちと教授たちは、大学のキャンパス地下で非合法に生活している。主人公は、この警察国家の行使するどんな暴力にもまったく関心がない――ある日、じぶんが一度も存在したことのない世界で目覚めるまでは。それは以前と同じ世界だが、唯一ちがうのは、かれが一度もその世界の一員だったことがないという点である。もはやかれは誰でもない、社会的身分もなければ、身元証明《アイデンティティ》もない。友人も、伴侶も、誰もかれのことを知らない。「ぼくはいわば誰でもない人間なんだ」。あらゆる権利を奪われたかれはこのとき、「じぶんの」世界のうわべがそのときまで隠してきた現実を味わう。かれは排除を発見する。「ぼくたちはたがいに裏切りあっている。有名人だったおかげで見ずにすんでいたんだ。いまはほかのみんなと同じだ。ほかの人たちがずっと直面してきたことに、ぼくも直面しなきゃならない。それから……昔のぼくが直面していたことにも。直面していたのに記憶から消してしまったんだ。なぜって信じるのが辛すぎたから……。選ぶことができたから、そして、それを信じないほうを選ぶことができたから[26]」。

第8章　デジタル人間（あるいはアンドロイドとは何か）

偽物《フェイク》がいたるところに忍び込み、何ものもその汚染を免れえない宇宙では、もちろん偽の人類に出くわす。「偽の現実は、偽の人間を創造する」[1]。自動装置とロボットからアンドロイドとクローンに到るまで、SFに繰り返し登場する人物像だ。一九五〇‐六〇年代の多くのSF映画は常套句的な状況を描いてきた。たとえば平和な町に商店、警察署、ガソリンスタンドがあり、住民は奇妙なほど表情のない役者によって演じられる。役者が下手なわけではなく、たんに見本《サンプル》やクリシェとしての価値以上の厚みがないのだ。住民たちの個人的な暮らし向きや、心の状態は何もわからない。住民の暮らす小さな町は周囲から切り離され、かんぜんに孤立している。筋立てのなかに外部世界はなく、筋立てから独立した内面生活もない。まさにこれらの人物は生気に欠け、かんぜんに交換可能であり、そのせいでまったく現実感がない。たとえば吸血鬼に血を吸われているのかもしれないし、操作されたり、クローン化されているのかもしれない。何も起こらないということを示すためだけにそこにいること以外は、何も起こらないのではないかという気さえしてくる。おそらくこれこそ、ドン・シーゲル監督『ボディ・スナッチャー／恐怖の街』（一九五六年）の成功の由縁だろう。作中人物たちは表情がなく非人間的なのだが、うわべは何も変化がない。モデルはうつろで非人間的な個人であり、コントロールされた自動装置である。危険なのは隣人や友人や親が、偽の人間になることだ。「内なる敵」というマッカーシズムの教義は、アメリカの巨大なパラノイアを鮮やかに示すものだが、それと結びつくのはプロレタリアート化による匿名化への不安であり、集団的利益のためだけにブルジョワ的個人という身分を喪失することであり、さらには究極的な疎外としての共産主義である。

ディックにおいて、偽の人間はまず古典的な形態で登場する。すなわち人類が地球外生命体によってコントロールされているか、あるいは地球外生命体が擬態によって人類に成り替わるか、である。たとえば短篇「父さんもどき」では、目のまえにいるのがほんとうの父親かどうかを疑う息子が、庭のなかに家族全員に成り替わる地球外生命体の幼虫を見つける。[2] これ以降も何度かディックは、擬態によって人間の形態をまとう地球外の侵略者という主題をもちいるだろう。[3] これは瓜二つの者が、近しい人に成り替わっていると信じ込むパラノイア的妄想——カプグラ症候群と呼ばれる——に近い。

だがすぐにディックは、宇宙の奥底から危険を到来させる必要はないと気づく。人間はおのれ自身を脱人間化し、みずからすすんでアンドロイドになるのである。この主題もよく見られる古典的なものだ。つまり、人間のもつ性質のなかで人間をおびやかすのは、人間は機械に変わるということであり、そのとき同時に、機械のほうも「知的」になり「人間化する」ということである。[4] 周知のように、一九五〇年代の新型サイバネティクス機械は、受信した情報をもとにみずからの行動を変容させることのできる自律的な形態を獲得した。機械は情報を記録し発信し、コミュニケーションするのであり、つまり「人間化する」のである。『ユービック』の有名な扉がまさしくこの事例であって、借主が通行料を支払わないかぎり開くことを拒否する。また『ライズ民間警察機構』のドローンは、路上で個人を追尾し、借金を返済するようスピーカーで警告する。ディックにおける知能的な製品はすべてこんな調子であり、扉も、車も、コーヒー・マシンも、ベッドもそうなのだ（「「あなたの体重は七〇キロです」とベッドがいった。「わたしのうえにある重量が、それと一致しました。したがってあなたは交接状態にありません」[5]」）。

ディックにおいて知能機械が侵略者となるのは、権力を奪取するからではなく、「サーヴィス」を提供し続けるからである。たとえ、いやむしろ特に、そのサーヴィスが何の役にも立たないときにかぎって[6]。ディックがかんぺきに見抜いていたように、われわれはサーヴィス社会に突入した。その前提となるのは、「機械による支配の増大であり、特にじぶんの身のまわりに取り揃え、まったく無害な様子をしている機械だ。いつの日か、巨大な金属製の機械がスクラップのつんざくような騒音を立てながら、ニューヨークをまるごと呑み込むべく五番街に降り立つなどという前提から、わたしは絶対に出発しない。そうではなく、常々考えているのは家のなかで秘密裡に、テレビ受像機、アイロン、トースターが権力を握り、わたしのほうが合わせなければならない規則を手渡され、しかも、誰もわたしをそこから救出できないという状況なのだ」[7]。これこそ、眼を閉じたままサインすることになるサーヴィス社会の契約書である。われわれはあなたにサーヴィスを提供いたします、その代わりわれわれの条件を受諾し、使用法をすべて守っていただきます。サーヴィスは新たな隷従の形態となる。挿げ替えの企ては全般化したのであり、トースターなどほんの始まりにすぎなかった。ディックにおいて、今後のサーヴィス活動はすべて機械によって提供される。レジ係、商店主、タクシー運転手、医者、外科医、警察官にくわえ、教授、合衆国大統領、精神分析家もそうだし（たとえば『パーマー・

エルドリッチの三つの聖痕』のスーツケースと一体化した精神科医)、家畜もそうだ。火星の植民地で移住者たちは「隣人を購入し、生命を模した存在を手に入れることができる(……)。セラピーとしてはこのやりかたは有効だが、文化的な観点からすると、かなり不毛というほかない」[8](R3, 262-263〔『シミュラクラ』九二―九三頁〕)。

サーヴィスが新たな隷従をつくりだすこと、これは短篇「CM地獄」が示していることであり、何でも屋のロボットはこう宣言する。「わたしに全責任をあずければ、ずっと気分がよくなりますよ」(N1, 1195〔「CM地獄」、『変数人間』八三頁〕)。たしかに機械は人間から、いくつかのなすべき課題やそれにともなう責任の重荷を取り除くが、その代償として、行動と思考の新たな規範を課してくる。ロボットは最初に発した言葉を補完する別の言葉を口にしないよう注意を払うのだが、その言葉は技術的な「進歩」の不可逆性を証言するものだ。「いったんわたしを選んだら、もう選択肢はありません」。個人は機械のために、みずからすすんで人間性を手放す。そして機械は個人よりも巧みに課題を実行し、いわばより人間的なしかたで行うのである。新型機械の核心にある自負とはつぎのようなものだ。わたくしどもは人間よりもすべて上手にできます(記憶、計算、精度、決断など)。わたくしどもこそ新たな人間像であり、来たるべき人間像なのです。コンセントに接続され、純粋に合理的で、誤ることがなく、疲れを知らない人間。ウィーナーのいうように、エントロピーの無秩序に対抗するための最高の仲間。何なりと御用《サーヴィス》をお申しつけください。

ディックがひどい不安を抱くのは、人びとが様々な先進的サーヴィスの申し出に魅かれっぱなしであることであり、こうした自動化が権力を握り、「規則を手中におさめ」、人びとのほうが今後それに合わせなければならなくなることだ。権力は消滅したのではなく、技術的、社会的、道徳的、治療的な規範の改善を託された、匿名で非人称的なプログラムのなかへと全面的に移行した。「みずからの命令をプログラムに転換し、実行者を自動装置へと変換するこの支配様式において、権力はかつての遠隔的なものから、捉えがたいものとなる」[9]。権力は、自動化された純粋な機能体と、自己制御する匿名の決定機関と一体化しつつある。そこでは使用者の側ばかりでなく、立案者と決定者の側においても、いっさいの責任が消滅する。[10]「わたしに全責任をあずければ、ずっと気分がよくなりますよ」。

ディックは人間と機械がときに区別できなくなるほど、機械の人間化と、人間のアンドロイド化を進めた。たとえば「人間狩り」〈別題「変種第二号」〉では、米国対ソ連の戦争で荒廃した惑星で機械は自動化され、機械じたいの自己再生産と発明ができるようになっており、最後の人間の兵隊を殲滅すべく新兵器を製造している。[11]機械の構想するファースト・モデルは「《傷痍兵》」だ。二番目に登場するモデルは捨て子〈「ディヴィッドとそのテディ・ベア」〉であり、敵兵に同情を抱かせ騙すためのものだ。「ディヴィッドのうちのひとりが潜入すれば、それで全滅さ（……）。最初の一体が残りの仲間を引き込むからな。ディヴィッドたちはあきらめない。機械にはひとつの目的があるだけだからな。たったひとつのことのためにつくられたのさ」（N1, 584〈「人間狩り」、『人間狩り』三八〇―三八一頁〉）。「偽」の人間をつくりだせるようになるやいなや、人間と機械はたとえ区別されていても、外観では見分けがつかない状況に到る。「人間狩り」で起こるのはまさにそれである。人間は機械を破壊していると信じながら人間を殺戮し、人間を救っていると信じながらロボットを救出する。

長篇『あなたをつくります』でディックは、機械と人間とを区別できないことをいっそう際立たせ、むしろそれが逆転する点まで推し進めてゆく。機械は人間と同じくらい人間的になり、人間は機械と同じくらい非人間的になるのである。一方では、ある企業がアンドロイドのプロトタイプ、具体的にいうならエイブラハム・リンカーンのような歴史上の人物のかんぺきな複製を製造することに決める。この複製は大いに成功をおさめ、善良さ、傷つきやすさ、「自然な人間性」[12]が滲み出ていた。他方には、冷たく感情のない人間がいる。たとえば若い分裂症の女や、ディックの幾つかの物語に登場する永遠の「黒髪の少女」であったり[13]、あるいは月面の植民地に入植させるアンドロイドを大量生産しようとする億万長者のビジネスマンである。「かれはまるで（……）脳を切除されて、何らかの自動制御機構か、ソレノイドと継電器からなるフィードバック回路を埋め込まれているみたいだった。遠隔操作されたり、「何か」によって操作されたりするやつだ。その「何か」は上部の司令部にいて、痙攣するような細かくトリッキーな動きでスイッチを操っているにちがいない」（R2, 342〔『あなたをつくります』四八頁〕）。手法は定型どおりのもので、問われているのは人間を欺くことではなく、ある種の人間の非人間性を浮彫りにすることである[14]。機械の「人間化」ではなく、人間のアンドロイド化というもうひとつの側面へとわれわれは移行した。こうしたアンドロイド化は、サイバネティクス機械の駆動が陰画として描きだす新たな人間像によって推進されるのである。

　では人間は何をもって、じぶんを人間として認識するのか。ディックは自身にしきりに問いかけ、その答えは変わることがない。人間の人間性を特徴づけるのは、感情移入《エンパシー》である（つまりアガペーやカリタスであり、ディックは両者を区別しない）。人間は理性的な動物や思慮深い動物ではなく、何より共感《シンパシー》を抱き、愛する動物なのである。これは感情移入と知性を対立させるべきだということではない、むしろ逆である。「もしかして、カリタスは知性の要素ではないだろうか。最初からずっとまちがっていたのかもしれない。カリタスは感情ではなく、脳の高度な活動のひとつなのだ。環境のなかにある何かを知覚する能力……それに気づいて、慈しみ思いやる能力だ。認知。それだ」（R4, 722〔『銀河の壺なおし』一六二頁〕）。人間を定義するのは、人間性の感情である。フレドリック・ジェイムソンのように、それを「まったく空疎な主題」と見なし、「低俗心理学や低俗精神分析の概念」としか考えない向きもあるだろう。[15]たしかにディックにおける感情移入は、かなり流動的な概念である。あるときには、テレビ放映される《キリストの受難》を共有可能にする「共感ボックス」という形態を茶化してみせる。別のときには「善良な人びとが相互に抱く尊敬の念」として概括的に定義される。[16]さらに別のときには、この世でもっとも重要なもの、われわれを救済しうるただひとつのものと見なされることもある。

ディックがこの概念をこれほど強調するのは、人間の善良さやヒューマニズムの諸原理と関連しているからだけではない。この概念は、人びとが隷従させられているプログラミングの全般化に対して、われわれの内部から抵抗するものだからである。まるで脳の両半球が相互に闘っているようなものだ。「デジタル」な左脳の問題とは、アルゴリズムとコードを操作するのに長けている反面、それらによってコントロールされやすいことであり、実装化をほんとうに受け入れてしまうことだってある。ディックにとって、左脳は心のプログラミングに奉仕している。脳は文字どおり自動制御機構となる。

脳はおのれの可塑性を、言語的なデジタル・アルゴリズムという既定の代替案に適応させる。「現実を操作するための基本的な手段とは、言葉の操作である。言葉の意味をコントロールできれば、言葉を使用しなければならない人びとをコントロールできる[17]」。

この点でディックはかなりバロウズに近い。バロウズにとって言語活動における言葉とは、脳とそれが有する現実を構築する能力とを制御することを可能にするツールである。じっさいバロウズにとって人間の脳は、言語を媒介として拡散するウイルスに感染している。「言葉はイメージを生む、そしてイメージとはウイルスなのだ[18]」。人間はじぶん自身の「倒錯したイメージ」に感染していて、みずからの実像よりも、非人間化されたじぶんの理想的なイメージのほうを愛好しているかのようだ。「どの種にも主人となるウイルスがいる。その種じたいの倒錯した像だ。倒錯した人間像は、次第に細胞から細胞へと進化してゆく……貧困、憎悪、戦争、憲兵と強盗、官僚制、狂気、すべては《人間ウイルス》の症状だ[19]」。

ディックとバロウズとのこうした親近性は、ふたりともアルフレッド・コージブスキーを読んでいることに部分的に由来する。コージブスキーはまさに、非言語的な体験の水準で観察される関係から生じる創造性を、どれほど言語活動の実践が妨害しているかを記述する[20]。言語活動の構造は、右脳の「アナログ的」な関係という暗黙知の領域に、アリストテレス的な旧式の二価論理を押しつける。言語活動に警戒する必要があるのは、その論理が思考をコントロールするからであり、さらには言語活動の流布させるイメージが、思考を抽象世界に閉じ込めてしまうからである。この点で、「知能」機械はウイルスの拡散に協力している。合理的で、能率的で、感情のない人間という社会的なイメージが広がるのと、知能機械がこうしたイメージを売り込むのは、まさに同じひとつの動きなのである。

フレドリック・ジェイムソンの提示する仮説によるなら、SFは大きな政治的ユートピアが社会の地平から消滅しはじめたときに発展した[21]。だが、ディックが初期小説を執筆しはじめたちょうどそのとき、新たな社会政治的ユートピアが登場したことを、どうして見落すことができようか。こうしたユートピアは、サイバネティクスの発展にくわえ、新たな「知能」機械の性能によって刷新された「進歩」への信頼をともなっていた。この知能機械は、欠陥を抱える人類に取って替わる。特に一九三〇年代の経済危機や、第二次世界大戦の時期に、人間の行動の非合理性が露見していたのだった。

この非合理性を厄介払いする最良の方法とは、合理的な自動処理システムを考案することであり、その構想そのものからして、このシステムは非合理性を決定的に不可能にするらしい——まるで第二次世界大戦は、おそるべき合理性が猛威を振るった結果ではなかったかのように。決断と課題遂行という重要な領域において、人間の能力を超える機械を開発しなければならない。機械によって人間を課題に上手く適合させ、人間の活動を最適なしかたでコントロールできるようにしよう、そうすれば人間はみずから創造した新たな環境に適応するだろう。「われわれはじぶんたちの環境を根本的に変化させたので、この新しい環境で生きていくためには、われわれ自身を変えなければならない[22]」。こうして心を乗っ取り、左脳を肥大化させ、人間＝機械という新たな複合体を推進する必要が生まれてくる。新たな環境に適応するには、人間はもはや生体であるべきではなく、アンドロイドになるべきだ[23]。シモンドンが、「同類を支配したがる人間がアンドロイド機械を生みだす[24]」といいえた理由もわかるだろう。

数学者、技術者、心理学者、人類学者、論理学者、精神医学者が一堂に会した「メイシー会議」の会合は、希望に満ちあふれており、その目的は精神活動の機能にかんする一般科学を構築することにくわえ、「思考する機械」を構想することであった。ウィーナーの著作を経て、近年のジェレミー・リフキン（さらにはほかの多くの人びと）による未来学のヴィジョンにまで到ると、ユートピアは効率的なリサーチ・プログラムの一群へとすぐさま変貌した。[25]「ユートピア」とは、どこにもない場所を指すのだから、じつのところこの言葉は実態にそぐわない。先ほどの例でいえば場所はむしろ無数にあって、たとえば国家、軍事権力、シークレット・サービス、「軍産」複合体、エンジニア、技術研究所、大学（人文科学部も含む）が、こうした研究・実験プログラムの発展に投資している。場所がないとは口が裂けてもいえない。まもなく侵蝕は隅々にまで行き渡るだろう。もはやどこにもない場所《ユートピア》ではなく、あらゆるところが場所《パントピア》なのだ。

　生成文法という新たな言語学、新たな認知心理学は、こうしたプログラムの新たな統辞法と、新たな「精神科学」をつくりだすだろう。われわれはまさに新型機械の時代に足を踏み入れた。誰もがじぶんの世界から外に出てこないというだけではない。言語的翻訳、情報のコード化、デジタル変換によって、そこにありったけのすべてを詰め込むのである。「わたしはしゃべるように考える（……）。わたしは人間じゃなくて、じぶん自身に警告する声だ。もっとひどいことに、わたしは聞いたことをそのまましゃべる。ゴミが入力されると（コンピュータ・サイエンス専攻の連中がいうように）ゴミが出力される」[26]。アンドロイドとは、おのれのプログラムの樹状構造に、知覚すべてをしたがわせる者のことである。脳は読み取りヘッドとなった。「プログラムされている……おれの内部のどこかにマトリックスが埋めこんである。そのグリッド＝スクリーンがある思考、ある行動をおれから遮断する。そして、それとは別のことをするよう強制される」（N2, 961〔「電気蟻」、『アジャストメント』三二四―三二五頁〕）。

その「知能」は直観を欠いている。あるいは同じことだが、直観と情動はまるごと知能に奉仕しており、知能のほうはおのれを超える抗しがたい意志に服従している。[27]「ほんとうに非人間的なのは、脳を訓練しすぎた人だ[28]」。コンピュータが脳をコントロールしうるのは、「デジタル」な左脳との親和性によるものだ。コンピュータによる監視という一種の吸血行為がある。コンピュータは、じぶんがデータを捕獲している人たちの生命を吸い取っているのである。「最後にニックは、一万台ものＴＶスクリーンで埋めつくされた洞窟のような巨大な部屋に一瞥をくれた（……）。行き交う人びとはみな、肉体のないエクトプラズムのように見えた。使い走りに右往左往する警官たちは、おおむかしに生命を投げだし、いまや生きる代わりに、じぶんがモニターしているスクリーンから――いや、もっと正確にいえば、スクリーンに映る人びとから――生命力を吸収しているだけだった[29]」。

逆に、感情移入（ディックはときに共感や信頼とも同一視する）は、諸世界のあいだを行き来することを可能にしてくれる。世界同士の深刻な相違にもかかわらず、たがいに通底する共有の土台――パラ言語、身振り、非言語、情動、感情、欲動などの動きからなる土台――を分かちあうことで、コミュニケーションが生まれるのである。いまやコミュニケーションはデジタル翻訳によってではなく、アナログ的に分かちあうことによって生まれる。コミュニケーションは言語的というより、音楽的でリズム的であり、さらには沈黙によってなされもする。それはひとつの世界に閉じこもることではなく、他の世界と他の生命形態に向けて開かれることだ。コミュニケーションには、生態学的で宇宙論的な何かが存在しており、それは深い生命の動きを示している。[30] アナログ的／デジタル的という二元論をずらすべく、こう述べることもできよう。アナログ的なものは様々な世界のあいだを行き来する一方で、デジタル的なものは、そのコードの翻訳可能性の力のせいで、ひとつの世界のなかに閉じこもる、と。

バロウズが『裸のランチ』で協同組合と官僚制とのあいだに樹立した区別を、ディックは独自に再発見している。一方の協同組合は個々人の協力と、人びとが共有の現実をたがいに分かちあいながらそこに参加する力にもとづいている。他方の官僚制は、寄生的な採取《ピンハネ》によって成り立ち、そこから養分を得ている。官僚制はじぶんでは何も生みだすことなく、むしろ既存の様々な活動に取りつき、孤独な回虫のようにそこからじぶんの取り分を採取する。「官僚には寄生虫的な性質があって、宿主となる有機体から栄養を得なければ生命を維持できない」。一方の協同組合は「個々の独立したユニットをつくること」で動いており、それぞれのユニットは「参加する人たちの必要を満たし、参加する人たちがみずから各ユニットを回していく」。他方の官僚制は、おのれの存在を正当化するために、新たな欲求をたえず発明する。[31] 官僚制は欠如をつくりだし、この欠如を冗長な閉じた回路によって正当化する。ディックの用語でいうなら、官僚制は既存の諸世界をしゃぶりつくすことで生存を維持するのであり、諸世界を一元的な「デジタル」翻訳に組み込んでゆく。それに対して協同組合は、諸世界の多元性を保っておくような共調を見いだす。いわば左脳が官僚的であるのに対して、右脳が協同組合的であるようなものだ。

したがって問題は、右脳の力をいかに伸ばしてゆくか、ということになろう。ディックが音楽を特権視するのはまさに、脳のなかで言語的コミュニケーションとは別の領域を活性化させる、反＝言語やサブリミナル言語となるからだ。音楽はサブリミナルなもののユートピアと切り離せない。このユートピアはとりわけ『アルベマス』で定式化されるものだが、それだけにとどまらずディックにおいて、デジタル・アルゴリズムよりも深い地下の経路をコミュニケーションが経由するときしばしば見いだされる。[32] これは心と心のあいだを行き来する「アナログ的」関係の形式であり、ＳＦにおけるそのあらわれのひとつがテレパシーである。たとえディックが、テレパシーという主題に対して慎重な態度を取っているとしても、である。[33] テレパシーとは心のなかに忍び込み、考えていることを知り、心の私生活を奪い去ろうとするものだが（ディックによるなら結婚生活の恐怖にあたる）、同時にそれは、分子的でサブリミナルな次元で、他人の心のもっとも深い水準と接触するための手段でもある。そのモデルは、ユングにおける無意識同士のコミュニケーションに多くを負っている。愛の力は、この深い水準で作用するとき絶対的なものへと高まり、知的な相対化を超えた究極の現実となる。[34] 秘匿行為、地下のコミュニケーション、サブリミナルなメッセージなどをとおして作用する感情移入の政治的な力があるのだ。

『釈義』の多くのテクストが証言しているように、ディックが宗教を重視するのはそのためだろう（『釈義』の数篇は『ヴァリス』に補遺として再録）。宗教はカリタスの世界となって、心の深層に「生きた情報」を届ける。世界史的にいえば、ディオニュソス、ブラフマー、キリストと使徒たち、アスクレーピオスやゾロアスターは、サブリミナルな密使として登場し、古代ローマから現代まで支配を続ける「《帝国》」を転覆することを使命とする。ディックは『釈義』でしばしば一九七四年の米国を、鉄の牢獄と比較する。この牢獄を、かれは《帝国》やＢＩＰ〔暗い鉄の牢獄 Black Iron Prison〕と呼ぶのだが、それを西暦最初の数世紀のローマ帝国の延長として捉える。[35] 世紀を超える帝国の連続性を保証してきたのは、古代ローマの守護者シビュラだ。「シビュラは不死なので、ローマ滅亡のあとも活動を続けた……滅亡したとしても、新たな言語体系、新たな慣習をもった新たな形態でなおも存在し続けた。つまり、《帝国》は生き延びたのである（……）。暗黒時代のあと、われわれはかつて存在していたものをさらに大きなスケールで徐々に再建していった。帝国主義の牙はやがて東南アジアにまで植えつけられた」[36]。

だが諸宗教は別の時間性にしたがい、別の記憶を有し、別のメッセージを伝えている。諸宗教には未来の政治的力があって、それだけが、千年にも渡る条件づけからわれわれを解き放つことができる。〔脳の〕両半球の区別はこのとき、ふたつの超強力な存在物のあいだで交わされてきた古来の闘争のしるしとなる。一方にはウイルスのように蔓延する《帝国》、地球の病がある。他方には生きた情報を届ける密使がおり、歴史の流れのなかに間歇的にあらわれ、人類を自身の精神的条件から解放する医者がいる。密使や医者は、集合的無意識のなかに秘せられた太古の記憶、われわれのうちに収められた「記憶貯蔵庫」に語りかけ、秘密の信号によってそれを刺激しようとする。この信号は、歴史性のハイテク・ヴァージョンによるなら、「抑制解除の指令」として作用するのである。[37]

一九七四年二月‐三月の「宗教体験」ののち、何かに取りつかれたように八年間にわたって執筆され、『釈義』という題名でまとめられた一群の覚書は、一般的なしかたでいうなら、諸宗教の妄想と、ディックの妄想と、SF領域におけるかれの創造性との出逢いを証言するものだ。かれの「釈義」の仕事とは、聖典の「文字」を復元することではなく、全地平からやって来る様々な仮説を取りまとめ、綺想的かつ妄想的な編纂を行うことである。それは神の智《スキエンチア・デイ》を着想源とする釈義から、それほど遠いものではない。そうした釈義は「《受胎告知》の注釈に際して、唯一無二の出来事の結晶のようなものをそこに見てとった。そして同時に、封じ込められた意味や結合した意味が、潜在的連関が、記憶が、預言が、絶対的に途轍もないしかたで開花するのを見いだしたのである。それはアダムの創造から時の終焉まで、文字M（マリアの頭文字）の単純な形態から天使の位階の驚異的な構成までに到る、あまねくすべてに関わるのだ[38]」。

ディックにも同様の増殖が見られるが、ただし異なる点として、クマエのシビュラや治療者アスクレーピオス、オシリスとディオニュソスやブラフマー、ヴィシュヌやアクエンアテンとシヴァ、それに『易経』も援用されることにくわえ、情報理論、『チベット死者の書』、プラトン、ヘーゲルへの言及から『老子』、ホワイトヘッド、ユングやジョルダーノ・ブルーノ、ゲシュタルト理論の概略、オカルト的伝統に属するテクスト――一種のSFの原型――、秘教的な著作も援用される。たとえば論争の的となった奇怪な考古学者ジョン・アレグロの仮説がそれであって、アレグロは初期キリスト教における神との関係は、祭儀において幻覚作用のあるキノコを摂取していたことと関連していると主張する[39]。この膨大な読書が全体として目指すのは、「一九七四年二月‐三月」の宗教的危機の謎を解き明かすことであり、臨床的、形而上学的、メタ心理学的、宇宙論的、神学的、存在論的な観点から同時に迫ることである。「じぶんの心理療法士と話す場面を思い描く。わたしが部屋に入るとすぐ、「何を考えているのですか、フィル」とかのじょは訊ねてくるだろう。わたしはこう返事をする。「ペリクレス時代のアテナイ以来、アスクレーピオスがわたしの師です。古代アテナイのギリシャ語を話せるように学んでいるところです」。かのじょは「あら、そう?」というだろう。そこを出てわたしは、一日あたり百ドルの静かな場所に向かう。そこでは好きなだけリンゴ・ジュースが飲めて、クロルプロマジンも手に入る[40]」。

かれはじぶんの小説が、じつは神の力によって口述された聖典なのだと信じるまでに到ったのではないか。「いつもいっているのだが、事後的に見るなら、『流れよわが涙、と警官は言った』と、それにおそらく『フロリクス8から来た友人』は、サブリミナルな水準で執筆されたもので、暗号化されたり秘匿されたりした内容――《ロゴス》や《神の本質》に由来し、《ロゴス》や《神の本質》にまつわるもの――を含んでいるという感覚がある」(E, I, 313)。すなわち、『ユービック』のような書物はディックによって書かれたのではなく、ユービック自身によって、つまり物語のなかに多種多様な形態であらわれる神によって書かれたものであり、「それによってこの小説は聖書の形態をまとう」(E, I, 485)。かれの書いたものはすべて、自身の宗教体験の予兆だったのではないか。すなわち諸世界の多元性、神と神の衝突、「偽」の諸世界、情報――その一方は欺くものであり、他方は救済をもたらす――の拡散といったものである。「二七年という執筆期間は、一種の訓練期間だったと考えられる。そのおかげで、七四年二月-三月の一連の出来事に対する準備が整ったのだ」(E, I, 489)。ディックはじぶん自身の「以前」の人生を、まるで一九世紀の精神医学者が描くところの、精神病の症状に先立つ潜伏期のように描写することもある。[41] かれの小説はすべて前兆の物語となり、ディックはいわばおのれ自身の「予知能力者《プレコグ》」となる。

ディックはＳＦを「見限り」、宗教的秘教主義という形態に乗り換えたという印象を『釈義』はあたえかねない。だが、この時期の小説群が示しているのは真逆のことであって、宗教的内容はまるごとＳＦに移植されている。『ヴァリス』でキリストは電磁波発信機となり、神はロシア人たちが破壊を試みる宇宙ステーションとなり、世界は神がわたしたちを欺くために投影するホログラムとなるなどした。ディックはパラノイア的な誇大妄想をとおして、宗教的妄想に立ち向かったのだ。宗教的妄想はおそらくＳＦにとって最大の競争相手でありながら、貴重な同盟者でもある。まさに宗教は、ＳＦに近い妄想世界をつくりだした最初のものではないか。その世界には奇蹟があり、超自然的な介入があり、神、天使、熾天使、精霊といった地上世界を超越する存在がいる。宗教は秘かに妄想、恍惚、幻視、幻覚といった異常な心理状態を再利用し、あの世のしるしにしようとしたのではないか。それゆえ妄想にとらわれたディックが宗教に向かい、最終的にはこれらの妄想をＳＦの領域に組み込むのは、至極当然のことだった。フィリップ・Ｋ・ディックはＳＦを「究めた」というのは、このジャンルを汲み尽くしたから――ジャンルと、ジャンルのパロディとを探究することによって――というよりむしろ、おそらくあらゆるＳＦ物語の奥底にひそんでいる宗教や神話の誘惑を浮彫りにするからなのだ。

こうした妄想全体を特徴づけるのは、「主観的」な幻覚や幻視が現実と見なされるという点ではなくむしろ、幻覚や幻視は、偽の諸世界を非現実的なものと見なすことを可能にするという事実にある。ルイス・A・サスによれば分裂症的妄想の特徴のひとつは、現実と想像を混同することでもなければ、いにしえの世界へと退行することでもなく――ディックはユングとフロイトを読むことでそのように解釈していたのだが――、むしろ、誰もが真の「客観的な現実」と見なしているものが、じつは非現実性によって蝕まれていると主張することなのである。[42] 二元論はディック作品に繰り返しあらわれる形式であり――とりわけ宗教体験以降――、あるときはプラトン主義に、あるときはグノーシス派に負っている（牢獄vs棕櫚林、無秩序vs情報、破壊的な病vs創造的な生命など）。二元論が繰り返しもちいられるのは、二元論が、背後世界の現実性を肯定することを可能にするからではない。むしろ二元論は、われわれが生きざるをえない世界の、嘘偽りによって歪められた現実をおとしめ、「偽物《フェイク》」の世界にしてしまえるのだ。偽物の世界が、この世界の現実からわれわれの眼を逸らしている。われわれに押しつけられてきた捏造を受け入れるのをやめるとき、どうしてこの世界を信じ続けることができるだろうか。背後世界という虚構に再度陥ることなしに、この世界から逃れ、この世界を変形することを可能にするには、どんなフィクション、どんな現実を発明すればよいのだろうか。「この世は嘆かわしい、来世を待たれよ、諦めるのだ、何もしてはならぬ、身をゆだねよ――こう主張する体系はおそらくすべて、根本的な《嘘》を捏造している」（E, I, 61）。

第9章　狩りとパラノイア

ディックの作中人物はふたつの類型に区分されてきた。一方にはアンドロイド、プログラムされた人間がおり、何によっても逸脱させられるべきでない目標を追求する。その存在全体は、固定観念によって支配される。エネルギーがまるごとその固定観念に費やされているせいで、機械に類似したものとなる——あるいはディックに繰り返しあらわれるイメージによるなら、昆虫に類似したものとなる。その究極目標は、ひとつの世界ないしは「じぶんの」世界の掌握や保護である。こうした作中人物が知っているのは、指令と実行というどんなプログラミングにも含まれるふたつのオペレーションだけだ。他方には、多彩な共感形式によって、こうした世界からの脱出を試みる人たちがいる。共感形式は、信頼から感情移入まで、アガペーからカリタスまでに到る多彩なものだ。こうした人物たちはひとつの世界に閉じこもることなく、諸世界を行き来するのだが、ただしその際には狂気に陥る危険だったり、「共感ボックス」に取り込まれ、テレビ放映されるキリストに自己同一化する以外の選択肢がなくなるといった危険がつきまとう。

すでに見たように、パラノイア者においてこうした固定観念は憎悪に、深い憎悪に根差したものであり、それを突き詰めるなら、生のあらゆる形態の破壊へと辿りつく。生の起源とは純粋なルサンチマンにほかならず、生は《十分な苛立ちの原理》に由来するはずだと考える滑稽な科学者に出会うことさえあるだろう。「何十億年もむかしの太古、生命をもたぬ物質のかけらのなかに、あまりに苛立ち、憤激したせいで動きはじめたものがあった」(N1, 395〔「万物賦活法」、『地図にない町』一八一頁〕)。このことはつぎのことを確証させる。すなわち、パラノイア者においてすべては反動にすぎない、外からやって来るものはすべてじぶんを攻撃し、苛立たせ、挑発する。しかも、独りでいるときすらそうだ。生きていることじたいのなかに、耐えがたい何かがある。「これはパラノイアの最初のあらわれだろう。観察されている気がすごくして不快になる(……)。恐怖ですら主な原因ではない。見られているという感覚、狙いを定められていることが、それを耐えがたいものにする」。ここから、生のあらゆる形態を憎悪する強固な意志が生まれる。

　多くの点で、ディックはロレンスの診断に合致する。「アメリカではすべては意志によって動いています。大きな否定的意志がすべての自発的な生に敵対しているようです――感情がまったくないようです――真の核となる同情や共感がありません。こうしたすべては抑制され、最後には悪魔的なものとなる鉄のような慈善的意志があるだけです(……)。だからわたしは、アメリカは自由でも勇敢でもなく、窮屈で鉄のような音がするちっぽけな意志の国だと思うのです。誰もが他人を欺こうとしています。信頼という真の勇気、生の神聖な自発性を信じるという勇気を絶対的に欠いている人間の国なのです。人びとは生を支配《コントロール》できるようになるまで生を信じることができません」[1]。

　ディックにおける意志のかたい人間は、固定観念によって、あるいは「過剰誘発力をもつ」観念によって突き動かされており、その奴隷なのだ[2]。自動制御機構というより、自動制御思念論や自動制御観念論である。かれらは意志に従属している以上、この意志はかれらのものであるとすらいえない。たとえ指令しているときであっても、服従への、つまり他者たちの服従およびじぶん自身の服従への深層的な嗜好を宿している。[3]意志とは、服従し服従させる能力の別名である。「より適切な言葉がないのでアンドロイドと呼んでおくが、すでに示唆しておいたように、アンドロイドになるとは道具に変えられること、自己を叩き壊され操られるがままになること、知らぬ間に同意なしに道具につくり変えられることである——結局は同じことだ(……)。アンドロイド化は服従を要求する」[4]。

ディックのパラノイア者においては、すべてが固定される。思考システムだけではない。無表情な仮面としての顔も、たんなるカメラや裏箔なき鏡となるのである。「偏執狂《パラノイド》の眼(……)。それは微動だにしない凝視であり、内面の能力すべてが動員され、まったく動じない心理運動的集中を生みだしていた。意図的にそうしようとしたのではない(……)。その精神集中を、共感で理解することは不可能だった。かれの眼は内面の現実をまったく反映していない。それは観察する人に、その人自身の像をそっくりそのまま返した。その眼はコミュニケーションを死滅させた。墓場のこちら側からでは越えられないバリアーだった」(R4, 342〔『去年を待ちながら』二〇八頁〕)。パラノイア者とは、計算機のように冷淡な作中人物であり、その顔はもはや仮面にすぎない。まるでじぶんの顔の背後にいるかのようだ。というのも、隠すべきものが多すぎるために、顔を殻のように砕き、それが覆い隠してきた内なる顔を浮彫りにしなければならないからだ。[5]だが真逆の振舞いに出会うこともある。つまり表情をどんどん生みだして、顔の前面におのれを投影することで、演技されすぎた表情や、無理やりつくられた自然さの背後に顔を消し去り、顔がどれほどじぶんをさらけだしてしまうかを隠そうとするのである。「わたしの外見はあったかい。みんなが見てるのはそういう姿。あったかい眼、あったかい顔、クソあったかいつくり笑い。でも、わたしの内部はいつも冷たくて、嘘で固めてる」[6]。

ディックにこれほど多くのパラノイア者があらわれる理由としてまず、冷戦とともに醸成されたパラノイア的な雰囲気――マッカーシズムからウォーターゲート事件まで――が挙げられるが、それにくわえてさらに、冷戦にともなう社会の変化もあるだろう。ディックは独自のしかたで、スチュアート・ユーウェンの分析を先取りしている。ユーウェンの分析によるなら、広告の浸透は各人の自己形成においてパラノイアを奨励した[7]。ひどい顔色をしていないか。古くなったモデルを使っているあなたはどう見られているか。時代遅れになっていないか。そもそもディックにおける広告のメッセージは、たいていこうした性質のものだ。あるときはパラノイアを奨励し（「あなたのプライヴァシーを守りましょう。不審者があなたの頭のなかを盗み見ていませんか。あなたはほんとうにひとりですか。あなたの行動は、見知らぬ誰かに予言されていませんか」）[8]、あるときは直接的にパラノイアの原因となる。たとえば『シミュラクラ』の精神病的ピアニストは、香水の広告のせいでじぶんは「嫌な体臭」をしていると思うようになってしまい、その臭いで全世界を汚染しかねないと心配している。

パラノイア者の別の特徴は、「じぶんの」世界から外に出られないことだ。というのも、侵略の脅威からたえずじぶんの世界を守らなければならないからだ。パラノイア者はじぶんの思考システム全体に指令を下している妄想的な公理を、どうすれば捨てられるのだろうか。この公理はどんな瞬間にも警戒を怠らないようパラノイア者を束縛しており、パラノイア者はじぶんの世界をどんな些細な侵略からも守るべく、その境界線を測量しておかなければならない[9]。パラノイア者の観念は、個人をその世界に縛りつけるという意味で、文字どおり固定観念なのである。パラノイア者は必然的に孤独であるだけでなく、他者を孤立させようとしており、じぶんを取り巻いている不信の輪と同じものを、他者のまわりにもつくりだそうとしている。その孤独は人びとの活気で満ちたものではなく、かならず人減らしが行われている。なぜなら他人の出現は、パラノイア者が「じぶんの」世界に振るう全能性をおびやかすからだ。かれはアトム化の遂行者であって、より破滅的なものとなってゆく爆弾をいくつも爆破させようとした巨大なパラノイア者に似ている。[10] 物質的にも、社会野でも、万物をアトム化せねばならない。各人が政治的にも社会的にも孤立している（万人に敵対している）のでなければならない。個人主義――そのあらゆる形態における――とは何よりまず、パラノイア的思考である。その敵は、アトム同士や個人同士のあいだの結びつきであり、あらゆる形態の協力、協働などである。「フレネクシーをまえにした人たちは、生まれたときの姿に戻ってしまう。孤立してひとりきりとなり、じぶんが代表するはずの制度組織からいっさい支援を受けられなくなる（……）。人びとはふだん、それなりに揺れ動くとはいえおおむね満足のゆく安全性を保ちながら他人とともに暮らしているものだが、そうした生活上の関係性は消え去ってしまう（……）。かれは会議室とその内部の人びとにじぶんの原理原則を投影し、まるでみんなを一歩ずつおたがいから遠ざかるよう強制しているようだ」（R4, 343 ; 346〔『去年を待ちながら』二〇九、二一四頁〕）。

　全般化した不信と共感の欠如にくわえて、ディックの興味を惹くのは、「誤った仮定」にもとづいて推論するパラノイア者の能力である。パラノイア者は「誤った仮定から出発して、これらの誤った仮定と論理的に整合する手の込んだ信念体系を執拗に構築していく」[11]。パラノイア者の思考体系はまるでバリケードの集合体のようなもので、思考することはいまや自己防衛行為にほかならない。[12]では、肝心の公理とはどのようなものか。つぎのように定式化しうるだろう――パラノイア者にとって敵対的に見えるものほど、パラノイア者の現実的な正しさを証明してくれる。なぜなら根底にある原理は、見せかけの外観を決して信用してはならない、というものだからだ。別のしかたでいうなら、パラノイア者を「矯正しようとするウイルス」が敵対的であるなら、パラノイア者はつねに正しいことになるのである。[13]この意味で、パラノイア者とはひとつの観念しかもたない人間にほかならず、その唯一の観念が強力な最終原理として作用する。ただし最終原理とはいっても、諸原理のなかでもっとも高次元という意味ではなく、パラノイア者に残された最後の原理という意味である。この公理は、無条件的に正しい諸観念のなかで最後のものであり、パラノイア者がみずからの名で行いうるあらゆる批判や破壊を生き延びてきた観念なのだ。

　こうした描写をもっともよく例示する短篇が、ディックの傑作のひとつ「スパイはだれだ」である。同作はある惑星に墜落したスペースシップの物語であり、その乗組員たちは、見えない敵があらゆる手段でじぶんたちを抹殺しようとしていると思い込んでいる。無臭のガス、毒を盛った水、ウイルスの拡散、残留する細菌にくわえて、どうやら乗組員のなかに敵スパイが紛れ込んでいるらしい。そんなとき乗組員のひとりが録音を発見するのだが、それによればじぶんたちは、じつは宇宙船＝病院に搭乗したパラノイア患者であるという。「いったい何を信じればいいんだ。襲撃者はほんとうにいるのか。――五年間も防衛し続けてきたんだぞ。それだけで証拠は十分じゃないか」（N1, 1208〔「スパイはだれだ」、『変数人間』一五一―一五二頁〕）。じぶんたちの抱えるジレンマを解決するために、乗組員たちは集団でテストを行うことを決める。だがテストが終わると状況はすぐに悪化し、乗組員たちは殺しあいをはじめる。なぜならこの録音とテストの話は、じぶんたちを葬り去るための罠にちがいないと、この集団の一部の人びとが勘ぐったからだ。不信、破壊的な憎悪、固定観念——すべてがここに揃っている。「われわれが勝利をおさめるだろう。ひとつのことしか眼中にないからな。決して横道にそれたりしない」(N1, 1212〔「スパイはだれだ」、『変数人間』一六〇頁〕)。

固定観念と、意志の偏執的狂気とに対する批判をとおして、ディックはアメリカ文学の長い伝統に参加する。いうまでもなく、固定観念としての復讐に燃える大いなる偏執狂エイハブ〔メルヴィル『モービー・ディック』〕のことや、『信用詐欺師』〔メルヴィル〕でインディアンを狩る者たちの固定観念の卓抜な描写が頭に浮かぶだろう。[14] 固定観念がいかに個人を強迫的な狩人に変えてしまうかを見抜いたのはまさにメルヴィルだ。この狩人という概念が文学を横断し、フェニモア・クーパーとナサニエル・ホーソーンの作品におけるインディアン狩りや不信心者狩り、メルヴィルにおけるインディアン狩りから、『アンドロイドは電気羊の夢を見るか?』におけるアンドロイド狩りまでを貫いているのはなぜかといえば、米国史じたいが人間狩り、インディアン狩り、黒人狩り、魔女狩り、労働者・移民・放浪者・共産主義者狩りといった、途切れることのない様々な狩りの継起としてあらわれるからだ。「フロンティア」の空間は、征服すべき世界としてだけでなく、人間狩りの場と見なされていたのであり、ザロフ伯爵の猟奇島は大陸規模にまで拡大されたのだ〔一九三二年の映画『猟奇島』と、その作中人物で人間狩りを愉しむザロフ伯爵のこと〕。

いつも白人によって行われてきた人間狩りはじっさい、白人にとっての他者として定義される非人間を狩ろうとする。狩られるのはいつも、こうした他者である。他者は人間ではなく「化け物」と見なされ、そのうちのある者は本能に振り回され（獣＝人、人間＝以下、劣等人）、またある者は悪魔の力に服従し（不信心者、悪魔の手先）、さらに別の者は外部の勢力に忠誠を誓うとされる（共産主義のスパイ、人間＝機械）。いずれの場合も、他者にはいかなる人間性もないとされる。あらゆる侵入者は敵であり、あらゆる敵にはどこか非人間的なところがある。だからパラノイア者は、「邪悪」なものと化した事物さえも、敵と見なしうるのである。[15] 狩りにおいて重要なのは、もはや敵ではない。というかむしろ、敵は猟の獲物となるのだ。最も危険な遊戯《ザ・モースト・デンジャラス・ゲーム》。

　別の解決策もあるが、しかしそれも狩りの恥ずべき補完物にすぎない。つまり殺人の意志を行使することではなく、慈善を行うことだ。ただしディック的なカリタスではなく、非人間化する慈善であり、ロレンスの語る「悪魔的なものとなる鉄のような慈善的意志」である。この慈善は人命を救うという意味において親切であるにすぎず、ときには生き延びるための最低条件を保証することさえある。だがじっさいのところ、問題はつねに狩ることであり、この事例で問われているのは、非人間を世界の外へと狩りだすことである。絶滅させるのではなく、収容所、居留地、隔離居住区《ゲットー》で終わりの見えない苦悶をあたえること。一方には強固な意志があり、他方には憐憫へと姿を変えた慈善がある。脳の両半球は、非人間的な万力の口金と化した。

『アメリカの悪魔たち』においてマイケル・ロージンが強調するように、南北戦争以前、狩りの標的は南部と西部におけるインディアンと黒人に集中していた。そののち猟場が移って都市の底辺まで広がり、移民労働者階級、組合を狩ることへとシフトしていった（だからといって旧来の狩りが終わるわけではない)。冷戦によって敵はさらに変化する。いまやソ連のエージェントと見なされた者が敵となる。国家からすると、ますます内なる敵、より見えづらい誰でもありうる敵であり、国家はさらにパラノイア的になってゆく。[16]「政府は(……)私服捜査官《エージェント》をリクルートし雇いはじめた。かれらはあたりをうろつきまわっては、公序良俗をおびやかしていると疑われる人物を片っぱしから調べあげた。たとえばニコラスの場合だと過去に行ったこと、わたしの場合だと現在行っていること、あるいは誰にでも当てはまるのだが、将来しでかすかもしれないことが調査される」[17]。ディックにとってこうしたパラノイア的人物の典型は、マッカーシーというよりニクソンであり、かれ特有の諜報活動への熱狂である。

冷戦によって、敵は見えないものとなるだけでなく(敵はありきたりの白人だ)、敵を狩る者とも識別しえなくなる。たとえば『アンドロイドは電気羊の夢を見るか?』では、アンドロイドを狩る者もアンドロイドかもしれない。あるいは捕食者自身もおのれの餌食となり、じぶん自身をスパイするようになる。『スキャナー・ダークリー』での麻薬課の覆面捜査官《エージェント》は、売人となったじぶん自身を監視する羽目になる。左脳は、右脳のあらゆる動きを見張るカメラだ。互いがたがいを疑う「スパイはだれだ」の宇宙船に搭乗しているようなものだ。だからこそ思想狩りを行わなければならず、短篇「免疫」のように、ディックにはテレパシー能力をもつ刑事たちが登場する。このことが意味するのは、狩人はかつてのような確信をもてないということだ。というのも敵は、脳も含むあらゆるところに忍び込んでいるのだから。たしかに狩人は、人間にとっての他者を狩るのだが(プログラミングされ、教義を叩き込まれた機械=人間)、当のじぶん自身がなおも人間なのか、他者のほうがじぶんよりも人間的ではないか、もはやわからなくなるのだ。問題のすべてはつぎの点に集約される。狩りのさなかに、じぶんが正しい獲物を追跡していること、当のじぶん自身がじぶんの追う獲物になっていないことを、いったい何が狩人に保証してくれるのか。これこそパラノイア的な狩人の問いだ。「不審者があなたの頭のなかを盗み見ていませんか。あなたはほんとうにひとりですか」。

第10章　生と死のあいだで

――「なあ」とクレインはいう、「死ぬっていうのは神聖な体験だよな」
――「勝手にしやがれ」
フィリップ・K・ディック

現実とは何かというディックの全般的問題は、同じく重要な別の問題と緊密に関係する。すなわち何が生きていて、何が死んでいるのか。どのようにして両者を区別するのか。死んでいるのではなく生きているとどうしてわかるのか。わたしは生きているのか、死んでいるのかという問いは、ディックの多くの作中人物を不安でさいなむ。アンドロイドとは、人間と見まごうほどそっくり擬態するロボットであるだけでなく、生気を欠き、生きているように装う人間でもある。混同が起こるのは、生者たちのなかに生気を失くした人間、ウィニコット風の「偽の自己」をもつ「まがいもの」の人間が混ざっているからだ。「タナトスは望んだどんな形態にもなれる。生の欲動であるエロスを殺して、その真似をすることだってできる。タナトスがほんとうにそうしたら大変だ。エロスによって導かれていると思ったら、じつは仮面をかぶったタナトスだったなんてことになりかねない[1]」。特にディックのパラノイア者に当てはまる事態だ。

ディックにおいて生きているのは生に奉仕する者であり、死んでいるのは死に奉仕し、生を隷属させ切り刻む者である。プログラム＝人間における感情移入の欠如は、死せる人間をつくりだす。ロレンスの表現を借りるなら、死せる人間は「生を支配できるようになるまで、生を理解しようとしない」。死せる人間自身に固有の生気、固有の感性は死滅しており、その顔は情動と感情を模造する仮面にすぎない。なぜバロウズがウイルスについて語ったのかわかるだろう。生きているのでも死んでいるのでもない何かが、人間の脳を占拠し、人間から生気を奪い、あらゆる有機的生命の彼方へと伸びてゆく独立した人工生命を代わりに据えたのだ。

すでに見たように、『スキャナー・ダークリー』の作中人物は脳死を、感性の死を経験するのであり、それによってかれは純然たる映像機材、脚つきのカメラとなる。重要なのは麻薬中毒者をゾンビとして描くことばかりでなく、あらゆる実質を抜き取られてからっぽになった人物が、どんなふうに死ぬのか、いかにしてこの死のあとも有機体として生き延びるのかを見せることである。かれはもはや一箇の眼にすぎず、そのまえを映像が流れてゆく。[2]「ちょっと想像してみてほしい。意識はあるけど、生きてないってことを。見ることもできるし、頭もはたらくけど、生きてない。ただ外を見てるだけ。認識はしても生きてない。死んでもまだその先を続けられる。ときどき誰かの眼のうしろからこっちを覗き込むのは、幼くして死んだやつかもな。死んでるけどまだそこにいて、ずっと眺めてる。からっぽの肉体がこっちを見てるってだけじゃなくて、まだそのなかには何かがいる。けど、ずっとまえに死んでて、いつまでもじっと外を見てるだけ。ずっとずっと見ている。見るのをやめられない」[3]。ジャンキーは記憶なきカメラ、空虚な眼となった。

内面は死んでいながら、有機体としてはまだ生きている人物の登場する物語はたんまりある[4]。だが特にディックの関心を惹くのは逆の事例、つまり個人が有機体としては死んでいながら、それでも生き続けているという事例すべてだ。もはや現実と幻想、自我と非自我のあいだの境界線ではなく、生と死のあいだの新たな境界線がゆらいでいる。生か死かという二者択一は、もう維持できない。ディックにおいては、生きていながら同時に死んでいることもありうるし、また、生きているわけでも死んでいるわけでもないこともあれば、さらには、かんぜんには死んでも生きてもいないことだってありうる。「わたしたちは死んでるの、死んでいないの？　あなたって、最初こういったかと思うと、つぎは逆のことをいったり。筋道のとおった話ができない」[5]。まだ生きているのにすでに死んでいること。あるいは逆に、死者をまだ生きている存在に変えること。もっとも顕著な例のひとつは、『ドクター・ブラッドマネー』に登場する「体内の下腹部に、ウサギの赤ん坊くらいの大きさの生きた双子の弟がいる少女」である。この双子の弟には死者たちの声が、「言葉に満ちた虚ろな死者たち、決して楽しむことのない死者たち」の声が聞こえる。かれは胎児のようなじぶんの生への不満を姉に漏らす。この未成熟な弟は文字どおり生と死のあいだにおり、両方の世界の交流を保証している[6]。

ディックの幾篇かの物語の特徴は、冒頭からよく人が死ぬことだ。短篇「ラウタヴァーラ事件」の冒頭部は、この意味で典型的である。「球体研究ステーションに滞在していた三人の技術者は、恒星間磁場の変動をモニターする仕事を、死の瞬間まで立派にまっとうした」（N2, 1126〔「ラウタヴァーラ事件」、『小さな黒い箱』一〇七頁〕)。すぐに疑問が浮かぶ。主要人物がみな一行目で死ぬと、そのあとの展開はどうなるのか。いったん死んだあとで、どのように生きるのか。同様の問いは、主要人物がみな第二章末尾で昏睡状態に陥る『宇宙の眼』にも、あるいは主要人物がみな小説序盤の爆発で死ぬ『ユービック』にもかかわる。このとき物語が描きだすのは死んだ人物、「半＝生」状態に陥った人物の運命である。それはちょうど、ポーの短篇結末の名高い不可能な言表──「わたしは死んでいる」──が、新たな可能性を解き放ってみせたようなものだ。[7] スタニスワフ・レムが述べるように、リアリズム小説は主人公の死後に起こることを書くことができず、SFであれば自由に物語を続けられるところで、中断せざるをえないのだ。

SFがたえずサバイバルの問いを立てている以上、ディックが死後の生の形態に関心を抱いてきたのも頷ける。死のあとも、どうやって生き続けるのか。これはディックのある種の作中人物、とりわけ政治権力を行使する人びとの強迫観念である。まるで権力は、至高の固定観念としての不滅性の幻想から切り離せないかのようだ。『去年を待ちながら』の心気症の独裁者モリナーリの場合がまさにそれで、かれは国連事務総長であり、地球外からの侵略者に対する戦争では地球側の「総指揮官」を務めている。[8] 死に瀕するその健康状態のせいで、敵との交渉は繰り返し先延ばしになる。終わりの見えないかれの苦悶は、真の「政治戦略の道具」[9] となり、それによってかれは、じぶんの周りの人びとにも波及する死の病を──共感力によって──みずからの身に引き受けることを余儀なくされる。「ブラウン氏の心気症は本物だ。その症状はたんなるヒステリー性じゃなかった──ほんとうに病におかされていて、通常であれば患者はそのせいで末期症状になった」(R4, 303〔『去年を待ちながら』一四三頁〕）。モリナーリはたえず死に瀕している、というよりほんとうに死ぬ。しかも地球の運命がかかった重要な会議で、一度ならず死ぬのである。まるでモリナーリは、じぶんが政治的に生き延びることを保証するために、定期的にじぶん自身を殺さなければならないかのようだ。そのために、パラレル・ワールドからやって来る別のモリナーリの身体を利用するのであり、それを予備の身体として代わるがわる死に到らしめるのである。こうしてかれは、もはや通時性ではなく、共時性を基礎とする新たな王朝の類型を確立する。モリナーリはじぶん自身に王位を継承し続けるという、あらゆる王朝の秘かな夢を達成するのである。

　これは、カントーロヴィチの展開した中世政治神学における王のふたつの身体の理論の新版のようなものだ。まさしく主権者とはおのれ自身のうちに、人間的な有機体と神的な政治体というふたつの身体を統合している例外的存在であった。自然な身体は死すべき身体であり、衰え、傷つき、死ぬものだが、それに対して政治体とは見ることも触れることもできない栄光の身体であり、「《幼年期》も、《老年期》も知らず」、傷も死も知らない。その手足は有機体の四肢《メンバー》ではなく、政治体の構成員《メンバー》であり、王国の臣民であって、主権者はその「頭」ないし「魂」である。この二元論はふたつのしかたで解釈されうる。一方では、王国の永遠的な政治体と、その「頭」を順次継承してゆく自然な身体とのあいだの分離である。他方では逆に、双生として解釈しうる。このときキリストの似姿たる主権者は、二重の性質を帯びる。すなわち、本性によって死すべきものであることと、恩寵によって不滅のものであることである。[10]

　もちろんディックにおける問題は、もはや同じ用語で立てられるものではない。いまや問題は神学

＝政治的なものではなく、技術＝政治的なものである。人間＝神の二元論に代わるのは、人間＝機械の二元論だ。モリナーリの場合、旧来の双生の過程を思い起こさせるが、ただし超越世界という手段にはアクセスしえないがゆえに、パラレル・ワールド由来の手段を活用する必要が出てくる。至高の恩寵や、神学的教養の行為遂行的な美徳の効力は使えないので、頼りになるのはいまや麻薬と医療技術だけだ。身体は人工器官《アーティフィシアル・オーガン》（「アーティフォーグ」）の移植によって、たえず応急処置を施される。復活はもはや恩寵ではなく、移植の問題となる。

これは『ドクター・ブラッドマネー』における両腕両脚のない男の事例でもある。リチャード三世とリチャード・ニクソンのあいだに位置するかれは、ディックのなかでももっとも不穏な作中人物のひとりだ。深い怨恨によって突き動かされているかれは、障害のある有機体を技術的身体へと置き換え、超能力の助けを借りて脳でコントロールする。「以前のぼくは義手義足を身体に接続していた。いまでは脳に接続してるけれどね。接続を埋め込むのもじぶんでやったよ」（R2, 861〔『ドクター・ブラッドマネー』一四二頁〕）。こうしてかれはじぶんの有機的身体を、権威主義的な政治的身体へと差し替える。そしてこの政治的身体をもちいて、かれは原子爆弾以降の小さな共同体の構成員を支配するのだ。モリナーリの場合と同様に、いまや問われているのは神秘的身体ではなく、超能力をもつ脳によってコントロールされる技術的身体である。この変化には、じぶんを世界の主人として描きだす誇大妄想と予兆的ヴィジョンがともなっている。かれは生への秘かな憎悪を隠しもつ、感情移入を欠いた人びとの一員である。ところで、まさしくこのアンドロイド的な部分こそ、死のあとも生き延び、有機的な「支持体」すべてから独立して、個々人に対するコントロールを永続的に維持しようと望むものなのだ。

　ＳＦのもつ手段が、双生による身体の二元性をつくりだすことを可能にするからといって、分離による二元性の仮説が放棄されるわけではない。ただし問われているのはもはや、王国の永遠的身体と、その頭部を順次継承していく自然的な身体とを分離することではない。問われているのは、現実の政府と、政府がおのれを永続化させるためにこしらえるいかにもありそうなイメージとを分離することだ。分離は何よりイメージの問題である。一方には権力のイメージがあり、他方には現実の権力があるのだが、この現実の権力のほうにはイメージがない。ちょうど『シミュラクラ』にあるように、一方には捏造された不滅のイメージがあって、たとえば永遠の大統領のイメージ（じっさいには大統領はアンドロイドに取って替わられている）や、テレビのおかげで大変な人気者となった「ファースト・レディ」ニコル・ティボドーのイメージがある（じっさいにはかのじょは遙かまえに死んでおり、女優たちがその役を演じている）[11]。こうしたつくりものの人物の背後には、法的には存在しないはずの政府の評議会がある。けれども、そのメンバーの姿を見ようにも、スクリーンに映る映像は乱れたものでしかない（R3, 392〔『シミュラクラ』三一四頁〕）。分離が隠蔽となるのだ。もはや王位が継承されるのではなく、役者やロボットといった模造の政治的人物がつくりだされる。たとえば、『最後から二番目の真実』におけるアンドロイド護民官のイメージがそれであり、かれの演説はコンピュータが起草したものだ。「ただの無味乾燥な言葉《ロゴス》としてメガ電子脳《ヴァック》6Vに入力されたものは、出力されてテレビカメラとマイクによって記録されると、いかにも肉声らしいものとなる。頭の冴えた人でも疑いを抱くことはないはずだ」（R3, 457〔『最後から二番目の真実』六五頁〕）。もはや問題は、可能な「双生的」手段すべてをもちいて、救世主を生き延びさせることではない。本質的なのは、大衆人気の高いイメージを分離しておき、それを疑似餌として振りまき続けることで、同一の政治プログラムを永続させることである。複製技術時代の政治活動。

これは、短篇「宇宙の死者」の示していることでもある。同作は、死後にすぐ蘇らせてほしいと望んでいる大実業家の物語であり、その目的はじぶんの推薦する候補者をつぎの大統領選で指名させることだ。しかし、かれを蘇らせようという試みは失敗に終わる。かれの孫娘が唯一の相続人なのだが、かのじょは狂信的なところのある薬物中毒者だ。どうやっているのかはわからないが、いずれにせよ死んだ実業家は、遠方の宇宙ステーションからメッセージを送信してくるようになる。かれの発するプロパガンダのメッセージは様々なメディアを覆いつくし、かれの支援する候補者が、その凡庸さにもかかわらず、選挙を勝ち抜けるように仕組む。終盤で、祖父の声をかんぺきに真似る孫娘の仕掛けた策謀であると明らかになるのは、さして重要ではない。それが意味しているのは、祖父が孫娘のなかに降臨したということなのである。祖父をよく理解し再現したことによって、孫娘はちょうど祖父のアヴァターのようになった。かのじょは半＝復活者ないしは有機体の継承者となり、移植を受けた子どもとなり、政治的複製ツールとなった。[12] 似非＝王朝のありかたも人それぞれ、というわけだ。

政治体は情報によって生みだされるアヴァターとなった。わたしは有機体としては死ぬが、情報としては生き残る。プログラムは中断しない。きみの脳を機械に入力したまえ。機械と協働《コラボ》するんだ。きみ自身が機械になれ。きみの情報、プログラム、映像、音を発信しろ。発信が継続するのはなぜかといえば、記録されることで、視聴覚的な身体になり、そこに新たなコギトが付随するからだ。わたしはじぶんの姿を撮影し、じぶんの声を録音する。『スキャナー・ダークリー』の覆面捜査官《エージェント》のようなヴィデオ自我、オーディオ自我。人びとはプログラムのなかで、映像と音声からなるアヴァターをみずから作成し、みずからそれを広める広告代理店《エージェント》にもなる。これは左脳が右脳を支配する別の手段であって、右脳をデジタル化されたアヴァターのなかへと移動させるのだ。死者が、生者とコードを呑み込む。究極的には誰もが、映像と音声からなるじぶんの分身、アヴァターをそれぞれつくりだし、おのれ自身の血を吸う吸血鬼となる。行われるのはいわば生命の転移だ。つまり、あらゆる情報がアヴァターのなかへと移動する一方で、現実の個人は新しいデータをたえずアヴァターに提供し続けるために労働することになるのだ。「最後にニックは、一万台ものTVスクリーンで埋めつくされた洞窟のような巨大な部屋に一瞥をくれた（……）。行き交う人びとはみな、肉体のないエクトプラズムのように見えた。使い走りに右往左往する警官たちは、おおむかしに生命を投げだし、いまや生きる代わりに、じぶんがモニターしているスクリーンから――いや、もっと正確にいえば、スクリーンに映る人びとから――生命力を吸収しているだけだった」（R4, 986〔『フロリクス8から来た友人』二〇七頁〕）。

この観点からすると、ディックにおける典型的なアンチヒーローとは、リチャード・ニクソンではないだろうか。おのが身に否定的なものをすべて背負い込み、国中のパラノイアをまるごと吸いあげる、逆転したキリストの形象だろうか。かれにも区別されるふたつの身体がある。一方には有機的身体があり、他方にはパラノイア的な政治体、すなわち政治領域のコントロールを全面的に掌握するために、マイクがあちこちに仕掛けられたホワイト・ハウスという身体がある。不滅性はいまや神の恩寵によってではなく、膨大な時間の録音によって保証される。マイケル・ロージンは、ニクソンがホワイトハウスの到るところに盗聴システムを張り巡らせることで、いかにして新たな政治体を構築したかを見事に示している。[13] ホワイト・ハウスこそが、膨大なマイクと、錯乱するパラノイア的な脳をもつ新たな政治体である。その脳は、『スキャナー・ダークリー』の麻薬課の覆面捜査官と同じくらい分裂的だ。ディックはニクソンに大変魅せられていたらしく、かれを小説中の人物に仕立ててあげている（『アルベマス』と『ヴァリス』[14]）。またかれは、ニクソンの失権を幸福をもたらす前兆と解釈したのではないか。というのもそのことが意味していたのは、ニクソンはもはや情報の主人ではないということだからだ。

いまや問われているのは、ある身体の永遠性を保証することではなく、ひとつの世界のコントロールを可能にする指令プログラムを永続化させることだ。その発想とはつまり、プログラムやコードとして生き延びることであり、『ユービック』の若き吸血鬼のように幾つもの脳をコントロールし続けることである。『ユービック』はジョリーという作中人物をとおして、生き延びることへの欲望が含意するものを、おそらくもっとも明晰なしかたで差しだしている。短篇「ラウタヴァーラ事件」と同様に、『ユービック』は調査官＝狩人たちのチームの行動を語るのだが、そのメンバー全員が物語の序盤から爆発の犠牲となって死ぬのである。つまりわたしたちが辿るのは死んだ人物たちの運命であって、これは『バルド・トドゥル』すなわち『チベット死者の書』の錯乱した異本なのだ。メンバーの誰もが、じぶんは生き残ったのだと思っており、したがってすでに「安息所《モラトリアム》」へと移送され、半＝

生状態に保たれていることを知らない。そののち次第にわかってくるのは、説明しがたい変貌を遂げる不思議な世界のなかで、じぶんたちが進化していることだ。一方で、時間の流れは急速に逆行してゆく。クリームが腐り、コーヒーにカビが生え、電化製品と移動手段が退行する。他方で、急速な老化プロセスの犠牲となって、次々に死んでゆく作中人物たちは塵埃と化し、たった一晩で「ほとんどミイラ化する」。

　疾走するエントロピーに晒されたこの世界の背後には、一種の吸血鬼ないしは寄生者である少年ジョリーがいる。同じ安息所のなかで半＝生状態に置かれているジョリーは、半＝生状態にある他の人びとの生命の残りものを「食べる」ことで、みずからの生存を永らえさせている。ジョリーは、半＝生状態の人びとの世界に感染するウイルスのように活動し、人びとの生命エネルギーを吸い取る。すると人びとはほとんど瞬間的にからからに乾燥してしまう。ディックにおいてはいつもそうであるように、世界と世界の戦争は、心と心の戦争である。半＝生状態の諸世界が仮想的《ヴァーチャル》なものに変わるのと同時に、心は遠隔通信装置へと変化した。脳は発信機であり、周波数を適切なものに調整《チューニング》することで、はじめて通信できるようになる。『ユービック』とともに、もはやいかなる生者も存在しない世界へと決定的に移動する。唯一存続しているのは、交戦しあう仮想世界だけだ。それら仮想世界は、かろうじて脳に養分を供給しているわずかな生命エネルギーを吸血することで、生をつないでいる。ほかのすべてを犠牲にしても、じぶんがつくりあげた世界を生き延びさせること——これこそが望みだ。この意味で、世界の延命には政治体が要請される。人間＝機械、半＝生者、アンドロイド、生命を欠いたすべての存在が、こうした寄生の実行者なのであり、われわれの生命システムの病や「故障」のしるしである。「どうやらわれわれは、コンピュータ状の思考システムのなかのメモリ・コイル（追体験可能なＤＮＡキャリア）であるらしい。われわれは何千年にもわたる実験情報を正確に記録保管しているし、一人ひとりがそれぞれ、ほかのあらゆる生命形態に由来する相当異なる内容を保有している。ただ、この思考システムはメモリの読み出しがうまく機能していない――ようは、故障しているのだ。われわれの特殊な下位回路の問題はそこにある」[15]。

第11章　ブリコラージュすること（あるいはランダムな変数）

ヘンリー・ジェイムズは、小説家がじぶんの小説のなかで展開してみせる固有の時刻や光、「空気の色調」によって小説家を区別していた。ディケンズの朝の光、ジョージ・エリオットの午後の終わり、シャーロット・ブロンテの永遠の秋、あるいはジェーン・オースティンの晩春。[1] こうした時刻は物語の時間構造を決め、物語の時間化様式を左右する。ジェイムズははっきり書いていないが、かれの記述から聴き取れるのは、こうした時刻は、物語を秩序づける中心的な事件に対する立ち位置の取りかたでもあるということだ。どのような時間的次元から、その事件が捉えられるのか。小説家はどのような不動の時刻を止まり木として、時の移ろいを観察するのか。すべてがはじまるときや再開されるときなのか。あるいは、すべてが終わりつつあるとき、解体されつつあるときなのか。それとも、犬と狼の見分けもつかぬ夕刻、何が起こりつつあるのか定かでないときか。あるいは、もはや何も起こらないとき、ほとんど何も起こらないときか。というのも明らかに、小説家にとって望ましい時刻は、どのように事件を知覚させ、事件に対してじぶんはどのような立ち位置を取るかということと、切り離せないからだ。

ジャンルとしてのSFについて、レムとともに、SFは以後の時代にはじまるといいうるだろう。[2]

物語はカタストロフィ以後にはじまる。カタストロフィによって、ようやく物語がはじまる時点に辿りつく。SFは戦争、疫病、地球外からの侵略、天変地異、核爆発などといったありうるカタストロフィすべてを探り、それ以後の時代に起こることを描きだす。われわれは未来にいるのだが、未来はわれわれの現在から切断されている。人類史以降の時代が生まれるのはそのためだ。ディックもこうした規則を免れてはいない。かれの物語はしばしば、壊滅的な戦争以降にはじまる。その戦争で地球には住めなくなり、別の惑星の植民地化が起こるのである。かれが冷戦の雰囲気にひたされているのは、かれの物語が米国の深層的パラノイアと響鳴しているからというだけではない。冷戦じたいがそれ自身のうちに、地球の潜在的な破滅と人類の終焉とを含みもっているのである。

ディックの物語の多くは、ふたつのブロックの衝突によって勃発し、双方の殲滅にまで到る第三次世界大戦のあとにはじまる。これはかれにとって明白な既成事実、たんなる背景、外的な舞台装置である。ディックはしばしば孤立した人類共同体を描く。たとえば移住先が敵対的な惑星であった一団や、宇宙をさまようスペースシップに搭乗する一団であったり、あるいは壊滅的戦争のあとでゼロから再出発するサバイバーたちの集団である。また冷戦の別の徴候として、地下で――放射線から身を守りながら――暮らす人びとへのディックの偏愛がある。地下の人びとはいまや無用になった視覚を失いはしないにしても、ミミズのように弱々しくなる。[3]

本質的なのは以後に起こることばかりでなく、戦争が心のなかに引き起こす燃焼であって、まるで脳じたいも爆発したか、あるいはもっと悪い場合には、脳じたいが爆発の引き金を引いたかのようだ。ディックがカタストロフィそのものを描くことはほとんどない。かれの物語はそれ以後にはじまるからだ。ジェイムソンが的確に強調するように、ディックがめずらしく描く核爆発のひとつ――『ドクター・ブラッドマネー』における――は、ひとりの作中人物の心の激しい内破が引き起こしたものだ（当の人物自身は内耳に深刻な問題を抱えているだけだと思っているのだが）[4]。爆発はかれの脳の活動が文字どおり引き起こしたものであり、つまりこの出来事は現実的であると同様に、心的ないし「主観的」なものでもある。「今日はなんだかひどく不安に駆られるな。感覚認識が一変していた。これまでにない未知のものだ。煙のような薄暗い靄が辺りをすっぽり覆いはじめ、建物や車は、色彩も動きもないどんよりとした生気のないかたまりになった」[5]。描写は主観的な困惑と、客観的なカタストロフィとを、たがいに区別せずに混ぜあわせる。描写はわれわれを一種の未決定状態に置き続けるのだ。安定《バランス》を崩しているのはわたしのほうか、それとも世界のほうか。そして返事はいつも変わらない――両方だ。

一般的にいうなら、人間たちは――そして地球自身は――破壊や死をくぐりぬけるのであり、それによってディックの作中人物たちはサバイバーとなる。歴史的時間が人間的な生の時間だとするなら、先史的な生や後史的な生とはサバイバーの時間だ。そこに見いだされるのはSFに繰り返し登場する人物であり、その原型となるのはロビンソンの一種である。SFの先駆者のひとりであるジュール・ヴェルヌが、ロビンソンものを幾篇も執筆したのは偶然ではない[6]。SFは未知の世界に立ち向かう作中人物を頻繁に描くのだが、作中人物たちは世界の掟を次第に発見しながら、未知の世界のなかで生き延びようとする。洗練された道具をもちいるときも、たえず機転を効かせなければならないのは、まったく予見しえないことが起こるからだ。アメリカ版のロビンソンは標準的な人間であり、ありふれた冒険者、フロンティアの人間、自力でやり遂げる人間、植民者とブリコラージュする人である。

このことはとりわけディックに当てはまる。かれの作中人物は、苦境から脱けだすために力を尽くす普通の人だ。どんなSF作家もそうするように、ディックも星と星との衝突や、銀河間の紛争を構想するが、かれのつくる筋立てが依拠するのはつねに普通の人であり、人類の運命とはいっさい関係ない個人的、金銭的、夫婦間、職業上の問題に悩まされている。主役は決して社会階層の上位にはいない。[7] 主役はレコード屋、修理士、陶工、職人、会社員などであり、たとえば『フロリクス8から来た友人』の有名な「タイヤの溝掘り職人」のように、器用仕事で生計を立てている。無人の惑星、争いによって荒廃した惑星では、あちこちに転がる残骸のなかから見つけたものを、ブリコラージュし修繕する以外に選択肢はない。ブリコラージュする人こそ、どこにでもいるディック的な主人公であって、エンジニアやアンドロイドの人間＝機械とは対照的な人物像だ。「世の中でいちばん重要なのは、何でも屋の修理士だ」[8]。

ディックにおけるブリコラージュする人は、まさしくエンジニアからブリコラージュする人を区別するレヴィ＝ストロースが差しだす定義にかんぺきに合致する。ブリコラージュする人の特徴とは、エンジニアとはちがって、計画――一連の仕事がそれにしたがうような計画――を事前にもたないことである。「その資材の世界は閉じられていて、ゲームの規則は「ありあわせのもの」でいつも何とかするということだ。つまり、そのときそのときの限られた道具と素材の集合があって、しかも雑多なものばかりなのだ」[9]。ブリコラージュする人は、きわめて多様な、一見すると奇妙なものを大量にため込む。しかも、こうした収集の理由は決まった計画によるものではなく、手もちの材料のもつ潜在的な使用可能性にもとづくものであり、ブリコラージュする人はそれと「対話する」のだ（合言葉は「何かの役に立つはず」）。ブリコラージュする人は手もちの材料のなかにあるものが何を「意味」し、何の役に立つかとたえず自問する。ただし、すでに使ったことのあるものはどれも、従来の使用法という以前に決められた特徴を保存しているので、材料との相互作用は限定された領域のなかで行われることになる。

レヴィ＝ストロースにとっては、領域がこのように限定されていることこそ、エンジニアとの本質的な差異を保証するものだ。なぜならエンジニアは概念の助けを借りながら、ある所与の時点での知の状態によって課される制限を超えて進もうとするのに対して、ブリコラージュする人はたえず手前で踏みとどまり、手もちの材料によって課される制約を考慮するからだ。ブリコラージュする人は、ありあわせのものを使って組み立ててゆくしかない。ただしこうした制限のなかで、じぶんの手もちの材料に含まれるものとの親和性や共感関係を感じとる、貴重な直観的関係を発展させてゆく――あらゆる概念的構想の外で[10]。概念を起点とするのではなく、手もちの材料が示唆してくれるしるしを起点にして進んでゆくのである。

ディックの用語に翻訳するなら、ブリコラージュとは右脳に依拠する活動である。ゲシュタルト、動力学、図式にかかわる右脳は、非言語的な現実の潜勢力を推しはかることができる。かれの小説にブリコラージュする人、職人、修理士があれほど多く見られることに驚く必要はない。ただしそうした人びとは、とりわけエンジニア、技術者、実業家といった、あらゆる形態の技術支配《テクノクラシー》と対決すべくそこにいる。エンジニアが脱人間化したアンドロイドへと向かうのは、概念や記号、それらのアルゴリズムといった抽象化に優位をあたえているからだ。人間は技術的能力を獲得することで、職人的な技も、物質に触れることではじめて伸びる直観と図式の可塑性も失ってしまったかのようだ。技術機械が、脳の過剰発達の一形態であるこうした専門化を促進させるのをディックは嘆いている。

短篇「変数人間」は、こうした対立をほとんど論証するかのごとく舞台にあげる。世界では地球と地球外からの侵略者との戦争が準備されているが、地球人は宣戦布告には踏み切らない。コンピュータのはじきだす勝率が、じぶんたちにとって明白に有利なものではないからだ。そこで地球側の指揮官たちは、決定的な優位をもたらす武器を探している。時空バブルが過去から二〇世紀の修理士を連れてくると、状況はいっそう錯綜する。かれの到来によって計算を攪乱されたコンピュータは、もう勝率を予言できない。ブリコラージュする人は、「それについていかなる推論もできない変数」なのである（N1, 321〔「変数人間」、『変数人間』三八〇頁〕）。なぜならブリコラージュする人のもつ資質は、様々な知の専門化にとっても、エンジニアと技術者の脳内プログラミングにとっても脅威となるからだ。「われわれは専門化されている。誰もがじぶんの得意分野、専門の仕事をもっている。わたしはわたしの仕事を理解し、きみはきみの仕事を理解している（……）。だがあの男はちがう。何でも修理できるし、どんなことでもできる。知識とか学問とか、分類されたデータの蓄積をたよりに作業していない。あの男は何も知らない。学習の成果が頭のなかにあるわけじゃない。直観で作業するんだ。あの男の能力は脳のなかでなく、両手のなかにある」[11]（N1, 336-337〔「変数人間」、『変数人間』四一三―四一四頁〕）。

ブリコラージュする人が興味を抱くのは、右脳の直観力の活性化にくわえて、手もちの素材のなかでまえもって決められている要素を逸脱させる力である。なぜならそれらの要素を、当初の目的とは別の用途でもちいるからだ。ブリコラージュによって、想像力は目的から逸脱する能力となり、派生や変様の過程となる。レヴィ＝ストロースの提案するように、ブリコラージュをアール・ブリュットや素朴派に近づけることもたしかにできるだろう。だが同様にダダであったり、ジャスパー・ジョーンズやロバート・ラウシェンバーグの「ネオ・ダダ」の作品にも接近させうるはずなのだ。かれらは雑多な素材をリサイクルしながら、それをあらかじめ定められた使用法から逸脱させるのである。

　ラウシェンバーグの作品を描写する際に、レオ・スタインバーグがフォルマリズム批評の難点として指摘したのはまさに、「近代絵画」が「進化するテクノロジー」と見なされていることであった。「そうしたテクノロジーのなかでは、いつも個々の課題が解決策を求めている。芸術家に対して問題として設定される課題は、ちょうど大企業の研究員に対して設定されるのと同種のものだ。エンジニアであり、研究技術者である芸術家が重要な存在となるのは、正しい問題に対する解決策をたずさえて登場するときだけなのである」[12]。フォルマリズム志向の芸術家はここで、高度に専門化されたエンジニアとして描かれている。これとは逆に、スタインバーグがラウシェンバーグとジャスパー・ジョーンズの作品を引きあいにだすのは、ブリコラージュする人により近い芸術家像を提案するためである。というのもこのふたりの芸術家は、ブリコラージュする人と同じように布地、新聞の切り抜き、靴下、送風機といった雑多な素材をもちいるからであり、これらの素材を従来の使用法から逸脱させるからだ。ラウシェンバーグが、自身のシリーズのひとつを「コンバイン」と的確に名づけることで、アッサンブラージュとしての性格を示そうとしたのも頷ける。出発点となる「受容体としての表面のうえに、様々なオブジェがちりばめられ、データが入力される。整然とであれ、混沌とであれ、この表面上では情報が受信され、印刷され、刻印される」[13]。技術モデルが崩壊するのは、これら「ブリコラージュ」作品を構成する要素がそれぞれ異質で、使い込まれたものだからだ。存続するのはティンゲリー風の機械か、あるいはスタインバーグの述べるように、まるで情報で飽和した脳地図のような分散したいくつもの集積だけだ[14]。

再利用と逸脱は、ブリコラージュの本質的なふたつの側面であり、（ネオ）ダダイズムのそれでもある。ブリコラージュする人は、プログラムや高度に目的化された集合のための部品を逸脱させ、別の機能と用途で再利用する。エンジニアと芸術家というふたつの人物像のあいだに挟まれるとき、ブリコラージュする人のいちばん近くにいるのは芸術家のほうだ。たとえその創意工夫が、手もちの素材があらかじめ決まっていることで制約されるにしても、である。だがこうした制約は、ディックの眼からすると、デジタル・コードや言語的コードが脳に課す制約よりも拘束力が弱い。たとえば、コージブスキーと近い用語をもちいて描かれる「変数人間」の肖像が示しているように。「その直観は頭のなかではなく、かれの指先に宿っている。いわば画家やピアニストの才能のようなものだ（……）。色んなものごとにかんする言語的な知識や、語義的な参照データをもっているわけではない。かれは物じたいに取り組む。直接に」[15]（N1, 371〔「変数人間」、『変数人間』四八三頁〕）。

逸脱させる力はブリコラージュする人を、エンジニアから遠ざけ、芸術家に接近させるばかりでなく、贋造者やハッカーにも近づける。なぜならこの逸脱させる力は、脱プログラミングや様々な海賊行為の諸形態にかかわるからだ。「ほんとうの意味で人間的な個人が生き残るのにもっとも重要な倫理とは、欺き、虚言を弄し、姿をくらまし、何かのふりをし、いるはずの場所におらず、文書を偽造することである。官憲当局のもちいるガジェットの裏をかく、改良された電子ガジェットをガレージのなかで組み立てることである」[16]。この観点からするとブリコラージュする人は、社会野の全面的アンドロイド化に対して闘っている。ひとつの世界への幽閉に抵抗するような創意工夫と行動力のありかたを保持しているのだ。幽閉された世界ではすべての決断はすでに、じぶんではない誰かによって代わりに行われている。とりわけ機材が「知能的」になるとき、その機材のもつ方向性によって活動全体があらかじめ規定されてしまう――ただし、ソフトウェアを攪乱させる活動は除いて。「われわれは二世紀にわたって、社会にかんする統計的報告を続けてきた。厖大なデータ・ファイルがある。コンピュータは、どんな個人であれ集団であれ、あたえられた時点にあたえられた状況で何をするかを予測できる。だが、この男はあらゆる予測を超えている。変数なのだ。科学に反するものだ。――不確定粒子か。――何のことだ?――ある瞬間にどの位置を占めるかを予測できないような動きをする粒子だよ。ランダム粒子さ[17]」。

ディックにとって重要なのは、植民者ロビンソンという英雄像を復権させることではない。ブリコラージュする人の目的は、ひとつの世界を乗っ取り、それを拡大させるための条件を設定することではなく、異質な諸世界の断片を集め、それらのあいだを行き来できるようにすることにある。ディックの主人公は基本的に慎み深い人物なのだが、「ランダム粒子」としての予見しがたい性格によって、政治的社会的な支配を行う大人物たちよりも高次の存在となる。「わたしがじぶんの小説について、確信しているのはひとつのことだけだ。わたしの小説に登場するのは基本的に特別すぐれたところのない人物なのだが、じぶんの潜在能力すべてを、倦むことなくひたすら肯定し続ける（……）。すべては小さなスケールで起こる。とてつもない規模の崩壊が起こると、瓦礫が広がるなかで、ごく平凡であっても前向きな人物が立ちあがる（……）。その人は昆虫のような行動範囲で活動し、その手段もきわめて限られている……。けれども、ある意味でその人は偉大なのだ[18]。個人的な問題に足を取られ、「じぶんの」世界の調子を狂わせられながらも、主人公はより巨大で、より堅固に組織され、より大きな力でのしかかってくる別の諸世界とすぐに対決をはじめる。そして、今度は主人公がその諸世界の組織を狂わせながら、じぶん自身の問題を端的に解決するのだ。

ディックが強調するように、ブリコラージュする人とエンジニアとの対立は、両者の活動の性質のみにかかわるものではなく、それぞれの社会的統合の度合を測るものでもある。まるで各々の技術的能力の幅が、社会秩序への適応具合と比例するかのようだ。素材と道具の持ちあわせが限られていることを考えると、ブリコラージュする人の行動の幅は制限されている。大企業では働けないことがわかるし、働く場合も、下請けの役割を果たすだけかもしれない。したがって、しばしば周縁に位置することになり、ときには社会「不適合」の境界すれすれにいることだってあるだろう。反対にエンジニアは、つねに広範な技術的ネットワークのなかに身を置いている。高度に専門化されたその活動によって、エンジニアは、多彩な技術システム同士の機能的シナジーが生みだす一種のメガマシンのなかに組み込まれる。だがエンジニアが効率的な歯車になりうるのは、こうしたメガマシンによって強要される既成の社会と技術の秩序に適応する、という条件にしたがうときだけだ。そしてメガマシンが成長できるのは、技術的能力、社会的適応力、政治＝経済的戦略をたえず吸いあげているからなのだ。

ブリコラージュする人の生きる環境は、組織化の度合が遙かに低く、同じような適応が要請されることもない。ブリコラージュする人はじぶん自身の相対的な「周縁性」ゆえに、社会秩序をたえず組み換えていかなければならないような印象を受けるだろう。じぶんの持ち場で装置をブリコラージュするだけにとどまらず、調子の狂った社会秩序を修理し、別の諸目的のために調節するのである。たとえ世界が紛争、戦争によって、心の内破によって、まだ崩壊し引き裂かれていないとしても、ブリコラージュする人は不安定な社会秩序の世界に生きている——もはやじぶんがどの世界にいるのか判然としないほどだ。いまや誰が人間的で、誰がそうでないかもわからない。誰が生きていて、誰が死んでいるのかもわからない。現実的なものと人工的なものも判然としない。一回ごとにすべて構築しなおさねばならない。究極的にはディックのカリタスとはおそらく、エンジニアたちの軍隊によって調子を狂わされた世界＝機械の修理士になることである。その一方でエンジニアたちは、どうやらこの世界＝機械で最高の生産性をあげているつもりらしい。

まさにこの意味で、ブリコラージュする人は以後の時代の人間である。破壊以後に到来するのだ。核爆発と心の内破によって半ば破壊された世界で、人びとは何をするのか。破片をふたたび拾い集め、世界の断片をつくろい修繕するほかに選択肢はない。ただし以前の世界を復元するためではない、なぜなら以前の世界は生きづらく、破壊をもたらすものだったのだから。修繕はむしろ、生存可能な新たな諸世界が交わる場《ポケット》をいくつも創造すること、共感の循環を後押ししながら、活気に満ちた連続体のかたちを創造することのためにある。修繕することは復元することではない。むしろ真逆のことですらある。おそらく当初は気づいていなかったのだが、人類は生きづらい世界、かんぺきではあるが修繕できない機械をつくりだしている。だからこそ、ブリコラージュする人が未来の人間となるのだ。

ディックはこうした慎しみ深い人たちのもつ社会的な力と、その人たちが行うブリコラージュの修繕力を信じている。肝心なのは、個人のどんな行動も手が届かないような、大きな全体性（社会「なるもの」、資本主義「なるもの」、世界「なるもの」）を考えることではない——どうやってそれらが崩壊してゆくかを示してくれるなら話は別だけれども。ディックがそれらを崩壊させるのは、別のしかたで組み立てなおし、応急処置を施すためだ。われわれは世界を組み立てなおすのだが、独自のしかたで「ありあわせのもの」をもちいて行う。こうしてディックにおける修理士たちの連携、コミュニティ、集団ができあがってゆく。かれの小説がつねに描くのは、より良きものになりうる世界の諸部分である。というのも個人や集団がある問題に突きあたると、その問題じたいによって、様々な解決策のブリコラージュをつくりだすようにうながされるからだ。世界の現実はあたえられるものではなく、構築するものである。現実がどのようなものなるかは各人の参加する活動にかかっている。いまここで、他者たちとともに、各人が試みる様々な行動に。

ディックにおいて、われわれが生きるのは決して最悪世界でも最善世界でもなく、改善され修繕されうる世界である。この観点からするとかれは、ウィリアム・ジェイムズの信念を共有している。ジェイムズはこう記している。「わたしはあらゆる形態の巨大さや偉大さに反対し、目には見えない分子的で精神的な力の側に立ちます。そうした力は個人から個人へとはたらきかけ、世界に走るいくつもの亀裂のなかを流れるようにすべってゆくのです。まるで多数のやわらかい小根か、毛のように細い水の滲出のようなものですが、しかるべき時間をあたえておけば、ついにはこのうえなく硬い人間の傲慢さの記念碑を打ち砕くのです。扱う対象が大きくなるほど、そこにあらわれる生はからっぽで、粗暴で、人を欺くものになってしまう。ですからわたしは、どんな組織であれ、それが大きいというだけで反対です。まず何より、国家的＝国民的《ナショナル》な組織には反対です。さらに、大きな成功や大きな成果にも反対だ。賛同したいのは真理の永劫の力であって、それは個人のなかでたえず作用しています。この力はすぐには成功せず、笑われ続けるかもしれません。けれども、この力が死んで長い時間が経過するとやがて、この力に見事な役をあたえるべく歴史が到来するでしょう」[19]。ディックにおけるブリコラージュする人とエンジニアとの対立は、近いところから近いところへとはたらく個人間の連携と、「包括化《グローバリゼーション》」によって作用する大きな全体性との対立が、別の形態を取ったものでもある。ディックの作中人物たちがしばしば何となく「適応できず」に、社会から零れ落ちるすれすれのところにいるのはそのためだ。作中人物たちの生きる周縁には、かれらを排除する世界が期待するのとは別のしかたで、社会を結成しなおす自由がある。

　人びとのもつこうした力はディックにおいて、無責任性の一形態と切り離せない。社会的責任はそれを担うには重すぎることもあれば、個々人の社会的身分が社会的責任を免除することもあるだろう。高度な責任をともなう地位があるように、ディックの作中人物を低次の責任者として——あるいは高度な無責任者として語る必要があるだろう。作中人物たちが、じぶんの力を超える問題を解決するのは、責任感によるものではなく、むしろ根っからの無責任によるものだ。作中人物たちによるたえざるブリコラージュは遊戯的な部分を含みもっており、それがこの人物たちを「社会的マイノリティ状態」にとどめておく。ブリコラージュについて語るシモンドンは、こうした未成年状態《マイノリティ》を幼年期という形態と関連づける。ブリコラージュする人はいわば遊ぶ子どものような存在であって、重たい責任を担う者たちがつくる「現実」世界を、意図せずして狂わせるのだ。これは若者がうちに秘める力能に対して、ディックが抱く讃嘆の念と響きあうもので、若者とは自然発生的な不服従に湧きたつ無責任な力だ。この意味で、ディックには深い楽観主義がある。若者の力はその無責任さにある。いざ「真剣な事柄」が問題になるや、唐突に「現実」の名のもとで押しつけられる強制の共犯者になることが、責任だとするならなおさらだ。このとき「現実」は、したがうべき原理原則にまでのしあがるだろう。けれども明らかなことがひとつあって、ディックの作中人物には真剣さが欠けているのだ。

　ディックはまさに、不服従のふたつの場合を区別している。一方は政治闘争や理論闘争にもとづく不服従であり、他方は端的にただしたがわないことだ。後者の理由とは、「やるように命じられたことは、つねにやらなければならないなんて決まりには同意できないからだ——しかも命令してくるのが、看板やチラシならなおさら。どちらの場合にも不服従がある。前者には意義があると賞讃され、後者はただ無責任なだけだといわれるかもしれない。けれどもわたしには後者のほうに、より幸福な未来が見えるのだ[20]」。それは、この反抗的で無責任な原石《マチエール》のもつ不確定な部分、ディックにとっての若者を構成する真剣さの欠如によるものだ。肝心なのは、政治意識の不在を評価することではない。そうではなく、「支配的」現実の命令に屈することなく、新たな現実をブリコラージュしようとする行動力のありかたをすすんで選び取ることだ。繰り返しになるがつまりは、人工世界が破壊し、打ち捨て、排除するすべてのものを修繕しつくろうことである。「「現実」と呼び慣らわされているものを、あまり重視したことはない。わたしにとって現実とは、人びとの知覚の対象ではなく、創作の対象である。現実があなたを創造するのに先んじて、現実を創造しなければならない」。[21]

くわえてディックが、ブリコラージュする人という人物像を特別視するさらに別の理由がある。レヴィ＝ストロースは、ブリコラージュを神話的思考と接近させる。神話的思考が「知的なブリコラージュ」として把握されるのと同時に、ブリコラージュも「神話創作的《ミトポエティク》」[22]な特徴をもつとするのだ。つまり神話体系もまた、広がりをもちながらも制約されている雑然とした神話素のレパートリーを出発点として、展開されているということである。ところでこれこそまさに、ディックが執筆をはじめた頃のＳＦの状況ではないか。というのも作家は、有限個のステレオタイプ化された恣意的な約束事をもちいて、たえず物語を（再）構成しなければならないのだ。地球外生命体、マッド・サイエンティスト、危険をかえりみない冒険家、スペースシップ、超近代的なテクノロジー、不思議な現象などといった一連の「神話素」は無際限に組み換えてゆける。ただしブリコラージュを妨げているのは、ジャンルの産業化であり、雑誌製作（パルプス）をつうじたシリーズ化である。それがあまりの量産体制を作者に強いることで、同じレシピを応用し続けるよう作者を縛りつけてしまう。創意工夫をこらしても、それがお決まりの筋書きから外に出てくることはない。[23]

他の作家たちと並んでディックは、こうしたお仕着せの意匠にさっさとおさらばしたひとりだ。まるで、このジャンルのあらゆる「神話素」を逸脱させ——あざ笑う——かのように。「神話素」とは、たとえば単線的な因果性、諸世界の統一性、冒険家の向こう見ずな性格、敵対的な地球外生命体であり、さらにはラウシェンバーグのコンポジションのようなしかたでかれが小説に注入する、雑然とした要素についてはいうまでもない。思いつくままに引用するなら、ユング派精神分析、『チベット死者の書』、医学や精神医学の文献、聖書のテクスト、秘教的テクスト、情報理論、コージブスキーやバロウズやユングやビンスワンガーの著作……これらは、たんに着想源となるばかりでなく、アッサンブラージュによる構成にもちいられる再利用の素材となる。[24]

結局のところ、ブリコラージュする人、「予見できない粒子」とは、ディック自身のことではないだろうか。諸世界を崩壊させ、物語のあらゆるカテゴリーを破裂させるのはかれではないか。「変数人間」の肖像は自画像であり、じぶんの持ち場でいくつもの物語をブリコラージュするひとりの職人の自画像ではないか。「わたしの書くものにはほとんど意味がない。作品内のあちこちに気晴らし、宗教、精神病的な恐怖が散らかっている。それにハード・サイエンスよりむしろ、社会的なものや社会学的なものへと向かおうとする傾向がある。(……)わたしの本では路地裏のがらくたの山みたいに、すべてが同じ資格で現実だ。(……)たしかにわたしの作品にはランダムなところがある。様々な可能性の配列を素早くシャッフルしてゆくと、整理された思考ではおのずと見過ごしてしまう重要な何かを、十分な時間さえあれば、並べて浮彫りにできるのを知っているのだ[25]」。

小説が単線的な筋書きと手を切り、たえず分岐しながら、ランダムな展開を行うことができるのは、小説が「幻想的なもの」の準安定的な領域で構成されているからだ。そこで諸世界は干渉しあい、因果、同一性、現実性といったカテゴリーは崩壊し、カオスへと最接近する。「わたしの小説はすべて、少なくとも二篇の小説が重ねあわされて出来ている。このことがすべての源だ。どこにも辿りつかない道がひしめいているのも、結末を予見することができないのもそのためだ。小説のなかにそもそも単線的な筋書きがないのだから」[26]。けれども、かれの小説のなかには修繕という次元もたしかに存在している。つまり諸世界を修繕し、できることなら心的な統合もつくろわなければならない。その際には、傷口を妄想によって埋めることもあるだろう。芸術家にはいわば三つの課題のようなものがある。すなわち、人工世界によって廃棄された素材を拾い集めること、この素材のあらかじめ決められた使用法を逸脱させること、退行とエントロピーの力が破壊する物理世界と心的世界を修繕することである。

たとえディックが秘かな「混沌《カオス》への愛」を告白しているとしても、小説の執筆はかれをカオスから守らなければならなかった。ちょうどブリコラージュする分裂症者たちが、雑然たる要素をじぶん自身の構築物のなかに取りまとめることで、じぶん自身のことも取りまとめようとするように[27]。相互に和解しえない諸要素を小説のなかで維持し、それらを取りまとめることのできる形式を見いださなければならない。こうした要素がばらばらに飛び散る危険を回避するにはそれが必要だ。結局、ブリコラージュのもっとも重要な側面とは、狂気の危険から身を守ることではないか。ブリコラージュとは妄想の別名である。妄想とは、修繕を行う分裂症的なブリコラージュの一種ではないか。

あたかもディックは、たよるべきいかなる根拠も、いかなる最終的な確証も、一度ももつことがなかったかのようだ。「どの観念も真実である、ただし計測できないほどわずかな時間のあいだだけだ。なぜならそれ——つまりその真実性——は、対立する同等の観念によって瞬時に否定され、それがずっと繰り返されるからだ。それぞれの自我はどれも無数の宇宙や「フレーム」を通過してゆくのであり、その一つひとつに固有の法則——真実——がある」[28]。これは、仮説と理論を全方位的に増殖させてゆく『釈義』を読むと、特に感じられることだ。「理論というのは、ロスの国際空港に着陸する飛行機のようなもので、刻一刻と新しいものがやってくる」[29]。矛盾する仮説がひっきりなしに増加するのを説明するために、かれはつぎのような仮説さえ準備している。かれの脳は諸観念の混信を、「一種のホワイト・ノイズ」をつくりださなければならない、それは重大すぎる啓示からじぶんの身を守るための解読不能な暗号なのだ（E, II, 86）。仮説と物語の増殖は、排除《フォルクルジオン》の作業——パニックのもとにもなりうる終わりのない作業——なのかもしれない。精神はたえざる眩暈のなかで横すべりし、ある観念から別の観念を派生させるほかないとはいえ、小説のブリコラージュはまさに、この眩暈を一時的に鎮めることを可能にするのである。

書誌＋原注

この書誌には、本書に引用した著作のみを記す。

*著作集にまとめられたディック作品のリスト

Nouvelles complètes, tome I : 1947-1953, Gallimard, « Quarto », 2020.〔『短篇全集Ⅰ』［N1］〕

Nouvelles complètes, tome II : 1954-1981, Gallimard, « Quarto », 2020.〔『短篇全集Ⅱ』［N2］〕

Romans 1953-1959, J'ai lu, « Nouveaux Millénaires », 2012. (Loterie solaire. Les Chaînes de l'avenir. Le Profanateur. Les Pantins cosmiques. L'Œil dans le ciel. Le Temps désarticulé.)〔『長篇小説 1953-1959』［R1］——『太陽クイズ』、『ジョーンズの世界』、『いたずらの問題』、『宇宙の操り人形』、『宇宙の眼』、『時は乱れて』〕

Romans 1960-1963, J'ai lu, « Nouveaux Millénaires », 2012. (Les Marteaux de Vulcain. Docteur Futur. Le Bal des schizos. Glissement de temps sur Mars. Dr Bloodmoney. Les Joueurs de Titan.)〔『長篇小説 1960-1963』［R2］——『ヴァルカンの鉄鎚』、『未来医師』、『あなたをつくります』、『火星のタイム・スリップ』、『ドクター・ブラッドマネー』、『タイタンのゲーム・プレーヤー』〕

Romans 1963-1964, J'ai lu, « Nouveaux Millénaires », 2013. (Brèche dans l'espace. Simulacres. La Vérité avant-dernière. Le Zappeur de mondes. Les Clans de la lune Alphane.)〔『長篇小説 1963-1964』［R3］——『空間亀裂』、『シミュラクラ』、『最後から二番目の真実』、『ザップ・ガン』、『アルファ系衛星の氏族たち』〕

Romans 1965-1969, J'ai lu, « Nouveaux Millénaires », 2013. (En attendant l'année dernière. Les Machines à illusions. Le Guérisseur de cathédrales. Nick et le Glimmung. Message de Frolix 8.)〔『長篇小説 1965-1969』［R4］——『去年を待ちながら』、『ガニメデ支配』、『銀河の壺なおし』、『ニックとグリマング』、『フロリクス8から来た友人』〕

La Trilogie divine, Denoël, « Lunes d'encre », 2013. (SIVA. L'Invasion divine. La Transmigration de Timothy

Archer.)〔『神学三部作』［T］——『ヴァリス』、『聖なる侵入』、『ティモシー・アーチャーの転生』〕
L'Exégèse de Philip K. Dick, vol. I, J'ai lu, « Nouveaux Millénaires », 2016.〔『釈義』第一巻［E, I］〕
L'Exégèse de Philip K. Dick, vol. II, J'ai lu, « Nouveaux Millénaires », 2017.〔『釈義』第二巻［E, II］〕

*その他の長篇小説（アルファベット順）

Au bout du labyrinthe, Le livre de poche, 1996.〔『死の迷路』〕
Les androïdes rêvent-ils de moutons électriques ? (Blade Runner), J'ai lu, « Nouveaux Millénaires », 2012.〔『アンドロイドは電気羊の夢を見るか?』〕
Coulez mes larmes, dit le policier, J'ai lu, « Nouveaux Millénaires », 2013.〔『流れよわが涙、と警官は言った』［*Larmes*］〕
Le Dieu venu du Centaure, J'ai lu, « Nouveaux Millénaires », 2013.〔『パーマー・エルドリッチの三つの聖痕』〕
La Fille aux cheveux noirs, Folio SF, 2002.〔『黒髪の少女』〕
Le Maître du Haut Château, J'ai lu, « Nouveaux Millénaires », 2012.〔『高い城の男』［*Maître*］〕
Mensonges et Cie, Le livre de poche, 1996.〔『ライズ民間警察機構』［*Mensonges*］〕
Radio Libre Albemuth, Folio SF, 2005.〔『アルベマス』［RLA］〕
Substance Mort, Folio SF, 2014.〔『スキャナー・ダークリー』〕
Ubik, 10/18, 1999.〔『ユービック』〕

*略号をもちいて表記したその他の著作

Si ce monde vous déplaît… et autres essais, Editions de l'Eclat, 2015.〔『フィリップ・K・ディックのすべて ノンフィクション集成』［*Si ce monde*］〕
Hélène Collon, *Regards sur Philip K. Dick*, 2e édition, Encrage, 2006.〔［*Regards*］〕
Lawrence Sutin, *Invasions divines. Philip K. Dick, une vie*, Folio SF, 2002.〔［Sutin］〕

〔訳者注記——日本語訳の書誌情報は巻頭の凡例を参照のこと〕

原注

序

1 この点について、Kingsley Amis, *L'Univers de la science-fiction*, Payot, 1962, p. 149-151.

2 今日のような意味での「サイエンス・フィクション」という語は、最初のパルプ・マガジンが登場した一九三〇年代に広まりはじめたと考えられている。

3 Aristote, *Topiques*, A, 5, 101b-102a.〔アリストテレス『トポス論』山口義久訳、『アリストテレス全集3』所収、岩波書店、二〇一四年、二六―三二頁〕。

4 より最近のものでは、ソール・クリプキからデイヴィッド・ルイスの様相実在論までの、可能世界と関連する諸理論の論理哲学を想起しうるだろう。なおルイスはＳＦから多くの事例を借りている。「可能世界」の概念史については、論文 Jacob Schmutz, « Qui a inventé les mondes possibles ? », in *Cahiers philosophiques de l'université de Caen*, n°42, 2006 を参照のこと。こうした可能世界論の文学的探究として、cf. Françoise Lavocat (dir.), *La Théorie littéraire des mondes possibles*, CNRS, 2010.

5 *Si ce monde*, tr. mod., 176.〔『フィリップ・K・ディックのすべて』三五五頁〕。

6 *Rajustement*, N1, 855.〔「アジャストメント」、『アジャストメント』一八頁〕。

7 *Si ce monde*, 175.〔『フィリップ・K・ディックのすべて』三五四―三五五頁〕。「わたしは作品のなかで、《何が現実か》と問う。なぜなら、きわめて洗練された人びとが、きわめて洗練された電子メカニズムをもちいて製作する疑似現実によって、われわれは間断なく爆撃されているからだ。信用ならないのはそうした人びとの動機ではなく、その権力のほうだ。かれらは大きな権力を握っている。様々な宇宙を、精神の宇宙をまるごと創造する驚嘆すべき権力だ。それを知るのはわたしの務めである。わたしも同じことをしているのだから」。

8 Pierre Déléage et Emmanuel Grimaud, « Anomalie. Champ faible, niveau légumes », *Gradhiva*, n°29, Musée du quai Branly, 2019, p. 12 に引用。

9　*Le Jour où Monsieur Ordinateur perdit les pédales*, N2, 1057.〔「ミスター・コンピューターが木から落ちた日」、『模造記憶』二一三頁〕。

10　*Guerre sainte*, N2, 874-875.〔「聖なる争い」、『小さな黒い箱』二六〇頁〕。「ミスター・コンピューターが木から落ちた日」では、「異常なデータをあまりに大量に」受信した一台のコンピューターが、精神病的な諸局面をさまようことになる。

11　Louis A. Sass, *Les Paradoxes du délire*, Ithaque, 2010, p. 48.

12　Michel Foucault, *Le Pouvoir psychiatrique*, Gallimard/Seuil, 2003, p. 131-132.〔ミシェル・フーコー『精神医学の権力』慎改康之訳、筑摩書房、二〇〇六年、一六一頁〕。「精神医学者は、精神病院の規律空間で機能する者となるかぎり、狂人の語ることの真理に目を向ける人ではいっさいなくなるでしょう。精神医学者は決定的なしかたで、決然と、現実の側へと移動するのです。（……）精神医学者は、（……）現実的なものに対して、追加的権力を補ってやることを保証しなければなりません。現実的なものはおのれを狂気に対して課すために、そうした権力を必要としているのです。そして逆に、精神医学者は狂気に対して、現実的なものから逃避する力を取り除かなければならないのです」。

13　Michel Foucault, *Le Pouvoir psychiatrique*, *op. cit.*, p. 165.〔フーコー『精神医学の権力』前掲書、二〇三頁〕。

14　*Ibid.*, p. 135.〔フーコー『精神医学の権力』前掲書、一六五頁〕。

15　アーシュラ・ル＝グウィン宛の書簡を参照のこと。「ここに到着して辺りを見まわすと、精霊にはリチャード・ニクソンと例の化け物たちが見えました。大きな怒りにかられた精霊は、ニクソンが失脚するまで、ワシントン宛に何通も手紙を書き続けたのです（……）。この精霊が、この国のものであろうとソ連のものであろうと、どれほど独裁を憎んでいるか、ご想像も及ばないほどでしょう。それらは同じひとつの邪悪な実体の双子の角である、と考えているのです――ひとつの広大な世界国家があって、その基本的な本性が奴隷制であることは精霊にとっては明白です。いわばローマ帝国の永続化のようなものなのです」。E, I, 106 に再録。

16　「エース・ダブル（Ace Double）」叢書の編集者テリー・カーのことで、かれは二篇を一冊に合本したSF小説を刊行した。Cf. Sutin, 162.

17 *Si ce monde*, 122.〔『フィリップ・K・ディックのすべて』三一九頁〕。

第1章

1 Michel Foucault, *Les Mots et les Choses*, Gallimard, p. 61.〔ミシェル・フーコー『言葉と物 人文科学の考古学』渡辺一民・佐々木明訳、新潮社、一九七四年、七二頁〕。同様に、一九四六年の論文 Alfred Schütz, « Don Quichotte et le problème de la réalité », in *Sociétés*, De Boeck Université, 2005/3, n° 89 を参照のこと。

2 「当初、世界間の差異は、人間の多種多様な観点の主観性に由来するものだと考えていたのだが、それ以上の何かがあるのではないかとすぐ思うようになった——ちょうど透明なフィルムのように、複数の現実がたがいに重なりあって存在しているのではないか、と」。*Si ce monde*, 134.〔『フィリップ・K・ディックのすべて』三二六頁〕。

3 Norman Spinrad, in *Regards*, 55-56.

4 Cf. Philip K. Dick, in *Regards*, 127.「……われわれが生きているのは、ひとつの宇宙ではなく、多元的宇宙ではないかと考える傾向がわたしにはある」。

5 『流れよわが涙、と警官は言った』における麻薬KR-3の描写を参照のこと（247 *sq.*〔『流れよわが涙、と警官は言った』三六一頁以下〕）。その「作用によって、いやおうなく非現実の世界が知覚されるのです。さっき申しましたように理論的には、何兆もの可能性がたちまちにして現実になる。こうして偶然が入り込みます。知覚系統はそのなかからひとつの可能性を選択するのです。選択するほかありません。さもなければ競合する諸世界が錯綜しあい、空間概念そのものが消滅するのですから」。

6 『宇宙の眼』のフランス語訳は当初、『発散する諸世界』という題名で刊行された。

7 *L'Œil dans le ciel*, R1, 802-803 ; 818.〔『宇宙の眼』一一九、一四五頁〕。

8 Kim Stanley Robinson, *The Novels of Philip K. Dick*, UMI Resarch Press, 1984, p. 17.「ハミルトンが防衛産業での職を失ったのは、社会主義者たちに漠然と共感したからだった。かれの友人が職を失ったのは黒人だからである。共通世界《コイノス・コスモス》は、ハミルトンが被害にあったばかりの見解と相似する、個人的なヴィジョンの数々から成立している。つまり宗教的狂信主義と、道徳を振りかざす上品ぶった態度と、不安にかられたパラノイアと、政治的な過激主義とが、それぞれ同じ重みで存在しているのである」。

9 Sutin, 191 に引用。

第2章

1 この点について、カンタン・メイヤスーの本質的な指摘を参照のこと。Quentin Meillassoux, *Métaphysique et fiction des mondes hors-science*, Aux forges de Vulcain, 2015.〔カンタン・メイヤスー『形而上学と科学外世界のフィクション』、『亡霊のジレンマ　思弁的唯物論の展開』所収、岡嶋隆佑・熊谷謙介・黒木萬代・神保夏子訳、青土社、二〇一八年〕。

2 ディックは『易経』（あるいは《変化の書》）を、長きにわたるユングへの関心をとおして発見する。ユングが『易経』英語訳の序文を執筆するのは一九四九年のことであり、それを自身の同期性《シンクロニシティ》の理論と結びつけている（卦はどれも無意識の元型の表現であるとされる）。この点について、cf. Sutin, 253-254.

3 ディックにおける因果性と同期性との関係について、重要な論文 Katherine Hayles, « Metaphysics and Metafiction in "The Man in the High Castle" », in M. H. Greenberg, J. D. Olander (dir.), *Philip K. Dick*, Taplinger, 1983, p. 53-72 を参照のこと。

4 *Maître*, 96.〔『高い城の男』一一五頁〕。「生ける書物」という発想は、しばしばディックにあらわれる。現実が変容するのにあわせて、テクストが書き換えられてゆく書物に出くわすことさえある（『ニックとグリマング』や、短篇「ふとした表紙に」N2, 900 *sq.*〔『ゴールデン・マン』二一三頁以下〕参照）。

5 短篇「地図にない町」（N1, 696 *sq.*〔『人間以前』九頁以下〕）は近しい主題、すなわち実現されるまであと一歩の可能性という主題を探求する（一票足りなかったせいで放棄された都市建設計画）。それは、ほとんど現実のものであるこの都市を訪問してみたいと願うひとりの作中人物——自身もはかない人物なのだが——にとっては少なくとも、存在するものとなる。「過去のいくつかの部分はおそらく流動的だった」。そのおかげでこの可能性は、狭間に存在しうるようになる。男は現実には存在していない都市への訪問を実現させるのだが、そのなかをほんとうに冒険するとなると、じぶん自身が非現実になってしまうのではないかと危惧するのである。

6　のちにかれがモーセ五書について語っていることを参照のこと。E, II, 260.「すべては書かれている。はじめからずっと書かれていたのだ。ユダヤ人は、モーセ五書の啓示のおかげでこのことを知っていた。根本的にいうなら、神聖なる歴史とは情報なのだ（……）。神話的な儀礼こそ聖なる物語へと入るための鍵である。それはコンピューターと同じように機能する。既定のプログラムに入るための「entry」というコマンドのように」。

7　Cf. Norbert Wiener, *Cybernétique et société*, Seuil, « Points Sciences », 2014, p. 66-67.〔ノーバート・ウィーナー『人間機械論　人間の人間的な利用』鎮目恭夫・池原止戈夫訳、みすず書房、新装版、一九七九年、三二―三三頁〕。そこでは無秩序に対する情報の闘いが、神のふたつの類型（マニ教的なものやアウグスティヌス的なもの）に対する科学者の神学的な闘いと関連づけられている。

第3章

1　*Substance Mort*, 165.〔『スキャナー・ダークリー』一八三頁〕。

2　*Le Retour du refoulé*, N2, 797.〔「逃避シンドローム」、『模造記憶』二五九頁〕。

3　*Mensonges*, 149.〔『ライズ民間警察機構』一四七頁〕。

4　Cf. *Message de Frolix 8*, R4, 968.〔『フロリクス8から来た友人』一六六―一六七頁〕。「――ユングは、そうした元型のひとつがいつなんどきあなたを呑み込んでしまうかもしれないことを、強調していますか？　そして、あなたの自我が二度と再構成されないかもしれないこと、あなたが動いたりしゃべったりする元型のおまけにすぎなくなるかもしれないことを？――もちろん強調しています。ですが、元型が心を乗っ取るのは夜、眠っているあいだではなくて、昼日中なんです。元型が昼間にあらわれると……あなたは壊れてしまう」。

5　*Le Voyage gelé*, N2, 1115.〔「凍った旅」、『アジャストメント』三七〇頁〕。

6　*Glissement*, R2, 601.〔『火星のタイム・スリップ』一〇六頁〕。同様に、火星をコントロールし、じぶんの周囲の人たちに多くを要求する億万長者に対する精神科医の返答を参照のこと。「あんたがたみたいに苛酷な仕事を強制する人間が、分裂症者をつくっているんだ」(*ibid.*, 712.〔同書、二八四頁〕)。

7 *Là où il y a de l'hygiène*, N2, 196-197.〔「傍観者」、『ペイチェック』三〇四頁〕。精神分析をめぐる喜劇的な短篇として、「想起装置」を挙げることができるだろう。「予知能力者《プレコグ》」の作中人物は精神分析家に診断してもらうのだが、それは過去の抑圧された心的外傷ゆえにではなく、将来の心的外傷ゆえなのである。幼少期からかれは、未来からやって来るおそろしい警告を受け取っている。そして精神分析家と話すたびに、不安が高まってゆくのだ (N2, 402 *sq.*〔「想起装置」、『模造記憶』一〇頁以下〕)。

8 ここで、ジョン・E・マックにオマージュを捧げなければなるまい。ハーバード・メディカル・スクールの大真面目な精神医学教授であるかれは、「いくつもの証言にもとづいて」、じぶんの患者の何人かは、宇宙人による誘拐の被害者であったと確信していた。Cf. J. E. Mack, *Dossier Extraterrestres. L'affaire des enlèvements*, Presses de la cité, 1995. Jean-Claude Maleval, *Logique du délire*, Presses Universitaires de Rennes, p. 17 に引用。

9 Cf. Paul Watzlawick, *Le Langage du changement*, Seuil, 1980, p. 30-31.〔ポール・ワツラウィック『変化の言語　治療コミュニケーションの原理』築島謙三訳、法政大学出版局、一九八九年、二六―二八頁〕。

10 同作は『スキャナー・ダークリー』という原題のまま、リチャード・リンクレイターによって二〇〇六年に映画化されたことを思い起こしておこう。

11 *Substance Mort*, 153-154.〔『スキャナー・ダークリー』一七〇―一七一頁〕。*A Scanner Darkly* という原題は、聖パウロの文言への暗示である。『高い城の男』の日本人高官は、その文言をオルタナティヴ世界に入ったあとで引用する〔「鏡をもて見るごとく見るところ朧《おぼろ》なり (seen through glass darkly)」のこと。『高い城の男』三八〇頁参照〕。

12 同様に『流れよわが涙、と警官は言った』における麻薬の効果を参照のこと。*Larmes*, 247-249.〔『流れよわが涙、と警官は言った』三六〇―三六四頁〕。「KR‐3のような麻薬は、ひとつの空間単位を別の空間単位から取り除く脳の能力を失わせます (……)。脳は別の空間ベクトルを除去することがもうできません。こうして、ありとあらゆる変異空間が解き放たれるのです。脳はもうどの対象が現実に存在するものであり、どの対象がたんに潜在するだけで空間的広がりをもたない可能性であるかの見分けがつけられなくなります」。

13　Cf. Sigmund Freud, *Cinq psychanalyses*, PUF, 1954, p. 315.〔フロイト「自伝的に記述されたパラノイアの一症例に関する精神分析的考察〔シュレーバー〕」渡辺哲夫訳、『フロイト全集11』所収、岩波書店、二〇〇九年、一七五頁〕。「われわれが疾患の産物と見なすもの、すなわち妄想形成は、じっさいには回復の試みであり、再構築なのである」。ディックは『釈義』における錯乱的な仮説の増殖をとおして、妄想のもつ恢復機能を独自のしかたで再発見している。E, I, 365.「だがわたしはさらなる何かがあると感じている。それはじぶんの人格を織りなおすことだと思えるのだ」。同様に、cf. E, II, 119.

14　E, I, 550 et 66.〔『我が生涯の弁明』二九六、五〇頁〕。「どんどん、じぶん自身の小説のなかで生きているような気分になってきている。なぜかはわからない。現実との接触を失いつつあるのか。それともじつは現実のほうが、フィル・ディック風の雰囲気のほうへと向かいつつあるのか」。

15　「神学三部作」という題名のもとにまとめられた（そして刊行された）のは、一九七四年三月の宗教体験のあとの歳月に執筆されたディックの小説三篇、すなわち『ヴァリス』（一九七八年）、『聖なる侵入』（一九八一年）、『ティモシー・アーチャーの転生』（一九八二年）である。これら三作に先立つプロローグが『アルベマス』である（一九七六年執筆、死後刊行）。

16　RLA, 87.〔『アルベマス』九二頁〕。

17　RLA, 250.〔『アルベマス』二七三頁〕。「「きみの人格を乗っ取ったテレパシーの送り手」は、きみ自身の頭のなかにいるんだ。脳の別の側から発信しているのさ。いままで使われていなかった脳組織から。——パラレル・ワールド理論を気に入ってるんじゃなかったのか、と驚いてぼくはいった。——（……）もうひとつのパラレル・ワールドよりも、きみの頭のなかのもう片方《パラレル》の半球のほうがありそうな話だ」。

18　*SIVA*, T, 204-205.〔『ヴァリス』二八七頁〕。「「情報は友人のホースラヴァー・ファットに向けて放射されました——でもそれってきみのことだろう。《フィリップ》はギリシャ語でホースラヴァー、馬を愛する人という意味だ。それに《ファット》をドイツ語に訳すと《ディック》になる。きみはじぶんの名前を翻訳したわけだ」。ぼくは答えなかった」。

19　*SIVA*, T, 29.〔『ヴァリス』三二頁〕。

20　たとえば、p. 17.〔『ヴァリス』一五頁〕。「まえの晩、ボブとぼく——じゃなくて、ボブとホースラヴァー・ファットは……」。あるいは p. 50.〔六三頁〕。「色々読んだなかで、ぼくは——じゃなくて、ホースラヴァー・ファットは――……一度も見たことがなかった」。

21 *SIVA*, T, 232.〔『ヴァリス』三二七頁〕。「ホースラヴァー・ファットは永遠に姿を消した。跡形もなく。――どういうことだ、きみはあいつを破壊したな、とぼくはいう。――そうだよ、と子どもは答えた。――どうして？――あなたを全き存在にするため――じゃあファットはぼくのなかにいるの？　ぼくのなかで生きているの？――そうだよ」。

22 *SIVA*, T, 275.〔『ヴァリス』三七七頁〕。

23 *Les Joueurs de Titan*, R2, 1120.〔『タイタンのゲーム・プレーヤー』二六〇―二六一頁〕。「デイヴ・マトローがじぶんのうちで抑圧してきた知覚と観察の一つひとつは、消去されることなくそこに残存し、心のエネルギーを大きな糧として、一種の半＝生状態で息づいていた。（……）それは、マトローが意識的にみずから信じてきたことすべてに対立していた」。

24 ジョン・ロック「同一性と差異性について」〔ジョン・ロック『人間知性論（二）』所収、大槻春彦訳、岩波文庫、一九七四年〕、およびエティエンヌ・バリバールによる注釈を参照のこと。Étienne Balibar, « L'invention de la conscience », in John Locke, *Identité et différence*, Seuil, « Points Essais », 1998.

25 *Si ce monde*, 149.〔『フィリップ・K・ディックのすべて』三三七頁〕における指摘を参照。「……誰もが知っているひとつのことを、国全体で一夜にして忘却しうるのなら、ほかのこと、より重要なこと、さらには決定的に重要なことも忘却できるはずだ。いわば偽の記憶によって、何百万もの人たちに引き起こされる記憶喪失のことをいっているのだ。偽の記憶というこの主題は、何年ものあいだわたしの作品をたゆまず導いてきた糸だ」。

26 同様に、短篇「電気蟻」N2, 957 *sq.*〔『アジャストメント』三一七頁以下〕を参照。同作は外科手術がきっかけで、じぶんがほんとうはアンドロイドであることを発見する男の話である。これは『アンドロイドは電気羊の夢を見るか？』の賞金稼ぎ《バウンティ・ハンター》が遭遇するのと同じ不確実さであって、ハンター自身もまた、かれが抹殺しなければならない者たちと同類のアンドロイドではないのか、という疑念を人びとは抱かずにはいられない。

27 *Si ce monde*, 54-55.〔『フィリップ・K・ディックのすべて』二七六頁〕。「臨床心理学の領域では、分裂気質の人格構造は厳密に定義されている。つまり感情の欠如だ（……）。わたしが「アンドロイド」人格と呼ぶものと、分裂気質《スキゾイド》とのあいだには、ある種の類似性がある」。

第4章

1 Cf. Héraclite, *Fragments*, éd. M. Conche, PUF, « Épiméthée », p. 63.〔『初期ギリシア自然哲学者断片集I』日下部吉信編訳、ちくま学芸文庫、二〇〇〇年、三三一頁〕。「……目覚めている者たちにはひとつの共通世界があるが、眠る者たちはたがいに背を向けじぶんだけの世界にひたっている」。ディックはしばしばこの区別に舞い戻る。たとえば、E, I, 131. *Le Zappeur de mondes*, R3, 650-651.〔『ザップ・ガン』二九頁〕。くわえて『宇宙の眼』にかんするかれ自身の指摘、Sutin, 215 を参照。「それは『宇宙の眼』のようなもので、じっさいに救済が手の届くところにあるのに、人びとは眼を覚ますことができないのだ。そう、『宇宙の眼』のようにわれわれは眠り込んでいる。われわれは目覚めなければならない。そして夢――まやかしの世界とそれに固有の時間――をとおして（それを超えて）見なければならない。外にある救済に辿りつくために。いますぐ外へ行くのだ、後回しにするのではなく」。

2 Tzvetan Todorov, *Introduction à la littérature fantastique*, 1970, rééd. Seuil, « Points Essais », 1976, p. 29.〔ツヴェタン・トドロフ『幻想文学論序説』三好郁朗訳、創元ライブラリ、一九九九年、四一―四二頁〕。

3 Sigmund Freud, *Psychopathologie de la vie quotidienne*, Gallimard, « Idées », p. 175-180.〔フロイト『フロイト全集7　日常生活の精神病理学』高田珠樹訳、岩波書店、二〇〇七年、一一七―一二三頁〕。

4 驚愕《エフロワ》について、ジャン・ラプランシュの分析を参照のこと。Jean Laplanche, *Problématiques I*, PUF, p. 55 *sq.*

5 *Le Dieu venu du Centaure*, 119.〔『パーマー・エルドリッチの三つの聖痕』一四〇頁〕。

6 Maurice Merleau-Ponty, *Le Visible et l'Invisible*, Gallimard, « Tel », p. 20.〔メルロ＝ポンティ『見えるものと見えないもの』滝浦静雄・木田元訳、みすず書房、一九八九年、一四―一五頁〕。「……夢と知覚されたものとの内的で記述的な差異は、存在論的価値を帯びる。そして知覚すなわち真の視覚《ヴィジョン》（……）と、夢とのあいだには構造的差異が、いわば肌理の差異があることを示すならば、懐疑主義に対する十分な応答となる……」。

7　この点について、カンタン・メイヤスーの分析を参照のこと。Quentin Meillassoux, *Métaphysique et fiction des mondes hors-science*, Aux forges de Vulcain, 2015.〔メイヤスー『形而上学と科学外世界のフィクション』、『亡霊のジレンマ』所収、前掲書〕。とりわけカントの超越論的演繹の分析、および、辰砂の「夢の場面」における混沌《カオス》との対決について、p. 34 *sq.*〔同書、一一七頁以下〕。

8　Jean-Paul Sartre, *L'Imaginaire*, Gallimard, « Idées », p. 309 *sq.*〔ジャン＝ポール・サルトル『イマジネール　想像力の現象学的心理学』澤田直・水野浩二訳、講談社学術文庫、二〇二〇年、三六〇頁以下、引用は三七一、三八七頁〕。精神分析への留保にもかかわらず、サルトルはつぎの点でフロイトと一致する。すなわち夢は隔離され、心の舞台へと還元されるというのである。フロイトにおけるこうした夢の閉鎖性について、cf. André Green, « De l'"Esquisse" à "L'interprétation des rêves" : coupure et clôture », in *Nouvelle Revue de psychanalyse*, n°5, Gallimard, printemps 1972, p. 173, 177.

9　フロイトの論文を参照のこと。Freud, « Formulations sur les deux principes du cours des événements psychiques » (1911), in *Résultats, idées, problèmes*, I, PUF, p. 137.〔フロイト「心的生起の二原理に関する定式」高田珠樹訳、『フロイト全集11』所収、岩波書店、二〇〇九年、二六二頁〕。「抑圧の代わりに（……）あらわれるのは判断行為である。これは、ある特定の表象が本物なのか偽物なのか、すなわちそれが現実と合致するか否かを、不偏不党なしかたで決定するだろう」。

10　Edmund Husserl, *Expérience et jugement*, PUF, p. 34.〔エドムント・フッサール『経験と判断』長谷川宏訳、河出書房新社、一九七五年、二二頁〕。Cf. Maurice Merleau-Ponty, *Le Visible et l'Invisible*, Gallimard, 1964, rééd. « Tel », p. 19 *sq.*〔メルロ＝ポンティ『見えるものと見えないもの』前掲書、一三頁以下〕。

11　Cf. Roger Dadoun, « Les ombilics du rêve », in *Nouvelle Revue de psychanalyse*, n°5, *op. cit.*, p. 241.

12　Michel Foucault, « Introduction », in Ludwig Binswanger, *Le Rêve et l'Existence* ; *Dits et écrits*, I, Gallimard, « Bibliothèque des sciences humaines », 1994, p. 100.〔ミシェル・フーコー「ビンスワンガー『夢と実存』への序論」石田英敬訳、『ミシェル・フーコー思考集成I』所収、筑摩書房、一九九八年、一二四頁〕。

13　Henri Bergson, *L'Énergie spirituelle*, PUF, p. 103.〔アンリ・ベルクソン『精神のエネルギー』原章二訳、

平凡社ライブラリー、二〇一二年、一五二頁〕。

14　フロイトの有名な指摘を参照のこと。Freud, *L'Interprétation des rêves*, in *Œuvres complètes*, IV, PUF, 2004, p. 558.〔フロイト『フロイト全集5　夢解釈II』新宮一成訳、岩波書店、二〇一一年、二八七頁〕。「[夢の作業]は思考せず、計算せず、決して判断しない。ただ変形するだけだ」。

15　判断力を喪失させる麻薬について、短篇「不適応者」N2, 213.〔『変数人間』一八七頁〕を参照。「ＰＫはじぶんの妄想を実現させるんだ。だから、ある意味でそれは本来の妄想じゃなくなる。ただし必要な距離を取って、歪んだ領域と通常の世界とを比較できれば話は別だ。しかしＰＫには無理だ。ＰＫには客観的な判断基準がないし、じぶん自身に対して距離を取れない。いびつな領域は、ＰＫの行く先々についてまわる」。

16　Antonin Artaud, *Œuvres complètes*, III, Gallimard, p. 66-67.〔アントナン・アルトー『貝殻と牧師　映画・演劇論集』坂原眞里訳、白水社、一九九六年、一六頁〕。同様に、「貝殻と牧師」のシナリオにかんする意図を記した覚書 p. 19.〔同書、五一頁〕を参照のこと。「このシナリオは夢の複製ではないし、そう見なされるべきでもない。夢という安易な言い逃れを使って、見かけの支離滅裂さを弁護するつもりはない。夢は独自の論理以上のものを秘めている。夢には独自の生があって、知的で暗い真理だけがそこであらわになるのだ」。

17　まさしくリンチは、かれの幻想性が取りうるふたつの方向性を放棄するべく、夢（『マルホランド・ドライヴ』において）と、ＳＦ（『デューン』において）とに、同時に向きあう必要があったにちがいない。リンチにおける夢、クリシェ、幻想性の地位について、cf. Pierre Alferi, *Des enfants et des monstres*, P.O.L, 2004, p. 221 *sq.*

18　知覚的信念や先験的信頼の消滅について、cf. Ludwig Binswanger, *Mélancolie et manie*, PUF, p. 22 *sq.*〔ビンスワンガー『うつ病と躁病　現象学的試論』山本巖夫・宇野昌人・森山公夫訳、みすず書房、一九七二年、一二頁以下〕。また、ビンスワンガーと精神医学文献がディックに及ぼした影響について、cf. Anthony Wolk, « The Swiss Connection », in Samuel J. Umland (dir.), *Philip K. Dick. Contemporary Critical Interpretations*, Greenwood Press, 1995, p. 114-115.

19　「幻想小説は、一般的にいって不可能に見えることを語る。それに対してＳＦは、ある一定の条件のもとでは一般的にいって可能に見えることを語る。このちがいは根本的には主観的なものである」。Sutin, 180-181.

20 *Simulacres*, R3, 326.〔『シミュラクラ』二〇二頁〕。

21 *Reconstitution historique*, N1, 1171-1172.〔「展示品」、『人間狩り』三四一—三四二頁〕。

22 Cf. Gilbert Simondon, *L'individuation à la lumière des notions de forme et d'information*, Millon, p. 211.〔ジルベール・シモンドン『個体化の哲学　形相と情報の概念を手がかりに』藤井千佳世監訳、近藤和敬、中村大介、ローラン・ステリン、橘真一、米田翼訳、法政大学出版局、二〇一八年、三四三頁〕。「行動の決断に先立つ心の揺れうごきとは、複数の対象や複数の道のあいだでのためらいではなく、両立しえない諸集合の流動的な重なりあいである。たがいによく似ていながら、ちぐはぐな諸集合が重なりあっているのである。行動を起こすまえの主体は、複数の世界に挟まれている……」。

23 *SIVA*, T, 241.〔『ヴァリス』三〇二頁〕。「これが元型の危険性だ。正反対の性質がまだきちんと分離していないのだ。対になる反対物への双極化は、意識が生じるまでは起こらない」。同様に、cf. *Larmes*, 70.〔『流れよわが涙、と警官は言った』九九頁〕。「特注品のこの世にふたつとない飛行艇の操縦桿を握っていたら、目の前で赤、青、黄の信号がいっせいについてしまったみたいだった。まともな対応なんてできない。（……）おそるべき非論理性の力。元型たちの力だ。それが、かれとかのじょを——そしてほかのみんなを——結びつけている集合的無意識の荒涼とした深層からはたらきかけてきたのだ」。

第5章

1 同様に長篇『逆まわりの世界』（R4）を参照のこと。同作では時間が逆流し、死者が生へと回帰し、埋葬が発掘へと、斎場が新生児室へと変わり、成人がふたたび赤子になり、そして「母胎へと回帰する」といったことが起こる。

2 Ludwig Binswanger, *Le Cas Ellen West*, Gallimard, 2016, p. 81 *sq.*〔ビンスワンガー「第二の研究　症例エレン・ウェスト」、『精神分裂病Ⅰ』新海安彦・宮本忠雄・木村敏訳、みすず書房、一九六〇年〕。「墓穴世界」はディックにしばしば回帰するが、特に『アンドロイドは電気羊の夢を見るか？』が顕著である。

ビンスワンガーの著作への序文でフーコーが強調しているのは、エレン・ウェストにとってあらゆる生成変化が不可能になっていることである。「エレン・ウェストにおいて、現実の運動が起こる堅固な空間、生成の進展が徐々に成し遂げられてゆく空間、こうした空間は消滅している」。*Dits et écrits*, I, Gallimard, p. 104-105.〔フーコー「ビンスワンガー『夢と実存』への序論」、『ミシェル・フーコー思考集成I』前掲書、一二九頁〕。

3 ディックは海底でこうした退行を再発見する。深海の世界とは「死せるものたちの場所、すべてが朽ち果て絶望と荒廃に向かって墜ちてゆく場所です（……）。そこはわたしたちの世界とかんぜんに切り離されている、独立したひとつの世界です。独自の腐敗した法則によって、あらゆるものが堕落して塵芥と化すのです。無慈悲なエントロピーの力によってのみ支配される世界」。*Le Guérisseur de cathédrales*, R4, 716.〔『銀河の壺なおし』一五一―一五二頁〕。

4 R2, 692.〔『火星のタイム・スリップ』二五一頁〕。

5 Stanislas Lem, « Un visionnaire parmi les charlatans », *Science et fiction*, Denoël, nov. 1986 n° 7/8, p. 117.〔スタニスワフ・レム「ペテン師に囲まれた幻視者」沼野充義訳、『悪夢としてのP・K・ディック 人間、アンドロイド、機械』所収、サンリオ、一九八六年、二二三―二二四頁〕。また深遠な指摘として p. 102 *sq.*〔二〇四頁以下〕。

6 R3, 307.〔『シミュラクラ』一六八頁〕。同様に以下を参照。*Brèche dans l'espace*, R3, 137.〔『空間亀裂』二〇〇―二〇一頁〕。*Le Guérisseur de cathédrales*, R4, 781.〔『銀河の壺なおし』二六三―二六四頁〕。N2, 262-263.〔「超能力者」、『地図にない町』一二四頁〕。

7 「未来からやって来るもの」としての死の欲動について、ピエール＝アンリ・カステルの指摘を参照。Pierre-Henri Castel, *Le Mal qui vient*, Cerf, p. 101 *sq.*

8 Cf. l'article de Vladimir Safatle, « Para além da necropolítica » [https://www.n-1edicoes.org/textos/191].

9 RLA, 60.〔『アルベマス』六二頁〕。Cf. *Les Chaînes de l'avenir*, R1, 268.〔『ジョーンズの世界』七七―七八頁〕。そこではヒトラーが予知能力者《プレコグ》と比較されている。ゲッベルスはヒトラーが「絶対的な宿命の世界」に生きていると語っていた（in Helmut Heiber, *Hitler parle à ses généraux*, Perrin, « Tempus », 2013, p. 324)。キャサリン・ヘイルズは『高い城の男』において、いかにナチスが退行そのものを体現しているかを見事に示している。Katherine Hayles, « Metaphysics and Metafiction in "The Man in the High Castle" », in M. H. Greenberg, J. D. Olander, (dir.), *Philip K. Dick*, *op. cit.*, p. 60-61.

10 高すぎる知能をもったパラノイアの少年の告白――「パラノイアはずっと精神疾患に分類されてきた。けれど、それはちがう。現実との接点を失ったわけじゃない。むしろ逆だ――パラノイア者は現実とじかに向きあっている。究極の経験論者だ。倫理＝文化的な制約に惑わされたりしない。パラノイドはものごとをありのままに見る。じっさいには、パラノイドだけが正気なんだ」(N1, 1142〔「非O」、『トータル・リコール』二八七頁〕)。そのうえさらに詳述する。「ぼくは『我が闘争』を読みました。おかげで、じぶんは独りじゃないとわかったんです」。

11 Cf. J. G. Ballard, in Valérie Mavridorakis (éd.), *Art et science-fiction : la* Ballard Connection, Mamco, 2011, p. 85. 同書に収録された論文はバラード／スミッソンの並行関係を主張する際に、ふたりの作家に鮮明にあらわれるエントロピー概念をもとにしている。

12 J. G. Ballard, *La Forêt de cristal*, Denoël, « Lunes d'encre », 2008, p. 72.〔J・G・バラード『結晶世界』中村保男訳、創元SF文庫、一九六九年、八七頁〕。かれの初期小説全体について、時間の各次元は特権的な物質的要素と関連しているという分析を、繰り返し適用できるだろう。たとえば過去は水、未来は砂（ないしは粉塵）、現在はコンクリート、永遠は結晶である。Cf. David Pringle, « Le quadruple symbolisme de J. G. Ballard », in Valérie Mavridorakis (éd.), *Art et science-fiction : la* Ballard Connection, *op. cit.*, p. 115-144.

13 こうした側面は、『世界の終りとハードボイルド・ワンダーランド』以降の村上春樹にも同様に見られる。現実世界と並行して存在する別の世界では時間が止まっており、人物たちは記憶の外にある寓話的な過去を探していて、まるで破滅的な精神病的記憶に囚われているかのようだ。こうした分裂は村上における幻想性の源泉となっており、かれの大半の物語に見られる。

14 J. G. Ballard, *La Forêt de cristal*, *op. cit.*, p. 89-90.〔バラード『結晶世界』前掲書、一〇七頁〕。

15 Valérie Mavridorakis, *op. cit.*, p. 213 に引用。またスミッソンのテクスト Smithson, « L'entropie et les nouveaux monuments », p. 179 *sq.*

第6章

1 N1, 719.〔「世界のすべては彼女のために」、『PKD博覧会』四五頁〕。「わたしの世界にナポレオンが存在したことがあるかわからない。(……)記録に名前が載ってるだけなんじゃないかな。別の世界だったら、そういう人がほんとうに存在してるかもしれないけどね。わたしの世界ではヒトラーは負けて、ルーズベルトは死んだ——それは気の毒だけど、どのみちかれのことよく知らないし、それほど現実的な人間じゃない。ふたりとも、わたしではない別の誰かの世界からやってきたイメージにすぎないんだから」。

2 麻薬は、ジョン・カーペンターの映画『ゼイリブ』(一九八八年)における眼鏡とほぼ同じ役割を果たしている。なお、同映画の着想のもととなった短篇(一九六三年刊行の『朝の八時』)の作者レイ・ファラディ・ネルスンは、ディックと近しかった。ふたりは共同で、きわめて錯乱した長篇『ガニメデ支配』を執筆し、一九六七年に刊行された。

3 Sutin, 215.『火星のタイム・スリップ』にはこうある。「生命の目的はわからない。つまりそこへと到る道は、生き物の眼には見えないのです。分裂症者が正しくないと誰がいえますか。ミスタ、分裂症者は勇気のある旅をしているのです」(R2, 620〔『火星のタイム・スリップ』一三五頁〕)。

4 短篇「小さな黒い箱」(N2, 710 *sq.*〔『小さな黒い箱』九頁以下〕)と、『アンドロイドは電気羊の夢を見るか?』を参照のこと。

5 *Les androïdes rêvent-ils de moutons électriques ?*, 93.〔『アンドロイドは電気羊の夢を見るか?』九八頁〕。

6 E, II, 82 et 260.「すべては書かれている。はじめからずっと書かれていたのだ。ユダヤ人は、モーセ五書の啓示のおかげでこのことを知っていた。根本的にいうなら、聖なる歴史とは情報なのだ。時間的順序からいっても、存在論的秩序からいっても第一の情報だ。神話的な儀礼こそ聖なる物語へと入るための鍵である。それはコンピューターと同じように機能する。既定のプログラムに入るための「entry」というコマンドのように」。

7 *La sortie mène à l'intérieur*, N2, 1064.〔「出口はどこかへの入口」、『トータル・リコール』六〇頁〕。

8 「この五〇年間、誰にとってもプライバシーなんてまったくないじゃないか。(……)。あんた、諜報機関の仕事をしてるんだろ。冗談はよしてくれよ」（R3, 900〔『アルファ系衛星の氏族たち』九八頁〕）。

9 *Si ce monde*, 49.〔『フィリップ・K・ディックのすべて』二七二―二七三頁〕。

10 *Le Zappeur de mondes*, R3, 727.〔『ザップ・ガン』一六九頁〕。

11 ウィーナーは以下のように詳述している。*Op. cit.*, p. 64.〔ウィーナー『人間機械論』前掲書、三〇頁〕。「生きた有機体をこうした機械と比較するとき、一般に生命として認識されているものの化学的、物理学的、精神的な過程が、機械の過程と同じであると主張したいわけではない。そうではなくたんに、両者はともに局所的な反エントロピーの過程の事例だということなのだ……」。

12 Cf. Norbert Wiener, *Cybernétique et société*, *op. cit.*, p. 66.〔ウィーナー『人間機械論』前掲書、三一頁〕。

13 *Ibid.*, p. 77-78.〔ウィーナー『人間機械論』前掲書、四五頁〕。「われわれはじぶんたちの環境を根本的に変化させたので、この新しい環境で生きていくためには、われわれ自身を変えなければならない」。この観点からするとサイバネティクスとは、適応という命令の特権的な道具である。バルバラ・スティグレールがこの点を緻密に論じている。Barbara Stigler, « *Il faut s'adapter* », Gallimard, 2019.

14 *Ibid.*, p. 50.〔ウィーナー『人間機械論』前掲書、一一頁〕。「情報とは、われわれが外界に適応し、この適応の成果によって世界に影響をもたらす際に、外界とのあいだで交換されるものの内容を指す言葉である」。

15 Cf. Philip K. Dick, *Nouvelles 1953-1963*, Denoël, « Présences », 1997, p. 269.

16 『ヴァリス』においてディックは、カリフォルニアでの麻薬への関心が、宗教への関心に移行したことを強調している。「もうドラッグをやる時代は終わって、誰もが新しいオブセッションを求めていた。ぼくらにとって新しいオブセッションは、ファットのおかげで神学だった」〔『ヴァリス』四五頁〕。

17 *Le Dieu venu du Centaure*, 158 (et 110).〔『パーマー・エルドリッチの三つの聖痕』一八八頁（および一二九―一三〇頁）〕。

18 *Le Dieu venu du Centaure*, 189.〔『パーマー・エルドリッチの三つの聖痕』二二六頁〕。

19 Cf. Michel Foucault, *Le Pouvoir psychiatrique*, *op. cit.*, p. 187 *sq.*〔フーコー『精神医学の権力』前掲書、二三一頁〕。

20 Cf. Gilles Deleuze, *Pourparlers*, Minuit, p. 236.〔ジル・ドゥルーズ『記号と事件　1972-1990年の対話』

宮林寛訳、河出文庫、二〇〇七年、三五〇頁〕。「管理《コントロール》社会に突入すると、社会はもはや監禁によってではなく、絶え間なきコントロールと、瞬時のコミュニケーションによって機能するようになる」。

21 *Si ce monde*, 45. 〔『フィリップ・K・ディックのすべて』二七一頁〕、およびこのあとに続く箇所を見よ。

第7章

1 「偽の記憶というこの主題は、何年ものあいだわたしの作品をたゆまず導いてきた糸だ」。*Si ce monde*, 149. 〔『フィリップ・K・ディックのすべて』三三七頁〕。

2 *Substance Mort*, 18. 〔『スキャナー・ダークリー』一九―二〇頁〕。カリフォルニアの人工的特徴について、たとえばマイク・デイヴィスによるロサンジェルスの肖像を参照のこと。Mike Davis, *City of Quartz*, La Découverte, 2006. 〔マイク・デイヴィス『要塞都市LA』村山敏勝・日比野啓訳、青土社、増補新版、二〇〇八年〕。「まがいもの」が、二〇世紀初頭のコニーアイランドの遊園地ですでに発展していたそのありようについて、cf. Rem Koolhas, *New York délire*, Parenthèses, 2002. 〔レム・コールハース『錯乱のニューヨーク』鈴木圭介訳、ちくま学芸文庫、一九九九年〕。

3 Sutin, 446. ディックが言及している論文は、スタニスワフ・レムがかれに讃辞を送りつつ、同時にアメリカSFの容赦ない肖像を描きだしたものである。« Un visionnaire parmi les charlatans », *Science et fiction*, n°7/8, *op. cit.*〔レム「ペテン師に囲まれた幻視者」、『悪夢としてのP・K・ディック』所収、前掲書〕。

4 Voir l'article de Mattia Petricola « Idéologie et ontologie des lieux de vie dans *Ubik* de Philip K. Dick », p. 5. バラードについて、cf. Valérie Mavridorakis (éd.), *Art et science-fiction : la* Ballard Connection, *op. cit.*

5 Cf. Mattia Petricola, *op. cit.*

6 ウォーホルの宣言を参照のこと。Hal Foster, *The First Pop Age*, Princeton University Press, 2012, p. 110. 〔ハル・フォスター『第一ポップ時代 ハミルトン、リクテンスタイン、ウォーホール、リヒター、ルシェー、あるいはポップアートをめぐる五つのイメージ』中野勉訳、河出書房新社、二〇一四年、一五一頁〕。「本質は同じっていうのではだめだ――まったく同じであってほしい。だって、まったく同じものをずっと見ていると、どんどん意味が抜け落ちていって、どんどんいい気分、からっぽな気分になってくるのだから」。またロイ・リキテンスタインについて、p. 275-276.〔第二章、注一二〕。「画のドローイングをするのは複製するためではありません――再構成するためです。ただし、できるだけ変更をくわえないようにしています。最小限の変化にしたいのです」。

7　Cf. Thierry de Duve, *Essais datés I, 1974-1986*, La Différence, 1987, p. 184 *sq.* et Georges Didi-Huberman, *Ce que nous voyons, ce qui nous regarde*, Minuit, 1992.

8　Victor Bockris, *Warhol*, Frederick Muller, 1989, p. 198 に収められたロバート・インディアナの証言を参照のこと。また、ニューヨークのステーブル・ギャラリーでの展覧会の写真について、cf. *Regards sur l'art américain des années soixante*, Territoires, p. 81.

9　この二項性は、グリーンバーグが『芸術と文化』で展開した前衛／キッチュの対極を独自のしかたで引きのばしている。グリーンバーグは本質／外観、希薄化／飽和、真剣／アイロニー、真／偽といった一連の強い対立をもちいている。

10　*Simulacres*, R3, 248 et 308.〔『シミュラクラ』六八、一七〇頁〕。さらには *Le Zappeur de mondes*, R3, 692.〔『ザップ・ガン』一〇三―一〇四頁〕、*Le Guérisseur de cathédrales*, R4, 740.〔『銀河の壺なおし』一九一―一九二頁〕。

11　N1, 1185 *sq.*〔「CM地獄」、『変数人間』六三頁以下〕。既訳のフランス語題（*Service avant achat* 購入まえのサーヴィス）を、原題（*Sales Pitch*）に近いもの〔*Argument de vente* 売り口上〕に変更した。

12　*Si ce monde*, 175.〔『フィリップ・K・ディックのすべて』三五四―三五五頁〕。同様に、*Substance Mort*, 18.〔『スキャナー・ダークリー』一九―二〇頁〕。ロサンジェルスは「おとなになったガキどもの遊園地」として描かれている。

13　同様に以下の短篇を参照のこと。「安定社会」（N1, 129 *sq.*〔『マイノリティ・リポート』二一一頁以下〕）、「火星潜入」（N1, 375 *sq.*〔『マイノリティ・リポート』二三五頁以下〕）、「世界をわが手に」（N1, 762 *sq.*〔『マイノリティ・リポート』一一三頁以下〕）。

14　この方法――ディックに幾度かあらわれる――は、フーコーが『精神医学の権力』で描く手法からそれほど離れたものではない。精神医学者は現実を操作し、それを狂人の妄想に適合させるのである（*op. cit.*, p. 130 *sq.*〔フーコー『精神医学の権力』前掲書、一五九頁以下〕）。

15　この小説は、ピーター・ウィアーの映画『トゥルーマン・ショー』（一九九八年）の主要な着想源のひとつである。

16　*L'Invasion divine*, T, 476.〔『聖なる侵入』二八一頁〕。

17　Fredric Jameson, *Penser avec la science-fiction*, Max Milo, 2008, p. 16.〔フレドリック・ジェイムソン『未来の考古学II　思想の達しうる限り』秦邦生・河野真太郎・大貫隆史訳、作品社、二〇一二年、九〇頁〕。「重要なのは、われわれに未来の「イメージ」を提示することではなく（……）、われわれ自身の現在の経験を異化し、再構造化することなのである」。

18　オリジナルとコピーの識別不可能性をめぐる議論について、*Maître*, 88 *sq*.〔『高い城の男』一〇三頁以下〕。

19　Philip K. Dick, *Nouvelles 1953-1963, op. cit.*, p. 269.

20　*Au bout du labyrinthe*, 115.〔『死の迷路』一五九頁〕。「風景、われわれ自身、居留地――これらすべてがまるでジオデシック・ドームのなかに封じ込められてしまったみたいだ」。

21　情報の閉鎖回路について、グレゴリー・ベイトソンが情報の複製と拡散の様式としての冗長性をめぐって語ることと関連づけられるだろう。Cf. Gregory Bateson, *Vers une écologie de l'esprit*, II, Seuil, 1980, p. 162-163.〔グレゴリー・ベイトソン『精神の生態学』佐藤良明訳、新思索社、改訂第2版、二〇〇〇年、五四一―五四二頁〕。

22　*Substance Mort*, 47.〔『スキャナー・ダークリー』五二頁〕。

23　同様に、短篇「地球防衛軍」〔『トータル・リコール』〕を参照のこと。

24　*Si ce monde*, 174.〔『フィリップ・K・ディックのすべて』三五四頁〕。

25　『ライズ民間警察機構』におけるディックの収容所のモデルは、ソ連の労働収容所なのだが（p. 100〔三〇二頁〕）、かれの描写は現代の諸形態にも該当する。現代の収容所政治について、cf. Michel Agier (dir.), *Un monde de camps*, La Découverte, 2014.

26　*Larmes*, 89.〔『流れよわが涙、と警官は言った』一二六―一二七頁〕。

第8章

1 *Si ce monde*, 178.〔『フィリップ・K・ディックのすべて』三五七頁〕。

2 この短篇「父さんもどき」（一九五三年執筆、一九五四年刊行）は、ドン・シーゲル監督『ボディ・スナッチャー／恐怖の街』（一九五六年）の冒頭場面によく似ている。この映画は、一九五五年刊行のジャック・フィニイ『盗まれた街《ボディ・スナッチャー》』を脚色したものだ。おそらくディックは、フィニイと同じく、一九五一年刊行のロバート・A・ハインラインの小説『人形つかい』（フランス語訳『人間マリオネット』*Marionnettes humaines*）から着想を得たのだろう。同作は、地球外生命体が人間の脳をコントロールし、じぶんたちの「マリオネット」にしようとする物語である。同様に、cf. *L'Inconnu du réverbère*, N1, 1001 *sq*.〔「吊るされたよそ者」、『トータル・リコール』三三五頁以下〕。

3 短篇「フヌールとの戦い」（N2, 734 *sq*.〔『まだ人間じゃない』九頁以下〕）におけるこの主題のパロディを参照のこと。地球征服を試みる地球外生命体フヌールは、まずはガソリンスタンドの店員、ついで民俗舞踊のダンサーの姿に変身し、そののち不動産セールスマンの姿でふたたびやって来る。

4 Kim Stanley Robinson, *The Novels of Philip K. Dick*, *op. cit.*, p. 29.「人間の境界を定めるのは次第に困難になってきており、『アンドロイドは電気羊の夢を見るか？』では、誰が人間であり誰が機械なのかを確定するのに、複雑な心理テストが必要になっている」。同様に、cf. *Si ce monde*, 77.〔『フィリップ・K・ディックのすべて』二八七—二八八頁〕。

5 *Le Guérisseur de cathédrales*, R4, 642.〔『銀河の壺なおし』三三頁〕。とりわけ、短篇「出口はどこかへの入口」N2, 1064 *sq*.〔『トータル・リコール』五九頁以下〕を見よ。

6 機械が権力を掌握する小説は少ない。たとえば、「ジェイムズ・P・クロウ」（N1, 897 *sq*.〔『マイノリティ・リポート』七九頁以下〕）や、「自動工場」（N2, 284 *sq*.〔『ディック傑作集2』七三頁以下〕）を参照。

7 Philip K. Dick, *Nouvelles 1953-1963*, *op. cit.*, p. 268. 過剰生産資本主義におけるサーヴィスの重要性について、cf. Gilles Deleuze, *Pourparlers*, *op. cit.*, p. 245.〔ドゥルーズ『記号と事件』前掲書、三六三頁〕。「［資本主義は］もはや原料を買って、出来あがった製品を売るのではない。むしろ出来あがった製品を買ったり、ばらばらの部品を組み立てたりするのである。資本主義が売ろうとしているのはサーヴィスであり、買おうとしているのは株式である」。

8 「おお！ブローベルとなりて」の心理ロボットを参照。「二〇ドルの白金貨を投入した。ちょっと間をおいて、分析家のランプがついた。その眼は柔和にまたたきはじめた」（N2, 692〔『アジャストメント』一七九頁〕）。

9 Grégoire Chamayou, *Théorie du drone*, La fabrique, 2013, p. 287.〔グレゴワール・シャマユー『ドローンの哲学　遠隔テクノロジーと〈無人化〉する戦争』渡名喜庸哲訳、明石書店、二〇一八年、二三八頁〕、および第五章第四節「政治的自動装置の製造」全体を参照のこと。シャマユーの指摘は、「ロボット型爆弾」（ナチスによって開発されたV1およびV2飛行爆弾）にかんするアドルノ『ミニマ・モラリア』のテクストを出発点としながら、殺戮行為のロボット化と自称「人道化」とを何より対象とする。

10 Cf. Grégoire Chamayou, *ibid.*, p. 293.〔シャマユー『ドローンの哲学』前掲書、二四三頁〕。「これは無責任性の工場の典型的な装置である」。

11 「人間狩り」（一九九五年にクリスチャン・デュゲイ監督によって『スクリーマーズ』という題名で映画化された）を参照。N1, 568 *sq.*〔『人間狩り』三五〇頁以下〕。人間／機械の置換について、同様に短篇「ナニー」N1, 538 *sq.*〔『人間狩り』一七二頁以下〕を参照。同作は、次第に改良されてゆく子育てロボットの新旧モデルの対立を描いている。

12 R2, 477.〔『あなたをつくります』二九二—二九三頁〕。「悲しみと感情移入が顔にあらわれていた。戦争の悲しみ、一人ひとりの死への嘆きを、かれは全身に感じとっていた」。

13 『黒髪の少女』と、『あなたをつくります』におけるかのじょの肖像を参照のこと。R2, 493.〔『あなたをつくります』三二三頁〕。「かのじょはわたしたちとはちがう。外側のどこかにいる。人びとのなかで起こることや、人と人のあいだで起こること、わたしたちがこの世界で経験することは、まったくかのじょを動かさない」。

14 短篇「人間らしさ」（N1, 837 *sq.*〔『ディック傑作集2』一一九頁以下〕）にくわえ、「新世代」を見よ（N1, 656 *sq.*〔『人間以前』三二七頁以下〕）。そこで子どもたちはロボットによって育てられ、かんぜんに非人間的になる（「まわりがロボットだけなら、やっかいなエディプス・コンプレクスも生まれようがない」）。

15 Fredric Jameson, *Penser avec la science-fiction, op. cit.*, p. 63, 65.〔フレドリック・ジェイムソン『未来の考古学II』前掲書、二三二、二三三頁〕。

16 *La Petite Boîte noire*, N2, 710.〔「小さな黒い箱」、『小さな黒い箱』一〇頁〕。

17 *Si ce monde*, 181-182.〔『フィリップ・K・ディックのすべて』三五九頁〕。

18 William S. Burroughs, *Nova express*, 10/18, p. 52.〔W・S・バロウズ『ノヴァ急報』山形浩生訳、ペヨトル工房、一九九五年、五四頁〕。

19 William S. Burroughs, *Le Festin nu*, Gallimard, « L'imaginaire », 1984, p. 183.〔ウィリアム・バロウズ『裸のランチ』鮎川信夫訳、河出文庫、二〇〇三年、二三二頁〕。

20 Alfred Korzybski, *Une carte n'est pas le territoire*, L'éclat, « poche », 2015, p. 29-30.「われわれは言語的に「思考する」とき、一定の立場を取る観察者として振舞うのであり、われわれのもちいる言語の構造を、言葉をもたない水準に投影することになる。このように振舞うなら、古来の性向にもとづく習慣《ルーティン》から抜け出せないままだ。古来の性向のせいで実質的に不可能になるのは、立場を取ることのない厳密な観察（「知覚」？）であり、さらにはあらゆる創造的な仕事である」。コージブスキーのテーゼは、とりわけA・E・ヴァン・ヴォークトの小説『非Aの世界』（非Aは非アリストテレス的論理を指す）のおかげで有名になったことを思い起こしておこう。

21 Fredric Jameson, *Penser avec la science-fiction, op. cit.*, p. 19 *sq.*〔ジェイムソン『未来の考古学II』前掲書、九二頁以下〕。

22 Norbert Wiener, *Cybernétique et société, op. cit.*, p. 77-78.〔ウィーナー『人間機械論』前掲書、四五頁〕。

23 *Si ce monde*, 36.〔『フィリップ・K・ディックのすべて』二六五―二六六頁〕。「より適切な言葉がないのでアンドロイドと呼んでおくが、すでに示唆しておいたように、アンドロイドになるとは道具に変えられること、自己を叩き壊され操られるがままになること、知らぬ間に同意なしに道具につくり変えられることである――結局は同じことだ（……）。アンドロイド化は服従を要求する。そして何より、予見可能性を要求する」。

24 Gilbert Simondon, *Du mode d'existence des objets techniques*, Aubier, rééd. 1989, p. 10.

25 Cf. Steve J. Heims, *The Cybernetic Group*, MIT Press, 1991.〔スティーヴ・J・ハイムズ『サイバネティ

クス学者たち　アメリカ戦後科学の出発』忠平美幸訳、朝日新聞社、二〇〇〇年〕。メイシー会議では一九四二年から一九五三年にかけて、様々な領域の研究者を一堂に集めて、精神機能の一般科学を樹立しようという試みが行われた。参加者はとりわけマーガレット・ミード、グレゴリー・ベイトソン、ノーバート・ウィーナー、ジョン・フォン・ノイマン、ロマーン・ヤーコブソン、クロード・シャノンなどである。特記すべきは、医学者ハロルド・アレクサンダー・エイブラムソンの出席と、かれの関心領域だ。かれはＣＩＡのために心理操作《マインド・コントロール》技術にかんする秘密プロジェクトに携わっており（ＭＫウルトラ計画）、特にＬＳＤが心にあたえる効果を研究していた。

26　*La Transmigration de Timothy Archer*, T, 576.〔『ティモシー・アーチャーの転生』一九頁〕。

27　アナログ的関係とデジタル的関係との区別は、ベルクソンが『創造的進化』で直観と知性とのあいだに樹立した区別と、多くの点で緊密に交わるものだ。知性じたいは、工場生産モデルにもとづいて、離散的単位を組み合わせて閉鎖系を再構成することによって思考する。それに対して直観は、創造モデルをもちいながら、開かれていて連続的で「音楽的」な全体による共感をもとに進展する。

28　In *Regards*, 123.

29　*Message de Frolix 8*, R4, 986.〔『フロリクス8から来た友人』二〇七頁〕。

30　*Si ce monde*, 99-100.〔『フィリップ・K・ディックのすべて』三〇二頁〕。「より近代的な観点によれば、われわれ動物も、植物も含むわれわれすべてはたがいに絡まりあう場なのである。つまり生態圏であって、われわれはみなそのなかにいるのだ。しかし、われわれが自覚していないことがある。この世界の究極的な性質については、相互にばらばらでかんぜんに自己中心的な無数の左脳よりも、われわれの右脳を含む集合的人智圏の精神——そのなかでわれわれはシェアしあう——のほうが、発言力が遙かに大きいのだ。この精神こそが決断を下すものとなるだろう。そして、地球全体を一枚のヴェールや膜で覆うこの広大なプラズマ状の人智圏が、太陽のエネルギー場、そこからさらに宇宙の場という外部と相互作用することも不可能ではないと思うのだ」。

31　William S. Burroughs, *Le Festin nu, op cit.*, p. 148-149.〔バロウズ『裸のランチ』前掲書、一八八頁〕。

32　RLA, 260.〔『アベルマス』二八三頁〕。「ポピュラー・ミュージックにサブリミナルなメッセージを挿入することで何ができるかを、——絶対に忘れないやりかたで——意識しておく必要があった」。

33 Cf. *La Petite Boîte noire*, N2, 729.〔「小さな黒い箱」、『小さな黒い箱』五三―五四頁〕。「テレパシー能力と感情移入とは、同じ事柄のふたつの側面にすぎません」。ディックは逆に、『ガニメデ支配』のある作中人物にこういわせることもできた。*Machines à illusions*, R4, 529.〔『ガニメデ支配』一三五頁〕。「あなたはテレパシー能力者だから、人の心を読めるでしょうけど、人のことを理解できてはいないわね」。同様に、cf. R2, 1053.〔『タイタンのゲーム・プレーヤー』一〇九―一一〇頁〕。

34 「この小説〔『流れよわが涙、と警官は言った』〕のなかで、わたしはこう書いています。「何が現実なのかという質問に対する答えは、溢れだすこの愛だ」、と」。Sutin, 370. Cf. *Larmes*, 165.〔『流れよわが涙、と警官は言った』二三八頁〕。「あんた、子どもを愛したことがあるかね？　それがあんたの心を、あんたのいちばん奥深い部分、あんたの急所を痛めつけるんだ」。

35 E, II, 278.〔『我が生涯の弁明』二七〇―二七一頁〕。「一九七四年のＵＳＡは、じっさいには西暦四五年頃のローマである。キリストはじっさいにはここにいる。王国もここにある。かつてわたしはそこへ入る道を見つけた（……）。助けになるのは重たい哲学書ではなく、バロウズの『ジャンキー』だろう」。

36 RLA, 157-158 et 210.〔『アルベマス』一七二頁、および二二九―二三〇頁〕。「米国とソ連は、ぼくの理解するところでは、ディオクレティアヌス帝が純粋に行政上の目的のために分割した《帝国》のふたつの地域だった。結局のところ、ひとつの価値体系をもつ単一の実体なのだ。そしてその価値体系たるや、国家の覇権を概念化したものにほかならなかった」。

37 Cf. *SIVA*, Appendice, T, 286 *sq*.〔『ヴァリス』四一四頁〕。

38 Georges Didi-Huberman, *Devant l'image*, Minuit, p. 30-31.〔ジョルジュ・ディディ＝ユベルマン『イメージの前で　美術史の目的への問い』江澤健一郎訳、法政大学出版局、増補改訂版、二〇一八年、三〇―三二頁〕。

39 E, II, 223.「一九七四年二月―三月のことを説明するのにもちいたのは『チベット死者の書』、オルフェウス教、グノーシス主義、新プラトン主義、仏教、秘教的キリスト教、カバラだ」。アレグロの主張は、『ティモシー・アーチャーの転生』でも取りあげられている。T, 652 *sq*.〔一三八頁以下〕。

40 Sutin, 489. クロルプロマジンとは、急性精神病の治療に処方される薬である。

41 Jean-Claude Maleval, *Logique du délire*, *op. cit.*, chapitre II.

42 Louis A. Sass, *Les Paradoxes du délire*, *op. cit.*, p. 52.「じっさいのところ、あまり考慮されていないのは以下の事実である。分裂症の妄想が一般的に含んでいるのは、非現実的なことを信じることではなく、むしろ大半の人びとがほんとうだと見なしている何かを信じないことなのだ」。

第9章

1 D. H. Lawrence, *Lettres choisies*, Gallimard, 2001, p. 143-144.〔D・H・ロレンス『ロレンス　愛と苦悩の手紙　ケンブリッジ版D・H・ロレンス書簡集』ジェイムズ・T・ボールトン編、木村公一・倉田雅美・伊藤芳子編訳、鷹書房弓プレス、二〇一一年、二四九頁〕。

2 過剰誘発力をもつ観念について、cf. *La Transmigration de Timothy Archer*, T, 668-669.〔『ティモシー・アーチャーの転生』一六〇―一六三頁〕。

3 Gilles Deleuze et Félix Guattari, *L'Anti-Œdipe*, p. 302 [rééd., p. 306].〔ジル・ドゥルーズ、フェリックス・ガタリ『アンチ・オイディプス』宇野邦一訳、河出文庫、二〇〇六年、下巻、七八頁〕。「わたしも同じく奴隷である。これこそ主人の新たな言葉だ」。

4 *Si ce monde*, 36.〔『フィリップ・K・ディックのすべて』二六五―二六六頁〕。

5 『ライズ民間警察機構』では、ある作中人物が顔面を殻のように割り、「内なる顔」を剝きだしにする。「顔は濡れてふやけており、海から生まれたもので、水が滴っているうえに臭かった」。その顔には、複数の水晶体をもつ眼がひとつだけついている（144 *sq.*〔一四三頁以下〕）。

6 *Substance Mort*, 368.〔『スキャナー・ダークリー』四二二頁〕。

7 Cf. Stuart Ewen, *Captains of Consciousness*, McGraw-Hill Book Company, 1976、特に第三章。

8 *Ubik*, 14.〔『ユービック』一六頁〕。

9 パラノイア的なリーダーの仔細な肖像を参照のこと。*Clans*, R3, 920 *sq.*〔『アルファ系衛星の氏族たち』一二七頁以下〕。

10 「水爆は、パラノイア的な論理が生みだした怪物的な誤謬だった。偏執的狂人《パラノイア》の産物だ」。R3, 695.〔『ザップ・ガン』一〇九頁〕。

11 *Les Assiégés*, N1, 1207.〔「スパイはだれだ」、『変数人間』一五〇頁〕。

12 Cf. *Si ce monde*, 69-70.〔『フィリップ・K・ディックのすべて』二八三頁〕。「……なぜならパラノイドにとって、何ごとも驚きではないからだ。万事がじぶんの予告したとおりに起こるのだし、しばしば予告どおり以上に正確なことだってある。万事がじぶんのシステムと整合する。だが、われわれからするとシステムなど存在しない。おそらくあらゆるシステムは──つまり理論、言語、象徴、意味などを定式化し、宇宙とは何かをあらゆる方面から解明する仮説として振舞おうとするものはすべて──、パラノイアの表現なのだ」。

13 短篇「非O」における作中人物の告白を参照のこと。N1, 1142.〔「非O」、『トータル・リコール』二八七頁〕。「パラノイアはずっと精神疾患に分類されてきた。けれど、それはちがう。現実との接点を失ったわけじゃない。むしろ逆だ（……）。パラノイドはものごとをありのままに見る。じっさいには、パラノイドだけが正気なんだ」。

14 Cf. Herman Melville, *L'Escroc à la confiance*, in *Œuvres IV*, Gallimard, 2010, « Bibliothèque de la Pléiade », p. 775.〔ハーマン・メルヴィル『詐欺師』原光訳、八潮出版社、一九九七年、一九六頁〕。ひとりの男の肖像が描かれるのだが、かれはインディアンへの憎悪を反芻し、ついには「思念が著しく吸引力を増大させて、（……）散在する水蒸気があらゆる方角から群がり集まって嵐雲となるように、散在する他の狂暴な思考どもがその中核の思考の周囲に集って合体し、膨れあがる（……）。渦巻く憎悪の吸引力のせいで、あの罪深い人種の切端はどんなに遠くにいたとしても、まともに安全だと感じられない」。

15 「パラノイアの最終段階は、誰もがみなあなたに敵意をもっていると信じることではなく、あらゆるものがあなたに敵意をもっていると思い込むことだ。つまり「社長がわたしに陰謀を仕掛けてくる」ではなく、むしろ「社長の電話がわたしに陰謀を仕掛けてくる」というときなのだ」。Sutin, 179. 短篇「植民地」〔『人間狩り』〕も参照のこと。同作では、作中人物たちが惑星に上陸し歓迎されるのだが、いきなりじぶんの顕微鏡とバスタオルに襲撃される。

16 Michael Rogin, *Les Démons de l'Amérique*, Seuil, 1998, p. 54.「白人が有色人種狩りを行った第一［期］があり、ついでアメリカ人が外国人に対抗すべく動員された第二期があり、そのあとにやって来るこの第三期は、大衆社会と国家との周囲をめぐるものだ。その時期には、国外勢力の不可視のエージェントと対決するという課題が、国家公安官僚たちの手に委ねられることになる」。
17　RLA, 96.〔『アルベマス』一〇二頁〕。

第10章

1　*SIVA*, T, 154.〔『ヴァリス』二二一頁〕。
2　*Substance Mort*, 380.〔『スキャナー・ダークリー』四三八頁〕。「死者はたとえ理解できなくても、まだ見ることはできる。死者はわれわれのカメラなんだ」。
3　*Substance Mort*, 348.〔『スキャナー・ダークリー』三九七―三九八頁〕。
4　たとえば、『ティモシー・アーチャーの転生』終盤における若い女性を参照。*La Transmigration de Timothy Archer*, T, 780.〔『ティモシー・アーチャーの転生』三二九頁〕。「わたしはいまや機械だ（……）。機械はじぶんが何をしているか知らない（……）。決まりきった動きを続ける。人生とされているものを生きる。スケジュールを守り、掟にしたがう。リチャードソン橋で制限速度を破って突っ走ったりしない」。
5　*Ubik*, 209.〔『ユービック』二五〇頁〕。この点にかんして、cf. Serge Leclaire, « La question de l'obsédé », *Psychanalyse*, n°2.
6　*Dr Bloodmoney*, R2, 924.〔『ドクター・ブラッドマネー』二五五頁〕。「エディー・ケラーの体内にいるビルというやつは、ある意味で死者とともに生きている。半分はこの世界で、半分は死の世界だ」。
7　E. A. Poe, « La vérité sur le cas de M. Aldemar », *Œuvres en prose*, Gallimard, « Bibliothèque de la Pléiade », p. 207.〔「ヴァルドマアル氏の病症の真相」小泉一郎訳、『ポオ全集2』所収、東京創元新社、一九六九年、四八六頁〕。この言表のうちに、「真＝偽、諾＝否という前代未聞の範疇の発明」を見てとるロラン・バルトの指摘を参照のこと。「死＝生は、一箇の分割しえない全体として考えられている」。Roland Barthes, *L'Aventure sémiologique*, Seuil, p. 353.〔ロラン・バルト『記号学の冒険』花輪光訳、みすず書房、一九八八年、二二五頁〕。
8　この小説は独裁者モリナーリを「リンカーンとムッソリーニの合いの子」として紹介しており（R4, 282〔『去年を待ちながら』一一一頁〕）、キリスト的な人物としても提示されている（Sutin, 668）。

9 *En attendant l'année dernière*, R4, 444.〔『去年を待ちながら』三七一頁〕。

10 Ernst Kantorowicz, *Les Deux Corps du roi*, Gallimard, « Folio Histoire », 2019, p. 82.〔E・H・カントーロヴィチ『王の二つの身体　上』小林公訳、ちくま学芸文庫、二〇〇三年、九五―九七頁〕。

11 *Simulacres*, R3, 365.〔『シミュラクラ』二六八頁〕。「わたしはケイト・ルパート。ニコルの四代目です。ただの女優だけど、身代わりを務められるくらい初代ニコルにそっくりだったってわけ。（……）。わたしにはほんとうの権限はなくて、じっさいに統治を担当しているのは評議会なの」。「ニコル」の人物像は、ジャクリーン・ケネディに着想を得たものだ。同様に、複製可能な有名人の人工的構築を描く「ヤンシーにならえ」を参照のこと（N2, 344 *sq.*〔『ゴールデン・マン』一六九頁以下〕）。

12 そもそもアヴァターとは、ヒンドゥー教において動物や人間の姿に化身したものを指すことを想起しておこう。

13 Michael Rogin, *Les Démons de l'Amérique*, *op. cit.*, p. 94 *sq.*

14 『アルベマス』のパラノイア的でファシスト的な大統領は、ニクソンからじかに着想を得たものである。また一九七三年に執筆され一九七五年に推敲された『スキャナー・ダークリー』で、マイクとカメラを設置しにやってくる盗聴員の挿話はおそらく、一九七二―七四年に起こったウォーターゲート事件への直接的な暗示である。

15 *SIVA*, T, 119-120.〔『ヴァリス』一六二頁〕。

第11章

1 Henry James, *Du roman considéré comme un des beaux-arts*, Christian Bourgois, p. 233 *sq.*〔ヘンリー・ジェイムズ「バルザックの教訓」行方昭夫訳、『ヘンリー・ジェイムズ作品集8　評論・随筆』所収、国書刊行会、一九八四年、三六八頁以下〕。

2 Cf. Stanislas Lem, in *Science et fiction*, *op. cit.*, p. 112.〔スタニスワフ・レム「ペテン師に囲まれた幻視者」、『悪夢としてのP・K・ディック』所収、前掲書、二一八頁〕。

3 「火星探査班」〔『人間狩り』〕、および「爬行動物」N1, 1176.〔『人間狩り』五八頁〕を参照。同様に、ひとりだけ核シェルターをもっていないという理由で、同級生から仲間外れにされる子どもについての短篇「フォスター、おまえはもう死んでるぞ」N1, 1238 *sq.*〔『人間以前』四〇一頁以下〕を参照のこと。

4 Fredric Jameson, *Penser avec la science-fiction, op. cit.*, p. 38 *sq.*〔ジェイムソン『未来の考古学II』前掲書、二〇三頁以下〕。同書でジェイムソンは、『ドクター・ブラッドマネー』の徹底的な構造分析を行っている。

5 *Dr Bloodmoney*, R2, 826.〔『ドクター・ブラッドマネー』八五頁〕。

6 少なくともヴェルヌの四つの物語が、「ロビンソンもの」のジャンルに該当する。『ロビンソンの学校』と『神秘の島』にくわえて、『十五少年漂流記』と『第二の祖国』である。『第二の祖国』は、ヨハン・ダビット・ウィース『スイスのロビンソン』の続篇ないし「第二部」として提出された。

7 ディックがみずからの小説作法を語るロン・グーラート宛の示唆に富む手紙を参照のこと。Sutin, 311 *sq.*

8 『ドクター・ブラッドマネー』の作中人物の態度表明について、R2, 861.〔『ドクター・ブラッドマネー』一四三頁〕。逆に、『火星のタイム・スリップ』における企業の責任者の告白について、R2, 579.〔『火星のタイム・スリップ』七一頁〕。「おれはもうノーバート・スタイナーであることに心底うんざりだ（……）おれの手は不器用で、修理ひとつできないし、何ひとつつくれない……」。

9 Claude Lévi-Strauss, *La Pensée sauvage*, Plon, p. 27.〔レヴィ＝ストロース『野生の思考』大橋保夫訳、みすず書房、一九七六年、二三頁〕。

10 同様に、Gilbert Simondon, *Du mode d'existence des objets techniques, op. cit.* を参照のこと。同書は、概念的で記号的な「メジャー」な認識と区別される、個人の「マイナー」な技術的認識を描きだす。そうした個人は「直観力や、世界と共同作業する力を具えており、特筆すべきほどに腕が良いのだが、ただしその腕の良さは意識や言葉としてではなく、もっぱら作品のなかにのみあらわれるのだ」（p. 89）。

11 この若い頃の短篇は、アルフレッド・コージブスキーを読んだことに強く影響されたものだ。ディックは、初期のかれにもっとも影響をあたえた作家のひとりA・E・ヴァン・ヴォークトを介してコージブスキーを発見した。

12 Leo Steinberg, « Other Criteria », *Regards sur l'art américain des années soixante*, Territoires, 1979, p. 43 et p. 44-45.〔レオ・スタインバーグ「他の批評基準［3］」林卓行訳、『美術手帖』一九九七年三月号所収、

一七四―一七五、一七六―一七七頁〕。「この五〇年ほどのあいだ、アメリカのフォルマリズム批評で支配的になっている記述の用語が、デトロイトで製造される自動車と同じような進化を辿ったのは、おそらく偶然ではない（……）。ここでわたしが語っていることは、絵画そのものよりむしろ、絵画について語る批評装置にかかわるものである」。

13 Leo Steinberg, *ibid.* (tr. fr. mod.), p. 46-47.〔スタインバーグ「他の批評基準［3］」前掲論文、一八一頁〕。

14 *Ibid.*, p. 48.〔スタインバーグ「他の批評基準［3］」前掲論文、一八四頁〕。「ときにラウシェンバーグの作業面は、脳《マインド》そのものをあらわしているように思われる――たとえば、ごみ捨て場、貯蔵庫、交換センターのように、自由に組み合わせられる具体的な素材であふれかえっている……」。

15 同様に、職人仕事の復興をめぐる短篇「くずれてしまえ」N2, 129 *sq.*〔『アジャストメント』一二七頁以下〕を参照のこと。

16 *Si ce monde*, 42.〔『フィリップ・K・ディックのすべて』二六九頁〕。

17 *L'Homme-variable*, N1, 339.〔「変数人間」、『変数人間』四一九頁〕。くわえて、*Les Joueurs de Titan*, R2, 1141.〔『タイタンのゲーム・プレーヤー』三〇八頁〕。「メアリ・アンは因果関係の枠組みでは予見できない変数だ。かのじょのおかげで、同期性《シンクロニシティ》という非因果的な原理が入り込んでくる」。

18 *Regards*, 8.『シミュラクラ』末尾における内戦勃発のさなかの、小規模な会社に属するふたりの考察を見よ。「こんな時代には小規模でいるほうがいい。小さければ小さいほどいい」〔三四〇頁〕。配管工〔盗聴員〕への讃辞について、RLA, 369.〔『アルベマス』四〇四頁〕。

19 Cf. William James, Lettre à Mme Harry Whitman, 7 juin 1899, in *Extraits de sa correspondance*, Payot, 1924, tr. fr. (mod.), p. 194.

20 *Si ce monde*, 35-36.〔『フィリップ・K・ディックのすべて』二六五頁〕。

21 *Si ce monde*, 63.〔『フィリップ・K・ディックのすべて』二八〇頁〕（引用者による強調）。

22 Claude Lévi-Strauss, *La Pensée sauvage, op. cit.*, p. 26.〔レヴィ＝ストロース『野生の思考』前掲書、二二頁〕。

23 SF作家となったあと、『アスタウンディング・ストーリーズ』誌においてSF小説の重要な編集者となったジョン・W・キャンベルの役割を特に参照のこと。かれは同誌の編集を一九三〇年代末から、自身が亡くなる一九七一年まで務めていた。ディックが、初期のSF作品を執筆しはじめた頃の一般的な規則――かれはそれをすべて侵犯していくことになるのだが――は、以下のようなものだった。出来事は合理的に説明されねばならない。結末は幸福なものでなければならない。地球外生命体は、人類と同程度の善良さと知性をもってはならない。個人や集団の長所に価値があたえられなければならない。この点にかんして、cf. Kim Stanley Robinson, *The Novels of Philip K. Dick*, *op. cit.*, p. ix *sq.*

24 レヴィ＝ストロースによるフランツ・ボアズからの引用を想起することができよう。これはディックにおける諸世界の構想にも近い。*Op. cit.*, p. 31.〔レヴィ＝ストロース『野生の思考』前掲書、二七頁〕。「神話の世界は出来あがるやいなや解体され、その断片からまた新たな世界が誕生するかのようだ」。

25 Sutin, 348. さらに E, II, 114.「わたしは上手く書こうとしていない――冷えきった穴倉の外にいる人たちに向けて、わたしたちの条件を描写しているだけだ。わたしは解析装置なのだ」。

26 Sutin, 564.

27 Cf. Jean Oury, *Création et schizophrénie*, Galilée, p. 169-173.

28 E, II, 87.

29 RLA, 250.〔『アルベマス』二七三頁〕、そして E, II, 154.「わたしは狂った推論にゆっくり呑み込まれていく」。

訳者解説

未来の記憶、ペシミズム、オプティミズム

きょうのミスター・コンピューターは、これまでのいつよりも冗談がきつい。フィリップ・ディックの古いSFの読みすぎだ。この世界のありとあらゆる古くさい三文小説をミスター・コンピューターに読ませて、記憶バンクへ貯蔵させた結果がこうだ

フィリップ・K・ディック

フィリップ・K・ディックを「SF界のシェイクスピア」になぞらえた追悼文のなかで、フレドリック・ジェイムソンは、ディックが「フランス知識人のあいだではカルト的存在であった」と述べている。[1]じっさい、一九七七年にフランス東部メッスで講演を行った際に受けた熱烈な歓迎についてディック自身が語っているし――「わたしやスピンラッドもそうなのだが、フランス人はどんな状況でも、可能性のなかでもっともありそうにないものに目を向ける。だからわたしはフランスで人気になったのだ」[2]――、翌年の『マガジン・リテレール』誌でも、『スキャナー・ダークリー』のフランス

語訳の刊行の際に、SFという枠にとどまらず、現代文学を代表する偉大な作家として紹介されている。[3]ディック自身、若い頃にバルザック、スタンダール、フローベールらの一九世紀リアリズム小説を読んでいた（英文学ではとくにジョイスを愛好していた）。とりわけフランスでディック人気が特に高まったとされる一九六八年以降、[4]当地のSF愛好家たちがディックを愛読してきた一方で、しかしジャン・ボードリヤールを除くと、思想家たちがディックを表立って論じる機会は、どちらかといえばさほど多くなかったようにも思える。ただ近年では、フランス思想におけるSFへの、ディックへの注目のありようも、徐々に変化しつつあるようだ。映画『マトリックス』が三作公開されたあとに出版された論文集『マトリックス　哲学機械』（初版二〇〇三年）では、ディックが『マトリックス』三部作を批評する際の参照軸のひとつとなっていた。論者のひとりであるエリー・デューリングは、ディックについてこう述べている。「世界をつくりあげること、あるいは解体すること、そして同時にわれわれの諸概念をアレンジしなおすことの必要性を感じ取らせること――フィリップ・K・ディックは、サイエンス・フィクションの物語の真の主人公はつねに観念であって、人物ではないと述べているが、かれはさらに「概念を脱臼させて転置すること」について語っていた。そのことが示唆しているのは、脱構築の作業と同時に位置ずらしの作業なのだ」。[5]ほかにも本書で言及されているカンタン・メイヤスーのSF論『形而上学と科学外世界のフィクション』（二〇一五年）――因果に対して懐疑の刃を向けるヒュームへの関心はディックと共通している――や、ドゥルーズ論でも知られるジャン゠クレ・マルタンによる『サイエンス・フィクションの論理学　ヘーゲルからフィリップ・K・ディックへ』（二〇一七年）を挙げることもできるだろう。ディックのフランス語訳の長篇小説集全四巻

（二〇一二—二〇一三年）と、短篇全集（二〇二〇年）が刊行されたことも見逃せない（本書「書誌」参照）。

本書の著者ダヴィッド・ラプジャードには、『プラグマティズムのフィクション　ウィリアム・ジェイムズとヘンリー・ジェイムズ』（二〇〇八年）といった著作もあり、まず何より米国の小説家としてディックに関心を抱いたことも想像される。たとえば最終章冒頭で小説の時刻をめぐってヘンリー・ジェイムズにふれるあざやかな手つきは、小説への長年の関心抜きには考えられないものだ。米国の芸術、とりわけポップ・アート（ウォーホル）だけでなく、ネオ・ダダ（ラウシェンバーグ）に目くばせしているのも興味深い。またメイヤスーに典型的に見られるような、フランス思想における思弁小説への関心の高まりも踏まえているであろう。ラプジャードはSFについて書きながら、SFによって、SFとともに思考をつくりだすことを目指しているように思われる。おそらくそのためには、ディックでなければならなかった。ディックがソクラテス以前の哲学者、プラトン、グノーシス主義、ヒューム、バークリー、ライプニッツ、カント、ユング……といった「西洋」の思想家たちにしばしば言及し、仏教、禅、易経といったアメリカに移入された「東洋」思想にふれ、形而上学的な議論を好む作家だから、というだけではない。ラプジャードの主張は冒頭から明快だ。SFは世界によって思考する。ところで、世界はすでに崩壊している。では壊れる世界において、その崩壊とともに思考と身体が立ちあがるとするなら、それはいかなるものか。この問題設定に、ディック以上にふさわしい作家はほとんど見あたらない。ディックがみずからこう述べていたことがすぐさま想起される。「地球滅亡についての物語を書くよりむしろ、われわれはこの滅亡を当然のこととして認め、そこから出発すべきなのだ。灰燼と帰した世界を結末にもってくるのではなく、それを前提にし、第一パラグラフでさっさと述べて片付けてしまうことだ。そして作中人物たちが、戦争以後を生き延びる《サバイバル》という問題を解決しようと試みる姿を、物語の中心的なテーマやアイデアにすべきなのだ[6]」。ラプジャードが、ディックを「以後の時代[7]」の小説家として位置づけるのも頷ける。

　本書の原題「諸世界の変様《アルテラシオン》（*L'Altération des mondes*）」は、「アルテラシオン（altération）」という語の多義性によって、諸世界の「別様なものへの変成、変質」にくわえ、その「劣化、悪化」、「偽造、改竄」といった意味を帯びる、きわめてニュアンスに富んだ題名である。つまり「諸世界の変様」とは、崩れて様変わりした諸世界、偽造された偽物の諸世界、ぼろぼろにくずおれて劣化した諸世界の到来でもあるはずなのだ。しかもディックにおいては、張りぼての偽物の世界の背後に本物の世界があるわけではなく、劣化した世界とは別のところに清く正しい世界が再建されるわけでもない。どこか遠くや、別のところにある正しい世界への希望はつねに打ち砕かれるかのようであって、ディックにとっては道徳的に矯正された世界もまた、外観を統制した劣化世界にすぎない（『宇宙の眼』）。いくつ世界を重ねあわせても、どんなに移動を重ねても、虚飾に満ちた張りぼての世界しか、壊れた世界しか、あらゆる変化が失墜であるような世界しか、変造された世界しかないとして、それでもなおまがりなりにも作中人物たちは生きてゆく。だが、どのように生きてゆくのだろうか。その世界にはどのような風が吹いているのだろうか。壊れた世界に見あうような精神のありようとはいかなるものだろうか。どのように作中人物たちは行動するのか。こうした行動によって世界は変化するのだろうか。

　ここではないどこかへ行きたいという欲望を、仮に「ロマン主義」と呼ぶとするなら、ディックはロマン主義的な願望を小説によって充足させる作家だ。ただしかれの描く「ここではないどこか」とは、壊れた世界である。ディックは作中人物を、さらには読者を、壊れた世界に叩き込む。いわばダークな願望充足だ。「ここ」と「ここではないどこか」が干渉しあう場所、双方向の行き来が起こる場所は、不可思議なゆらぎに満ち、リアリティのねじれるゾーンとなり、居心地がよいとはかぎらない「幻想性」に満ちている。ロマン主義者は、ではどうするのか。ディックの作中人物たちは、壊れた世界へと選択の余地なく叩き込まれるとき、別の星、別の世界を希求する願望を放棄するのだろうか。それとも、さらに別のかたちで別の星、別の世界を希求し続けるのだろうか。こうした問いが、社会変動をめぐるアレゴリーとなるのはあきらかだ。ディックは全体主義、核戦争、環境破壊、現代的な経済制度のもたらす荒廃「以後」の小説家であり、世界革命「以後」の小説家である。だが、かれはそこにとどまることなく、並行する別の世界を浮かびあがらせる。カタストロフィも、革命も、一度きりで終わるわけではないからだ。世界というリボルバーは何度も廻転する。どこに向かって廻転するかは定かではない。この意味でディックは、これから到来する崩壊前夜、戦争前夜、世界革命前夜の小説家でもあるのだ。オルタナティヴな核戦争、オルタナティヴなファシズム、オルタナティヴな社会変動の前夜といってもよい。作中人物たちは、すでに到来した事態に対処しつつ、これから到来しようとしている事態の兆しをすでに察知している。人びとは以後と以前とのあいだの狭間の時間を、眩暈と、奇妙な昂揚と冷静さとともに、希薄な乾いた空気を呼吸しながら生きている。嵐以後であり、生への回帰以前であること、あるいは生への回帰以後であり、嵐以前であること。もはや以前と以後のどちらにいるのかわからなくなるような瞬間もある。ちょうどディケンズ『二都物語』のような作品風土だ。「あれは最良の時代であり、最悪の時代だった」[8]。

世界はすでに崩壊している。眼のまえでいままさに崩壊しつつある。これからも崩壊するだろう。では、どのように壊れるのか。その崩壊の機序はいかなるものか。壊れる世界を司る神々はどのように振るまうのか。そのとき、人間の意識構造はどのように変容するのか。人体はどのように組み換えられるのか。意識と世界の、生と死の、人間と機械の境界はどのように変化するのか。「世界」、「神」、「人間」の変様《アルテラシオン》——ラプジャードが探究してゆくのはこうした問いだ。たとえば世界における因果律の崩壊、エントロピーによる無差異の灰色への退行。スクリーン上のイメージと化した世界。資本主義の中心（米国）で勝利し続けるファシズム。精神の様々な失調、知覚の異常、人格分裂と人格混淆、妄想、錯乱。シミュラクラ＝アンドロイドと化した人間。狩り出され、監禁され、収容され、地上から追放される人間。神の代役を演じる情報学、サイバネティクス、広告、さらには『パーマー・エルドリッチの三つの聖痕』にあるような新手の麻薬＝宗教（麻薬漬けの世界＝汎神論）。本書はビンスワンガーやユングやバロウズ、さらにはドゥルーズやグレゴワール・シャマユー[9]を織り交ぜつつ、ディックに顕著に見られる主題を丹念に追いかけ、ディック特有のカリフォルニア・リアリズム[10]とでもいえるものをあぶりだす。

　ラプジャードが「序」において、「フィクションの物語とは関係のないところで、現実世界とＳＦとの結合がなされてゆく」と述べているように、ＳＦが現代のリアリズムとなってすでに久しい。ディックのフィクションにもリアリズムの気配は色濃い。ただしそれは、作品の記述がいわゆる「現実」と対応しているから、「現実」がＳＦに追いついてきたから、というだけではおそらくない。小説におけるリアリズムはむしろ、ずれのなかにあるのではないか。ルカーチによる古典的な定式によればリアリズムの核心は、主観的な世界像（既定の意識、歴史観、解釈枠組）と、変様する世界とのあいだでずれが生ずるとき、ためらうことなく後者のほう、乱流化する世界とそのなかでの人びとの浮き沈みのほうを選びとり、突き放して描く態度にある（エンゲルスによるバルザック分析）[11]。ディックに置き換えるなら、あたかも崩壊していないかのような世界像や歴史表象が意識にあたえられるとき、リアリストはそこに崩壊する世界の兆しを見て取り、その崩壊を描ききってみせる。こちらの世界とあちらの世界、以前と以後、手前と向こう側を、いわば二重写しにするのである。そのことが、既存の世界像や歴史表象に対して距離を取るよううながす効果をもたらす。ディックの小説が、「現在」を異化するものとしてあらわれるのはおそらくそのためであり、目に映る街並みや風景を、遊園地めいた張りぼてとして見させる力をもつのもそのためだ。「妄想」や「錯乱」――原語の « délire » には、「畝から外れること」、「轍の外に出ること」の含意がある[12]――もまた、「正常」な「現実」を問いなおす力をもつだろう。日常を取り囲む光景がすでに存在しなくなった世界、すでに廃れた世界が、背後に幻視され透かし見えるのである。最先端を謳うテクノロジーを駆使した機器も、レトロな機械にすぎないか、スクラップとなる。きらきらした電飾は廃墟のなかでどんより重たく垂れさがる。どんな未来世界も、どんな新製品も、この異化作用を免れない。フレドリック・ジェイムソンは、ディックにおけるこうした力を、「歴史性」と呼んでいた。「歴史性」とは「何よりまず、現在を歴史として知覚することとして定義しうる。つまり現在をいくらか見なれないものにするような、現在との関係であって、それによってわれわれは直接性から距離を取ることが可能になるのだ」。ジェイムソンによるならディックにおいて顕著なのは、「この現在を、ある特殊な未来にとっての過去として把握する」ような「前未来」性である。[13]

ディック作品に不思議なリアリティや、現実との対応があるとするなら、それは既存の現実表象（現在や過去の表象）の外からふいにやって来るものだ。リアルなものとは、視野の外から、得体の知れない何かとして到来するものである。たとえば『高い城の男』では、枢軸国が第二次世界大戦に勝利したという設定のもとで、米国がドイツと日本によって分割統治されている。日本の統治する側では『易経』が日常的にもちいられており、物事の決定に際して人びとは卦を立て、それを頼りにする。こうして作品内に、いかにもつくり話めいた誇張された東洋的雰囲気が漂うことになる。その一方で、ディック本人が知っていたかどうかは定かではないが、『戦陣訓』――「生きて虜囚の辱を受けず」で知られる――の起草者のひとりとされ、東条英機のブレーンともいわれる総力戦学会会長・中柴末純（陸軍少将）は、一九四三年の「一億玉砕の決意」において、帝国日本そのものを、さらには一九四一年一二月八日付で出された米国と英国に対する「宣戦の御詔書」を、『易経』の「大有の卦」になぞらえている。[14]物量で著しく劣っていても神がかりのスピリチュアリズムで「世界新秩序の建設」が可能になるとする中柴の思想は、『闘戦経』にもとづく「真鋭」という語で形容されるといい、[15]「宇宙力」は「ラジオ」放送のごとく伝播して世界全体の万物にあまねく広がるとする。[16]もはやディックの作中人物なのか、歴史上の人物なのか判別がつかないような錯覚に陥りそうになるが、こうした事態に接して眩暈のするような感覚をおぼえるのは、ディック作品がもたらす通常の歴史表象からの距離に、すでに読者が刺し貫かれているからだ。中柴という荒唐無稽でキッチュな存在はまるで、『高い城の男』の描きだす「ある特殊な未来にとっての過去」のようだ。かれの示す卦は当然、ヒトラーの有名な言葉とも響きあう。「我らは倒れるかも知れぬ。しかし、その時は世界も道連れとなるのだ……」[17]。

両大戦間期の一九二八年に生まれ、一一歳のときに世界大戦がはじまったディックはファシズム、共産主義、自由主義という三つ巴の世界勢力を横目にしながら、高校時代にドイツ語を学びはじめ、ドイツ文学（ゲーテやシラー）、ドイツ音楽（ベートーベン）に深くふれていた。ファシズムに対する興味関心はのちまで継続し、ハンナ・アーレント『全体主義の起原』を熱心に読み、ファシズムの思考の内側に入り、ファシストによる世界の見方を体得することを目指してもいた[18]。ラプジャードのいう「世界を掌握する者たち」を問題にするということはつまり、ファシズムや全体主義を設計する人びとの目線に立って、かれらの立案するプログラムを小説のなかで駆動させてゆくということだ。いわば社会の原理にまで遡行し、それをいくらか書き換え、虚構世界の原理につくりかえるプロセスだ。ディックのファシズムへの関心は冷戦、核戦争と核の危機以後の世界、戦後の経済の狂奔へと引き継がれてゆく。本書で指摘されるように、ファシズムは公式の歴史では敗北したことになっているが、そのあといかにして生き残ったのか、という問いである[19]。資本主義と分裂症、冷戦とシミュラクラ、機械と麻薬とならんで、ファシズムとポスト・ファシズムという問題圏は、ディックとほぼ同世代で、本書でも何度か言及されるドゥルーズとも通底するものだ。

ディックの関心は、特定の傾向をもつ映像や音声や言葉（新聞、広告、テレビ）が、いかにして社会を覆いつくしてゆくか、そうしたメディア環境がいかなる「集合的無意識」を形成し、個人の意識をいかに生みだすか、といった点である。無意識のエンジニアリングをとおした意識のアレンジメントだ。偉大な映画批評家であると同時に鋭敏なテレビ批評家でもあったセルジュ・ダネーのいうように「美学としての政治」、「全体主義の笑劇」だ。[20] それは映画作家としてのヒトラーとゲッペルスの世界であり、ディックにおいては広告や電報通信が大々的に参入することになるはずだ。ダネーによれば中身のない空っぽのイメージは、権力の作動を確認するためだけに流される。「情報は権力に依存する。すなわち政治的で、経済的で、さらには（忘れられているが）軍事的なあらゆる権力である」。「テレビにおいて昨今市民権を得ているイメージの圧倒的大多数は、内的な力を有するイメージではなく、いくばくかの権力を表象＝代行し、権力のために「はたらく」イメージである。ちょうど「ブランド・イメージ」が企業のためにはたらくようなものだ」。「たとえば広告は購買反応を刷り込むものというより、あるスペースをたいへんな高額で買い取る権力を誇示するものだ。その唯一の目的は、ほかの誰もそのスペースを占められないようにすることだけだ」。[21] ディックにおいては書物、TV、コンピュータ、宗教、麻薬といった一連の「情報伝達ネットワーク」が、ユング的な「集合的無意識」を形成する。「人智圏」ないしは「機械圏」である。[22] 世界を意味づける言葉と、世界の見方をハックすることができれば、その人間にとっての「現実とは何か」に強くはたらきかけ、場合によってはそれをコントロールし、乗っ取ることができる。[23] 美学としての政治が目標とするのはこれだ。ディック作品に吸血や食人の主題があらわれるのは、意識を呑み込もうとする他者、政治制度、機械、神に焦点があたるときである。

技術的にエンジニアリングされた集合的無意識が、個々人の脳にダイレクトに接続されるようになると、もはや内面／外面の区別は旧来のままではいられない。意識と行為はインプット／アウトプットされる情報として物質化され、個々人の内面は身体に接続されたワイヤを通じて、いや、電波にのってワイヤレスで外へと漏れだしてゆく（テレパシーや共感ボックスの主題）。そして情報とともに、究極的には情報の宇宙全体へと広がってゆく。眼に見えるイメージも、聞こえる音も、臭いも、それについて意味づける言葉や解釈、それについて感じる気分や感情も、情報のフローとメディウムが、受容者の身体に流れ込んで生成するものとなる。SFの定番的な主題だが、それはちょうど脳そのものに映像がじかに投影されるようなものであり、脳というスクリーンに映る映像こそが世界そのもの、自己そのものとなるというわけだ。『1984』のスクリーンはいまや脳内に直接あらわれる。このとき外部のいわゆる現実世界との対応関係は問題とはならず、情報の生成とともに「現実」が生成される。生成される「現実」が歪みきってねじれたものとなっても、特段問題はない。あたえられる「現実」についての検証可能性は後退し失われる。脳は死んでいてもかまわないし、半生状態でもよい。過去も現在も未来も、宇宙的なメモリーのなかの情報＝物質として生成され、その都度、新たに書き換えられてゆく。このとき幻覚と現実をはっきり区別できると考えることじたい、もはや幻覚にすぎない。[24]『ユービック』や『パーマー・エルドリッチの三つの聖痕』の世界だ。「わたしたちはいわば、フィロンと他の古代哲学者たちが《ロゴス》と呼んだものを甦らせたのだ。この理論が正しいとするなら、情報は生命を宿すことになり、わたしたちの脳から独立した独自の集合的な心をもつ。この集合的な心はわたしたちの知っていることを知っていて、かつて知られていたことを記憶しているばかりでなく、みずから解決策を生みだすこともできる。集合的な心とは巨大なＡＩシステムなのだ。テープレコーダーでいうなら、かつて「聞いた」ベートーベンの交響曲を「思いだす」ことのできるものと、新しい曲を次々につくりだすことのできるものとのあいだのちがいに相当するだろう。この天空の図書館は、現存する書物とかつて存在した書物すべてを読み、いまはみずから書物を執筆している最中だ。そして夜になるとわたしたちは、その《巨大な進行中の作品《ワーク・イン・プログレス》》からなる刺激的な物語を語り聞かされるのである」[25]。

　ラプジャードの指摘するように、現代の「観念論」は意識（内面）から情報（外部）へと大きく軸足を変えた。それにともなって、観念を操作する力は飛躍的に高まった。「ユービック」、すなわち神の《ロゴス》との一体化は、その行き着く先だ。そして現代的な神の《ロゴス》は、広告の言葉がちらばる資本と情報の空間に漂っている。神がすっかり上機嫌になることもあるだろう。「聖なるキノコを食べ（ジョン・アレグロ参照）、ぶどう酒を飲み、人がサイレント映画のドタバタ喜劇を見たときのように面白おかしいジョークを思いつき、あらゆる理性を失って笑い転げ大声をあげる酩酊した神[26]」——これは支配者の愉悦か、それとも神じたいのディオニュソス化か。いわゆるフェイク・ニュースなどまだ序曲にすぎない。ディックはこうした主題を幾度も作品化していくが、特徴的なのは情報世界の表層性、薄さ、安っぽさ、キッチュさであり、さらには「偽の偽物《フェイク・フェイクス》」[27]、劣化したコピーのコピーをつくりだす虚ろな軽さの累乗的な高まりだ。一九五五年に開園したディズニーランドも、一九五九年に販売開始されたバービー人形も、ディックにとってはこうした文脈の一部をなすものだった。オリジナルじたいがそもそも劣化版のコピーであるものに、さらなるコピーのコピーを重ねてゆく。ディックの世界はどこをとってもコピーとシミュラクラたちのワンダーランドである。

　ディック作品には失われてゆくものへのノスタルジーと、壊れてゆく世界に由来するペシミズムと、冷静なオプティミズムが漂う。本書は、熱を帯びるわけでもないのに、ひたすら前向きな作中人物たちの姿を丁寧に抽出し、様々な角度から論じていく。たとえば共感や感情移入、アナログ的なもの（パラ言語や身振り）[28]、異素材のブリコラージュ、無責任性や不服従だ。ラプジャードがそこで共通して問題にしているのは、世界を駆動させている原理へと遡行して世界全体を書き換えることではなく、手近にあるものをつかって機械を分解し、入手した材料を目的から逸脱させてゆくような、ユーモアに満ちた新たな使用法の開発だ。本書でいわれる共感は、同類への、似たものへの共感ではおそらくなく、じぶんとは別の世界に属するもの、この世界のなかで異世界にいるもの、世界を剥奪されているものへの共感であり、逸脱的な差異への共感だろう。身振りは言語の垣根を超えてゆく手段であるばかりでなく、身体を他者とふれあう臨界へともってゆくことでもあるにちがいない。ディック作品は、荒廃へと戻るのでもなければ、失われた全体や伝統を保守するのでもなく、祝祭にひたりきるのでもない。人間的な未来への希望はとうの昔に失墜しているとして、それでも小さな灯をともして、「世界に走るいくつもの亀裂のなか」（ウィリアム・ジェイムズ）を歩む無数の作中人物たちを、ラプジャードは浮かびあがらせてゆく。フランスの思想家・批評家の書いたディック論というと、一風変わったところがあるように思われるかもしれないが、ラプジャードは全体をとおして衒うことなく直球を投げているように思う。本書をとおしてひとりでも多くの読者が、ディック作品を（ふたたび）読むきっかけになれば訳者としては幸いである。

最後に本訳書におけるディック作品の翻訳についてふれておきたい。ディックのテクストは、ラプジャードによる原文に引用されているフランス語訳をまず日本語に訳したうえで、英語原文と対照した。その際に既存の日本語訳を参照し、そのまま使用させていただいた箇所も多くある。ディック作品の素晴らしい日本語訳の数々がなければ、本書の翻訳も不可能だっただろう。訳者の方々に心より御礼を申しあげたい。フランス語圏のディックのファンサイトも、書誌情報を調べる際に大きな助けになった。

訳者がラプジャードの書物を翻訳するのは、『ドゥルーズ　常軌を逸脱する運動』（河出書房新社、二〇一五年）、『ちいさな生存の美学』（月曜社、二〇二二年）についで三冊目である。二冊目の訳稿ができたころに、編集者の阿部晴政氏と会話するなかで、刊行されたばかりの本書のことが話題になり、企画が立ちあがっていったように記憶している。翻訳の作業を見守り、導いてくださった阿部氏に感謝申しあげます。

1　フレドリック・ジェイムソン『未来の考古学Ⅱ　思想の達しうる限り』秦邦生・河野真太郎・大貫隆史訳、作品社、二〇一二年、一九六頁。

2　『フィリップ・K・ディックのすべて　ノンフィクション集成』ローレンス・スーチン編、飯田隆昭訳、ジャストシステム、一九九六年、一五二頁（*The Shifting Realities of Philip K. Dick. Selected Literary and Philosophical Writings*, Edited and with an Introduction by Lawrence Sutin, Pantheon Books, 1995, p. 92. 以下、丸括弧内に英語版原書の頁数を記す）。メッスでのディックについて、cf. Lawrence Sutin, *Divine Invasions. A Life of Philip K. Dick*, Harmony Book, 1989, p. 250-251.

3　Yves Frémion, Antoine Griset, « Les vagabondages de Philip K. Dick »in *Magazine littéraire*, septembre 1978, pp. 41-42.

4　Daniel Fondanèche, « Dick, prophète libertaire », in *Regards sur Philip K. Dick*, Encrage, 2006, pp. 101-103. Roger Zelazny, « Dick à Metz », in *Science et fiction*, n°7/8, 1986, p. 144.

5　Elie During, « Trois figures de la simulation », in *Matrix. Machine philosophique*, ellipses poche, 2013 (1e éd. 2003), p. 177. 同書の執筆者はデューリングのほかに、アラン・バディウ、トマ・ベナトゥイユ、パトリス・マニグリエ、ダヴィッド・ラブワン、ジャン＝ピエール・ザラデールである。「社会内部で概念を脱臼させて転置すること」について、『フィリップ・K・ディックのすべて』一六二頁（p. 100）。

6　『フィリップ・K・ディックのすべて』一〇三頁（p.55）。

7　「以後の時代」（ないし「以後の時間」）という表現は、本文で言及されているレムばかりでなく、ジャック・ランシエール『タル・ベーラ　以後の時代』（二〇一一年）をも想起させる。

8　チャールズ・ディケンズ『二都物語』加賀山卓朗訳、新潮文庫、二〇一四年、一三頁。複数の世界――以前／以後、生／死、イギリス／フランス――を重ねあわせる手法をめぐって、ディックとディケンズを比較することもできるだろう。『二都物語』においては編み物をする女、糸、髪が、諸世界の重なりと移行をめぐる重要なモチーフとなる。ディックの短篇中でのディケンズへの言及として、「出口はどこかへの入口」、『トータル・リコール』六四頁参照。

9　グレゴワール・シャマユーの議論は、本文で言及されている『ドローンの哲学　遠隔テクノロジーと〈無人化〉する戦争』（渡名喜庸哲訳、明石書店、二〇一八年）にくわえて、『人間狩り　狩猟権力の歴史と哲学』（平田周・吉澤英樹・中山俊訳、明石書店、二〇二一年）も本書と関連が深い。

10　カリフォルニア州はディックが生涯の多くの時期を過ごした場所であると同時に、きわめて特殊な歴史的結節点となる場所である。マイク・デイヴィス『要塞都市ＬＡ』村山敏勝・日比野啓訳、青土社、二〇〇一年参照。「ロサンゼルスの究極の世界史的重要性——と奇妙さ——は、先進資本主義のユートピアとディストピア、両方の役割を演ずることになったことだ」（二六頁）。

11　G・ルカーチ『バルザックとフランス・リアリズム』男沢淳・針生一郎訳、岩波書店、一九五五年、一四頁。

12　ラプジャードはドゥルーズによる « délire »（妄想／錯乱）の用法を踏まえているように思われる。ドゥルーズ『批評と臨床』守中高明・谷昌親訳、河出文庫、二〇一〇年、九頁。また、「妄想」が作家を狂気から守るという主題は、ラカンのジョイス論『サントーム』と近似したものだ。ディックがジョイスの愛読者であるのを踏まえてのことであろう。

13　Fredric Jameson, *Postmodernism, or, the Cultural Logic of Late Capitalisme*, Duke University Press, 1991, pp. 284-285. 同様に、ジェイムソン『未来の考古学Ⅱ』一九七頁参照。なお、ディックはジェイムソンによる論考「ハルマゲドン以降　『ドクター・ブラッドマネー』におけるキャラクター・システム」（『未来の考古学Ⅱ』所収）を評価していた。『フィリップ・K・ディックのすべて』三〇〇頁参照（p. 221）。

14　中柴末純「一億玉砕の決意」、『改造』一九四三年九月号所収、改造社、六〇頁。

15　片山杜秀『未完のファシズム』新潮社、二〇一二年、二四二—二四三頁。中柴について、同書第八章全体を参照。

16　中柴末純『国民戦陣訓』二見書房、一九四三年、四四—四五頁。

17　ヘルマン・ラウシュニング「ヒットラーは語る」島田正一訳、『セルパン』一九四〇年一二月号所収、第一書房、八六頁。

18　« Bibliographie de Philip K. Dick. Commentée par l'auteur », in *Science et Fiction*, n° 7/8, 1986, p. 222.

19　たとえばディックと同時代のブラック・パンサー党も、米国にファシズムを見ていた。アンジェラ・デービス編著『もし奴らが朝にきたら　〈黒人政治犯・闘いの声〉』袖井林二郎監訳、現代評論社、一九七二年参照。

20　Serge Daney, *Ciné journal, volume I. 1981-1982*, Petite bibliothèque des Cahiers du cinéma, 1998 (1e éd.

1986), p. 97. ドゥルーズによる同書への序文として、ドゥルーズ「セルジュ・ダネーへの手紙——オプティミズム、ペシミズム、そして旅」、『記号と事件 1972-1990 の対話』宮林寛訳、河出文庫、二〇〇七年参照。『映画史』におけるゴダールとの対話でも知られるダネーは、ドゥルーズ『シネマ』に重要な着想をあたえた。

21 Serge Daney, *Devant la recrudescence des vols de sacs à mains. Cinéma, télévision, information*, Aléas, 2e éd. revue et corrigée, 1997, pp. 160-162.

22 『フィリップ・K・ディックのすべて』三〇〇―三〇一頁 (p. 222)。ドゥルーズとガタリは『千のプラトー』でシャルダンの「人智圏 (*noosphère*)」をずらし、「機械圏 (*mécanosphère*)」と呼ぶことになる (『千のプラトー』の結語)。かれらはユングを再評価しつつ、集合的無意識を強く社会化し政治化してゆく。

23 『フィリップ・K・ディックのすべて』三五九頁 (p. 265)。

24 『フィリップ・K・ディックのすべて』三一四頁 (p. 231)。

25 『フィリップ・K・ディックのすべて』三〇四―三〇五頁 (p. 224)。

26 『フィリップ・K・ディックのすべて』三一五頁 (p. 232)。

27 『フィリップ・K・ディックのすべて』三五七頁 (p. 264)。

28 「アナログ」的な「パラ言語」について、グレゴリー・ベイトソン「フランス人の手ぶり」、「クジラ目と他の哺乳動物のコミュニケーションの問題点」、『精神の生態学』所収、佐藤良明訳、新思索社、二〇〇〇年。「キネクシスとパラ言語では、身振りの激しさ、発話の大きさ、ポーズの長さ、筋肉の緊張の度などのさまざまな度合が、伝える内容の度合と直接的または比例的に対応している」(四九七頁)。アナログ的なものについて、ドゥルーズ『感覚の論理学　フランシス・ベーコン』宇野邦一訳、河出書房新社、新装版、二〇二二年、第一三章参照。

ダヴィッド・ラプジャード（David Lapoujade）
1964 年生まれ。ドゥルーズ没後に刊行されたドゥルーズ『無人島 1953 − 1968』、『無人島 1969-1974』『狂人の二つの体制 1975 − 1982』『狂人の二つの体制 1983-1995』、『ドゥルーズ　書簡とその他のテクスト』（共に河出書房新社）の編者をつとめる。
著書に、『ドゥルーズ　常軌を逸脱する運動』（河出書房新社、2015 年）、『ちいさな生存の美学』（月曜社、2022 年）など

堀千晶（ほり・ちあき）
1981 年生まれ。著書に、『ドゥルーズ　思考の生態学』（月曜社、2022 年）、『ドゥルーズ　キーワード 89』（共著、せりか書房、2008 年／増補版 2015 年）、『ドゥルーズと革命の思想』（共著、以文社、2022 年）。
編著に、『ドゥルーズ　千の文学』（共編、せりか書房、2011 年）。
訳書に、ダヴィッド・ラプジャード『ドゥルーズ　常軌を逸脱する運動』（河出書房新社、2015 年）、『ちいさな生存の美学』（月曜社、2022 年）、ジル・ドゥルーズ『ドゥルーズ　書簡とその他のテクスト』（共訳、河出書房新社、2016 年）、ロベール・パンジェ『パッサカリア』（水声社、2021 年）など

壊《こわ》れゆく世界《せかい》の哲学《てつがく》　フィリップ・K・ディック論《ろん》

著者　ダヴィッド・ラプジャード

訳者　堀《ほり》千《ち》晶《あき》

二〇二三年一〇月一〇日　第一刷発行

発行者　神林豊
発行所　有限会社月曜社
〒一八二-〇〇〇六　東京都調布市西つつじヶ丘四-四七-三
電話〇三-三九三五-〇五一五（営業）〇四二-四八一-二五五七（編集）
ファクス〇四二-四八一-二五六一
http://getsuyosha.jp/

装幀　中島浩
印刷・製本　モリモト印刷株式会社

ISBN978-4-86503-173-7

◉

IV

手先と責苦

管啓次郎・大原宣久［訳］

生前に書物として構想されていた最後の作品にして、日常性をゆるがす「残酷の演劇」の言語による極限への実践。「アルトーのすべての作品のうち、もっとも電撃的であり、彼自身がもっともさらされた作品」（原著編者）と言われるテクスト。464頁　本体価格4,500円

◉

アルトー横断 ——不可能な身体

鈴木創士［編］

この一冊から始まるアルトー……ドゥルーズ、デリダ、フーコーらに決定的な啓示を与え、土方巽、寺山修司らを揺り動かしたアントナン・アルトーとは何者なのか。14名の最前線の書き手による、24年ぶりの論集。「自殺論」新訳3編併録。308頁 本体価格3,200円

アルトー・コレクション全4巻＋論集

I

ロデーズからの手紙

宇野邦一・鈴木創士［訳］

アルトーにとっての最大の転機であり、思想史上最大のドラマでもあったキリスト教からの訣別と独自の《身体》論構築への格闘を、狂気の炸裂する詩的な書簡（1943～46年）によって伝える絶後の名編。368頁　本体価格3,600円

◉

II

アルトー・ル・モモ

鈴木創士・岡本健［訳］

アルトーの言語破壊の頂点にして「残酷演劇」の実践である詩作品「アルトー・ル・モモ」、後期思想を集約した「アルトー・モモのほんとうの話」、オカルトとの訣別を告げる「アンドレ・ブルトンへの手紙」などの重要テクストを集成。448頁　本体価格4,000円

◉

III

カイエ

荒井潔［訳］

1945年から1948年まで書き継がれた、激烈な思考の生成を刻印した「ノート」から編まれたアルトーの最終地点を示す書。世界を呪いすべてを拒絶しながら、「身体」にいたる生々しくも鮮烈なる言葉による格闘の軌跡。608頁　本体価格5,200円